UNE CHAISE LONGUE
EN ENFER

JACQUES HÉBERT DIT LAROSE

UNE CHAISE LONGUE
EN ENFER

Récit d'une amitié

HURTUBISE
HMH

Catalogage avant publication de Bibliothèque et Archives nationales du Québec et Bibliothèque et Archives Canada

Hébert, Jacques, dit Larose

Une chaise longue en enfer

ISBN 978-2-89647-093-8

I. Titre.

PS8615.E303C52 2008   C843'.6   C2008-940857-8
PS9615.E303C52 2008

Les Éditions Hurtubise HMH bénéficient du soutien financier des institutions suivantes pour leurs activités d'édition :

* Conseil des Arts du Canada
* Gouvernement du Canada par l'entremise du Programme d'aide au développement de l'industrie de l'édition (PADIÉ)
* Société de développement des entreprises culturelles du Québec (SODEC)
* Programme de crédit d'impôt pour l'édition de livres du gouvernement du Québec

Illustration de la couverture : Kinos
Graphisme de la couverture : Kinos
Mise en page : Andréa Joseph [pagexpress@videotron.ca]

Copyright © 2008, Éditions Hurtubise HMH ltée

Éditions Hurtubise HMH ltée   Librairie du Québec/DNM
1815, avenue De Lorimier   30, rue Gay-Lussac
Montréal (Québec)   75005 Paris FRANCE
H2K 3W6   www.librairieduquebec.fr

ISBN : 978-2-89647-093-8

Dépôt légal : 3ᵉ trimestre 2008
Bibliothèque et Archives nationales du Québec
Bibliothèque et Archives du Canada

Imprimé au Canada

www.hurtubisehmh.com

À la mémoire d'un ami,
un courageux battant.

AVANT-PROPOS

À la suite de la publication, en 2005, du récit de ma vie *Il fera aussi clair... qu'il a fait noir*, j'ai constaté que j'avais peu parlé d'un ami, décédé depuis peu. La présente histoire est ma façon de lui rendre hommage.

Afin de traiter librement des sujets abordés, j'ai eu recours à un narrateur différent de moi. J'ai romancé des faits réels que j'ai enrichis parfois de mon propre témoignage ou de celui de personnes proches, mais surtout du riche vécu de mon ami disparu. Je l'ai d'ailleurs appelé Charlie pour préserver son anonymat.

Vous rencontrerez ici des personnes qui cherchent à se libérer de leurs dépendances à l'alcool, au sexe, aux drogues... Elles vous aideront à comprendre mieux le combat que Charlie a livré, éclairant ce paradoxe annoncé par le titre. D'un côté, la vie oisive que l'on associe à la chaise longue et de l'autre, l'excès qui conduit à l'obsession, la dépendance ou même la démence. L'enfer, tout simplement.

J'espère que ce livre contribuera à faire évoluer les mentalités. Les personnes aux prises avec ces « maladies de l'âme » ont davantage besoin de notre compassion que de certains jugements sévères qui ne laissent aucune place à l'espoir de s'en sortir un jour. N'avons-nous pas tous, à un moment ou l'autre de notre existence, connu un peu cette chaise longue? Ou mieux, cette amitié si précieuse qui nous vient de gens qui souffrent?

PREMIÈRE PARTIE

Mon ami Charlie

Plusieurs fois, au cours de notre très longue relation, nous nous étions donné rendez-vous sur la terrasse Dufferin, en face du Château Frontenac, d'où la vue est splendide. Nous aimions tous les deux cet endroit, riche de l'histoire de la Nouvelle-France, comme si notre quête cherchait son sens dans la nostalgie d'un pays enfoui.

Sur notre banc habituel, en ce mois de juin 2005, je commençais à m'inquiéter un peu de son retard, et mon intuition essayait de se faire entendre : « Aujourd'hui, chaque pas sera sans retour. » Chassant cette pensée étrange, je quittai du regard le Saint-Laurent étincelant, qui s'allongeait à l'horizon, pour découvrir mon ami assis au pied de la statue de Champlain. Non loin de lui, le pied posé sur un tabouret, un troubadour s'accompagnait à la guitare et chantait une chanson du temps de notre jeunesse : *Mr. Tambourine Man* de Bob Dylan. Mon ami m'aperçut et me fit signe de venir le rejoindre. Comme à l'accoutumée, il tenait sa canne entre ses genoux, les deux mains posées sur le pommeau, ce qui lui donnait une allure seigneuriale.

Lentement, j'avançai vers lui et la pensée « Un faux pas ne pardonnerait pas » me traversa l'esprit. Pour me changer les idées, je m'accrochais aux paroles du musicien qui mettait tout son cœur et son charme à chanter pour un groupe de jeunes touristes chinoises campé devant la statue. La hauteur imposante du sieur Samuel de Champlain, dans ses parures du XVIIe siècle – chapeau à larges rebords, hautes bottes, cape sur les épaules, épée au ceinturon – contrastait avec l'accoutrement de mon ami qui arborait le traditionnel béret français, des baskets vertes et un blouson rouge. Heureusement, la canne donnait du panache à son allure gavroche. Champlain semblait contempler avec fierté la ville qu'il avait fondée, tandis que mon ami, entouré de cette jolie horde asiatique, soudain m'apparut comme un coq flamboyant. Ces jeunesses devaient certainement lui rappeler des souvenirs d'amours interdites. De patriarche sérieux qu'il était avant leur arrivée, il semblait s'être transformé en guide pour jeunes chinoises dont les mères et grand-mères avaient peut-être bénéficié de ses dons à la Sainte-Enfance, du temps qu'il était écolier dans les années quarante. Tout en observant la scène, amusé, j'avais ralenti le pas. Et pendant que défilait le long texte de Dylan, je fredonnais avec lui, dans ma tête : « *Hey! Mr. Tambourine…* un de ces matins je viendrai pour te suivre. »

À la fin de la chanson, j'entendis mon ami susurrer du bout des lèvres : « Bonnnjourrr, mes joooliiies demoiiisellllles » avec un regard qui débordait de ses lunettes, pourtant très grandes, et un sourire gourmand qui le rendait clownesque. Une légèreté s'était emparée de ses cinquante kilos en trop. Une grâce, venue de je ne sais où, lui faisait oublier que dans douze ans il allait en avoir quatre-vingts, comme il s'amusait à nous le répéter. Je le voyais vivifié par cette scène que la vie lui offrait ce matin. Comme je me trompais !

Mon ami a toujours eu une façon bien à lui de saisir les moments de délices, de beauté. C'est d'ailleurs une des premières choses qu'il m'a enseignée. Il m'avait dit un jour : « C'est ainsi que Dieu me sourit. » L'idée que le divin se manifeste ainsi, dans les ravissements de la vie, m'enchantait. Cette leçon, il me l'a communiquée dès le début de notre amitié, afin de m'aider à me détendre un peu et à être moins craintif devant ce qui m'émoustillait. J'avais plutôt tendance à me réfugier dans la privation. Pour moi, là où je trouvais Dieu, il n'y avait rien de joyeux. Voir Dieu dans la beauté féminine, comme mon ami le faisait, ne m'avait jamais effleuré l'esprit.

Arrivé près de lui, je l'entendis déclamer dans ce langage mystérieux qu'il avait inventé pour exprimer sa joie : « *Quériam coumâ, Quina quéri* ! La vie ! La vie est une merveille ! » Évidemment, chez lui l'amour des femmes devenait parfois maladif. J'allais le découvrir plus tard.

J'ouvris joyeusement les bras pour lui faire l'accolade en chantonnant :

— *Hey ! Mr. Tambourine…* comment ça va ?

— Je vais mourir, répondit-il froidement, les bras croisés.

Je le connaissais suffisamment pour savoir qu'il me disait la vérité. Il n'ajouta rien et n'attendait de ma part aucune pitié.

— Comment sais-tu que cette fois-ci est la bonne ? demandai-je calmement.

— Je le sais.

— Est-ce que je peux faire quelque chose ?

— Oui, rien.

Il avait utilisé, pour cette dernière affirmation, une intonation sèche et cassante. Le sujet était clos.

Mon histoire

Je me présente : Claude Chevalier. Lorsque les Beatles sont devenus populaires, on disait que je ressemblais à Paul.

Plus jeune, à l'école comme dans les sports, je réussissais à me démarquer dans tout. J'avais, comme plusieurs, un grand besoin d'être aimé. Non pas que mes parents ne m'aimaient pas, mais en couple moderne d'après guerre, ils s'étaient séparés à la fin des années cinquante. Je crois que l'alcool était à l'origine de leurs divergences. Papa, propriétaire d'un hôtel, absorbé par son commerce, n'avait pas d'autre champ d'intérêt et maman n'aimait pas vivre dans cet univers pseudo-festif. Avant de nous quitter, elle m'avait préparé un album souvenir. Sous chacune des photos, elle avait pris soin d'inscrire les lieux, les dates, les circonstances. Sur presque toutes les photos, il n'y a qu'elle et moi. Vous dire à quel point je l'enlace…

Marie-Rose, engagée comme cuisinière et femme de ménage, veilla à mes besoins essentiels. J'étais bien nourri et toujours propre. Mère de huit enfants, mariée à un homme qui buvait trop, Marie-Rose ne se plaignait jamais. Femme corpulente, à la forte poitrine, le bas nylon roulé aux chevilles, elle travaillait vite et bien. Son sourire me comblait d'affection.

Mon entrée à l'école est survenue juste après la séparation de mes parents. Par instinct de survie, ou pour éviter la blessure de l'abandon, j'ai vite appris à me distinguer. Avec le recul, je pense que j'avais une personnalité combative. J'étais bâti pour avancer. J'avais pris l'habitude, au retour de l'école, de faire mes devoirs dans le bar. J'aimais être assis sur ces hauts tabourets et mon père gardait toujours libre ma place au bout du comptoir. Derrière moi se trouvaient le juke-box et la piste de danse. Encore aujourd'hui, j'aime lire en écoutant de la musique. Il m'avait installé une petite lampe de lecture sous laquelle j'ouvrais mes livres et mes cahiers. Il était fier de moi, même épaté que je sois si passionné par l'étude. Lui avait dû abandonner en quatrième. Après mes devoirs, Marie-Rose nous servait le repas. Papa mangeait debout devant moi tout en continuant son travail de barman. Ensuite, je montais à l'appartement regarder à la télé mes programmes préférés ou je lisais en écoutant la radio.

J'ai souvent rêvé à la tendresse de ma mère. Remariée, elle était partie vivre en Suisse. J'ai une photo d'elle prise quelques mois avant son décès dû à une pneumonie mal soignée. Elle est assise sur une terrasse ensoleillée, avec, en arrière-plan, un sommet enneigé des Alpes. Des deux hommes à ses côtés, lequel était son mari ? Je ne l'ai jamais su. Elle venait d'avoir trente-quatre ans, j'en avais sept. Papa m'avait dit : « Ta maman t'aimait beaucoup, même si elle nous a quittés. » Chaque fois que tombera une bordée de neige, ma douleur s'éveillera.

L'idée de me diriger vers la psycho m'est venue l'été de mes quatorze ans. Mon père m'avait engagé pour desservir les tables et laver les verres. C'est en le voyant heureux derrière son bar, au service des gens, à leur écoute, que mon choix s'était arrêté : je serais à la fois psychologue et barman les fins de semaines auprès de mon père. La vie des gens, leurs joies, leurs peines, les débordements de leur cœur, leur quête du bonheur, tout cela m'intéressait grandement et donnerait un sens à ma vie.

À vingt-sept ans, jeune diplômé, j'avais déjà un agenda professionnel assez bien rempli. Je m'expliquais ce succès par cette phrase que j'avais vu affiché au dojo où je pratiquais la méditation bouddhiste : « Celui qui aime les gens est en retour aimé par eux. » Ma réussite était attribuable également à mon entregent, qualité héritée de mon père.

Un jour, lors d'un repas bien arrosé, alors que nous parlions de femmes et d'amour, papa m'avoua que maman avait été véritablement l'unique, la femme de sa vie. Depuis, toutes les autres n'avaient fait que passer. Quelques nuits. Je réalisai, ce soir-là, qu'il en était de même pour moi. Dès que cela devenait sérieux avec une compagne, je m'éclipsais. Et mon père m'invitait à ne pas me presser de tomber en amour pour profiter de ma liberté.

Je ne sais pas si c'est pour imiter mon père, mais tout comme lui j'ai développé cette capacité à lever le coude. Je n'ai jamais su s'il le faisait pour se sentir plus proche de ses clients, moi, si. C'est comme ça, qu'à mon insu, lorsque j'ai commencé ma pratique en cabinet privé, j'ai gardé cette habitude de boire. Il me semblait que l'alcool me rendait plus réceptif, plus empathique. Je buvais avec discrétion et modération entre deux consultations.

Assez rapidement est arrivé le jour où je me suis surpris à espérer la fin de la rencontre, pour me servir un verre. Je n'ai pas apprécié ce constat. Ensuite, j'ai commencé à m'abstenir de boire durant les heures de bureau. J'ai réussi, sans trop de peine. Par contre, je buvais davantage à l'heure du lunch. Certains retours au bureau furent chancelants. Comme je vivais seul, j'avais pris une autre habitude, celle de fréquenter les 5 à 7. Ce fut mon deuxième son de cloche. À plusieurs reprises, avant de me rendre à ces rendez-vous joyeux, je décidai de me limiter à deux ou trois verres. Mais chaque fois je rentrais soûl. C'est à partir de ce moment que mon raisonnement de fêtard eut le dessus et que le déni s'installa. Pourquoi me priver? Fini le contrôle, dorénavant, j'allais boire librement.

Cette permissivité allait transparaître dans ma pratique. Cela ne convenait pas et la vie me l'apprendrait assez rapidement. Quand je réalisai que je faisais fausse route, il était déjà trop tard.

J'avais accepté de recevoir, en consultation, une femme qui fréquentait l'hôtel de mon père et en présence de qui j'avais déjà bu. Elle s'interrogeait sur sa vie de couple. Lors de notre premier entretien, elle m'avait demandé si j'accepterais de lui servir à boire et de l'accompagner. J'avais envie de tenter l'expérience, même si je transgressais le code de déontologie. Quelques mois plus tard, nous n'en étions plus à deux ou trois verres de scotch, c'était la bouteille au complet qui y passait. Les rencontres s'allongeaient et m'obligeaient à mentir pour annuler les rendez-vous suivants. J'avais la conscience professionnelle éméchée et divagante. Le mari de cette dame, souvent retenu à l'étranger par ses affaires, était prospère. L'argent ne posait pas de problème et « Madame », c'est ainsi que je la surnommais, me payait généreusement le temps passé à son service. Elle me réservait pour des soirées et en vint à me demander de vivre l'expérience d'un week-end complet. J'étais jeune et j'explorais, me disais-je, pour me donner bonne conscience. Cette relation thérapeutique dégénéra rapidement pour finir au lit. Le lendemain matin, au réveil, je l'entendis me dire, alors qu'elle prenait sa douche : « Claude, j'ai une proposition à te faire, j'aimerais t'engager à temps plein. Tu seras très bien payé. J'aimerais aussi que tu m'appelles par mon prénom, j'ai adoré comment tu as murmuré : Charlotte. » J'ai trouvé l'offre à la fois attrayante et inquiétante. J'avoue que le double emploi de psy et d'amant m'attirait. Malgré la nuit époustouflante, je me sentais tout de même fautif. Quant à mon profil d'alcoolo, il commençait à m'effrayer. Être au service de Madame pouvait passer, mais devenir esclave de l'alcool... Je me suis fait la réflexion : « C'est à cause de l'alcool, mon vieux, si tu en es rendu là et ce n'est qu'un début. » Et, aussi bien me l'avouer tout de suite, elle n'était pas la première cliente avec laquelle je transgressais les règles. La peur me prit. J'allais bondir pour fuir, mais une sensation caoutchouteuse dans les jambes m'en empêcha. Je me sentais comme un œuf collé au fond du poêlon. Je cherchai mon courage, en même temps que mon slip, lorsqu'elle apparut dans un joli peignoir en satin rose, entrouvert délicieusement sur sa poitrine. Alors que j'avais le derrière en l'air, Charlotte me demanda : « Alors, qu'est-ce que tu penses de mon offre ? » J'ai pris le temps de revêtir et mon slip et mon esprit professionnel avant de répondre que j'avais besoin d'y réfléchir. Et j'ajoutai, sur un ton faussement désinvolte : « Le week-end intensif s'arrête maintenant, j'ai besoin de me retirer. » Ma séduisante patiente me scruta un instant et décela que ce revirement ne la concernait pas. Perspicace, elle avait tout saisi. D'une voix sans plainte et sans regret, elle me dit, en refermant son peignoir : « Je comprends. » Je fus tenté d'aller me blottir dans ses bras, de me confier, de devenir son ami, peut-être même son amoureux. Mais je n'en fis rien. Elle appela son chauffeur et, sans faire d'histoires, me laissa partir.

Dans cette confortable limousine, je ne répondis pas à la question du chauffeur : « Ça n'a pas l'air d'aller, monsieur ? », trop occupé que j'étais à prendre la mesure de mon inconfort. Ce qui me revenait à l'esprit, c'était la frayeur que j'avais éprouvée d'être sous l'emprise de l'alcool. Moi, homme libre, je serais devenu comme mon père et tous ces clients qui, dès l'ouverture, boivent un verre de bière comme d'autres prennent leur café ? C'est précisément à cet instant que j'avais pensé à mon collègue Steve, comme bouée de sauvetage. J'avais fait sa connaissance l'année précédente, quand j'assistais à mon premier congrès des psychologues, qui se tenait à Honolulu. Celui-ci pratiquait depuis une dizaine d'années et parmi ses clients, m'avait-il confié, plusieurs avaient des problèmes de dépendances.

En entrant chez moi, je lui ai téléphoné. Il s'en allait à son match de tennis hebdomadaire, mais il prit tout de même le temps de m'écouter. Après le récit de ma mésaventure, il me ramena abruptement sur terre en m'annonçant que l'alcool faisait problème, que je m'étais foutu dans un joli merdier et que je risquais de perdre mon droit de pratique. Il me pressa alors de prendre immédiatement congé pour les deux prochaines semaines et de venir le rencontrer.

Sa phrase, *l'alcool faisait problème*, avait déclenché chez moi un état d'urgence. Pendant que l'agence de voyages me cherchait un billet sur le premier vol disponible, j'ai appelé la secrétaire du bureau à son domicile.

Je lui racontai spontanément que j'allais consulter un éminent gastro-entérologue californien pour un malaise d'estomac qui me tracassait depuis un certain temps. Mensonge blanc pour me couvrir. De toute manière, à ce moment-là, la vérité m'était plus qu'inconfortable. Elle s'occuperait d'annuler les rendez-vous des prochaines semaines. Je téléphonai également à mon père pour l'aviser de mon départ, il n'avait pas à s'inquiéter, je le tiendrais au courant. Entre-temps, l'agence m'avait trouvé un vol en fin d'après-midi et réservé un motel près du bureau de Steve. Tout se déroulait bien et cela m'apparaissait comme un présage que j'arriverais à résoudre mes problèmes. Avant l'embarquement, je m'arrêtai au bar pour caler un double scotch. Non parce que j'avais soif, me dis-je, mais pour me calmer. Je pris le temps de rappeler Steve pour lui laisser, sur le répondeur, l'heure de mon arrivée ainsi que le numéro du motel. Dans l'avion, je pris un autre double scotch, pour m'aider à dormir cette fois-ci.

Au motel, j'ai rempli la fiche client et la propriétaire, qui devait certainement faire deux fois mon poids, m'a remis une note. Steve venait de téléphoner et j'avais un rendez-vous le soir même. Le temps de défaire mon bagage, de prendre une douche froide et quinze minutes plus tard, un taxi me déposait devant un bungalow bleu turquoise comme on en voit sur la côte Ouest californienne. Dès mon arrivée, à peine avait-il exprimé sa joie de me revoir que d'emblée, il me fit part de ses exigences d'accompagnement: être à sec, passer aux aveux en toute honnêteté, écrire, sous forme d'inventaire, le récit de la relation que j'avais eu avec l'alcool, tout au long de ma vie. Cette première rencontre porta sur la peur que j'avais ressentie au matin et pourquoi je craignais de me retrouver alcoolo. Essentiellement, j'avais eu une véritable frousse à l'idée de perdre ma liberté et de voir ma vie tourner autour de l'alcool tout comme celle de mon paternel. De cette vie, je n'en voulais absolument pas.

Le soir même, dans un cahier, je commençai à noter comment l'alcool avait toujours été présent. J'avais grandi dans le monde de l'hôtellerie ; déjà à sept ans, je buvais du vin coupé à l'eau et cela me procurait un apaisement. À dix ans, mon père me laissait faire la fête en me servant un peu de vodka dans un grand verre de jus d'orange et grenadine. Adolescent, je buvais de la bière comme on boit du Coke…

Pendant les deux semaines de mon séjour, Steve m'accorda deux rendez-vous par jour. Le premier avait lieu tôt le matin, avant ses heures de bureau et le deuxième, vers dix-neuf heures. Parfois, ce dernier se prolongeait tard en soirée. Toute une catharsis ! Ce fut d'abord un sevrage. Les premiers jours, j'ai beaucoup souffert du manque d'alcool. Ça n'était donc pas, comme je l'avais espéré, une simple habitude développée au fil des années. J'avais un réel problème de dépendance. Pour la première fois, je découvrais l'obsession. Pour m'aider à la contrer, je buvais des jus de fruits frais et, plusieurs fois par jour, j'allais nager à la piscine du motel ou encore je prenais des douches froides. Les souvenirs refoulés émergeaient. Je retraçais facilement mon passé, jalonné de bouteilles comme les miettes de pain du petit Poucet sur son chemin. Dans mon cas, les bouteilles allaient me perdre. Je commençais à identifier les premiers signes de dérapage : conduite dangereuse en état d'ébriété, baignade la nuit complètement soûl. Tout le monde à poil c'était rigolo, mais plonger en fanfaron dans trois pieds d'eau aurait pu avoir pour conséquence que je me casse le cou. Pourtant je ne voulais jamais que la fête se termine. Et la femme qui voulait finir la nuit avec moi acceptait d'avance que je la fasse attendre. Combien de filles avais-je ainsi laissé poireauter, pour finalement m'endormir sans les avoir aimées ? À mesure que j'avançais dans mon inventaire, je découvrais avec stupéfaction que toute une partie de moi était enfouie dans le déni.

Après ces deux semaines de psychothérapie intensive, nous nous étions mis d'accord Steve et moi : ce n'était que le début. Pour la suite, un arrêt prolongé de travail pendant deux mois serait bénéfique. Nous avons donc conclu que dans un premier temps, je devais m'abstenir de toute consommation d'alcool. Quant à mes écarts professionnels, ils devaient évidemment cesser. Je n'allais pas me dénoncer, mais je m'engageais à suivre une démarche thérapeutique pour réparer mes torts auprès des clientes que j'avais lésées. Cette pause me permettrait de prendre suffisamment de recul pour repartir ensuite sur de nouvelles bases. Steve me félicita pour le courage de ma démarche. Il avait confiance en ma capacité de rebondir, de réparer mes torts et de rester sobre. Je le remerciai de son accompagnement et lui promis de garder le contact.

Voilà où j'en étais dans ma vie au moment de ma première rencontre avec Charlie, mon nouvel ami. Cela se passait au mois d'août 1979.

Son histoire

De son enfance, Charlie se plaisait à dire : « J'ai beaucoup souffert, de tout. » Surtout de carence affective, dirais-je, comme plusieurs de sa génération. À l'école, malgré une intelligence remarquable et un leadership évident, il affichait un déficit d'attention qui l'empêchait d'évoluer au même rythme que les autres. Il fut souvent puni, humilié devant la classe. Il ne l'oubliera jamais. La peur commença alors son œuvre d'angoisse et s'accentuera tout au long de sa vie. Devant les plus forts, pour se défendre, il hurlera. Avec les faibles, il agira en despote.

Né peu avant la Deuxième Guerre mondiale, il était le cadet d'une famille de deux, installée dans le milieu bourgeois de la Haute-Ville de Québec. Sa mère aurait souhaité une fille, son père aussi. Lui aurait préféré être l'aîné et pouvoir dominer son frère. Ce qu'il entendra à la radio au sujet de la guerre le troublera. Il fera constamment des cauchemars, où passaient les sous-marins des méchants nazis, cachés dans les eaux du Saint-Laurent. Son père qui œuvrait dans la fonction publique était souvent absent. Il se souvenait du vaste bureau qu'il occupait au coin des rues Saint-Paul et Saint-Pierre, dans la Basse-Ville, au pied du cap Diamant. Chaque fois que nous sommes passés par là, il me désignait l'endroit et répétait, comme si c'était la première fois : « Mon père avait son bureau ici, il y vivait presque tellement il s'y plaisait. Il affectionnait ce quartier parce que les premiers habitants de la colonie s'y étaient installés et aussi parce qu'il aimait bien aller se promener au bord du fleuve. » Quant à sa mère, une femme forte, bien en chair et très sévère, elle ne s'en laissait pas imposer, elle était le chef de famille. Il en avait toujours eu peur. Il disait : « Ma mère m'a terrorisé. » Marqué par cette relation traumatisante où l'espérance d'être aimé se jouera pour lui dans la soumission, il sera séduit, plus tard, par des femmes dominatrices, ou totalement soumises. Profondément malheureux, il sera déchiré entre le désir et la haine. Aimer les femmes et les détester, tout à la fois.

À l'adolescence, voulant se libérer des crocs maternels, il sera inévitablement attiré par la délinquance. Il fuguera, sera puni, fuguera à nouveau et finira pensionnaire au collège, pour fuguer encore. Il sera menacé cette fois d'être placé en institution de réforme. Par crainte d'y aller, il se fera plus discret. Il s'adonnera plutôt à de nouveaux exutoires : la pyromanie et la beuverie. Ne tardera pas à s'y ajouter une autre habitude : la masturbation, ou l'onanisme comme le nommaient les Jésuites de son temps. Il pratiquera ce plaisir solitaire régulièrement et excessivement, sans se douter que cela deviendra, à la longue, une pratique maladive et souffrante. Il fera aussi l'expérience du voyeurisme. Un soir, il surprendra, derrière un rideau entrebâillé, une voisine en train de se déshabiller. Ce bref instant lui ayant procuré une émotion si intense, il la recherchera désormais. Voilà une jeunesse qui laissait présager du reste.

De plus en plus renfermé, angoissé à l'idée que l'on découvre son envie d'allumer des incendies, il commencera à vivre dans la peur de la prison. La première fois, il mettra le feu à un entrepôt désaffecté, ce qui sera sans conséquence. Par la suite, le feu allumé à une remise se propagera dans l'usine adjacente et fera perdre leur gagne-pain à plusieurs familles. Ajoutée à ses remords, la crainte de récidiver le tenaillera sans cesse. C'est alors que l'alcool viendra à la rescousse pour calmer ses pulsions destructrices. Rapidement la substance nocive aura commencé son œuvre. Une désolation s'installera au rythme infernal de sa délinquance, sa mythomanie, son voyeurisme, ses petits vols, ses excès d'alcool et de nourriture… Repu, à peine était-il soulagé, anesthésié par ses abus que la culpabilité et l'autodépréciation venaient le hanter. Il cherchait le repentir dans la prière. Elle lui apportait un certain répit, mais de courte durée. Durant les années tourmentées de sa jeunesse, les neuvaines se succédèrent pour implorer un miracle. L'intervention surnaturelle n'eut pas lieu. Alors, se sentant de plus en plus abandonné, envahi par la peur, l'angoisse commença à l'étouffer. Mais lorsqu'il se retrouvait parmi les siens, il s'efforçait de ne rien laisser paraître. L'idée qu'il était possédé par le démon le tourmentait. Dans ses cauchemars, en plus d'avoir des cornes, une longue queue et une fourche, une diablesse affublée de trois paires de seins lui souriait. On lui attribuait, certes, une personnalité de tête forte, encline aux excès de colère et de gourmandise, mais on parlait aussi de sa beauté virile, de son charisme et de son charme unique, de sa franche gaieté et de sa jovialité contagieuse. Lui, pourtant, se voyait déjà comme un imposteur.

Je ne me souviens pas s'il avait terminé ses études secondaires lorsqu'il prit la décision de faire carrière dans les forces armées canadiennes. Il avait trouvé cette solution pour quitter le nid familial et, surtout, fuir le territoire de ses dépravations. Accepté, il eut l'espoir que les exigences et la discipline de l'armée arriveraient à mater le mal qui le rongeait. Dès ses premières fugues, il avait rêvé d'un ailleurs meilleur. Le voilà donc dans une autre province, dans une autre langue, en formation pour devenir soldat; un héros, qui bientôt serait prêt à tuer pour défendre son pays. Pas spécialement enclin à se faire des amis, il en rencontrera tout de même au mess des officiers, où, à la moindre occasion, il se mettra à boire avec eux. Mais plus il boira, plus la bête en lui refera surface. Elle revêtira d'abord le visage de l'imposteur qui se fait passer pour ce qu'il n'est pas. Et bientôt, le mythomane inventera une histoire à ses personnages, avec leur lot de mensonges qui lui compliqueront la vie de plus en plus.

Il finira par être muté en Ontario. Lors d'une permission, il fera la rencontre d'une très jolie blonde anglo-saxonne. Pour la séduire, il reniera aussitôt ses origines et crachera sur sa langue maternelle. Il était convaincu d'avoir trouvé en elle le remède à ses maux. Obsédé, il déploiera tout son charme, l'envoûtera et réussira en quelques mois à lui passer la bague au doigt. Il était jeune, bel homme, intelligent, galonné de l'armée, un peu porté sur la boisson, remarqua-t-elle, mais il avait un tel appétit sexuel qu'elle se croyait bénie des dieux. Loin de se douter qu'avec cette bête de sexe elle vivrait assez rapidement la déception, la misère, la honte, la violence verbale et finalement l'abandon, avec trois jeunes enfants sur les bras.

L'alcool continuera ses ravages dans la vie du soldat et accentuera son égocentrisme maladif. Totalement sous la domination de ses démons intérieurs et diagnostiqué malade alcoolique, après plusieurs cures de désintoxication qui vont échouer, son état malsain finira par détruire ses relations avec tous ceux qui l'aimaient. Il s'enfuira au Mexique, mais l'angoisse le suivra jusque-là. Il y vivra sa première crise de panique et reviendra au Canada, en Ontario. Il réussira de nouveau à se faire admettre en cure. À sa sortie, en ex-soldat courageux, il affrontera sa situation de chômeur, de père incapable de subvenir aux besoins de sa famille, de mari indigne et de malade, mais l'alcool le vaincra à nouveau. Il les abandonnera définitivement et reviendra vivre au Québec.

Pendant les quinze années qui suivront, il changera plusieurs fois de boulot: commis dans une banque, chasseur dans un grand hôtel, vendeur de produits ménagers faisant du porte-à-porte, représentant d'ency-clopédies, de polices d'assurances… et agent immobi-lier. Il connaîtra quelques moments de répit entre les cures. Il en aura traversé vingt et une. Mais comment a-t-il fait pour ne pas céder à la tentation du suicide? Encore aujourd'hui cela demeure une énigme. Il était un combattant!

Notre première rencontre

Tout comme moi, Charlie venait de faire un séjour en Californie. Il était allé suivre une nouvelle thérapie, celle du cri primal. Lors de cet atelier intensif, il avait espéré une libération de tout ce qui empoisonnait son existence. Il voulait crier pour ne plus être condamné aux rechutes, crier pour ne plus étouffer d'angoisse, crier pour ne plus être obsédé, crier pour ne plus être compulsif... Il le voulait désespérément. Il avait réussi, me raconta-t-il, à crier tellement fort, que certains participants effrayés avaient cru qu'il était possédé du diable. Après ce cri, sorti du plus profond de ses entrailles, les pauvres cordes vocales esquintées, plus un son n'était sorti de lui et la renaissance tant espérée n'avait pas eu lieu.

Cela se passait quelques mois après une cure de désintoxication qui devait être la dernière. Agent immobilier, il était engagé sur une nouvelle lancée. Il avait même rencontré sa nouvelle épouse, en lui vendant un bel appartement qu'il partageait maintenant avec elle. C'est en sa compagnie que notre rencontre eut lieu.

Dans la salle d'attente, à la porte d'embarquement du vol San Francisco/Montréal, il était assis près des fenêtres, qui ne laissaient voir qu'un bout de passerelle et un peu de ciel gris. Elle, jolie femme, aux allures de petite fille et à l'abondante chevelure noir de jais, paraissait toute menue à ses côtés. En les apercevant, je fus intrigué par ce couple singulier, mais surtout par lui.

33

Cheveux châtains, un peu rondelet, la mi-quarantaine, il se tenait le torse droit, les bras croisés. Le sourire charmeur mais figé me disait qu'il était en réalité très inquiet de prendre l'avion. Je reconnaissais cette sensation pour l'éprouver moi-même. Quant à sa gracile compagne, elle fixait le bout de ses doigts qui dépassaient à peine des manches d'un pull trop grand pour elle. Son corps semblait se cacher sous ses vêtements et même son visage, aux traits si fins, était empreint d'une mystérieuse tristesse.

En me voyant approcher pour m'asseoir près d'eux, il me regarda sans rien changer à son expression glaciale. Flairant le mâle possessif, je pris garde de ne poser mon regard que sur lui. Souriant et inclinant la tête légèrement, je fus surpris qu'il me retourne le geste à son tour. Avant de déposer mes bagages non loin du sien, je lui demandai :

— Est-ce bien ici la porte d'embarquement pour Montréal ?

— Tout à fait, me répondit-il, sans me regarder et en détournant la tête vers sa femme.

— Merci, dis-je remarquant qu'il avait la nuque tendue.

Sa réponse me confirmait sa nervosité. Après quelques minutes, je tentai à nouveau le contact. En me penchant vers lui, je m'exclamai : « Prendre l'avion, quel supplice ! » Cette fois, la tête et les épaules comme prises dans un pain, il se tourna vers moi pour ajouter à ce que je venais de dire : « Pour moi, c'est l'enfer ! Je suis mort de peur. » Il avait troqué son sourire de cire contre une expression de profond malaise qui suscitait la sympathie. Je ne sais pourquoi, sans aucun scrupule, je lui fis cette confidence :

— Lorsque j'avais l'habitude de boire, j'arrivais à l'embarquement déjà anesthésié. Ce qui ne m'empêchait pas durant tout le vol de continuer à boire sans pouvoir m'arrêter. Aujourd'hui, c'est la première fois que je vole à sec et je me sens comme un soldat sur la ligne de front, sans munition.

Ses yeux verts, comme des mains tendues vers moi, m'invitaient au calme.

— Je comprends trèèès bien, avait-il ajouté, allongeant le «trèèès» sur un ton compatissant, après m'avoir écouté avec beaucoup d'intérêt.

— Excusez-moi, je ne sais pas pourquoi je vous raconte ça.

— Ça fait combien de temps que t'es à sec? me demanda-t-il en me tutoyant.

— Deux semaines.

— Mais c'est formidable! Bravo! Comment as-tu réussi à tenir le coup?

— Ça vous intéresse vraiment? demandai-je en continuant de le vouvoyer.

— Beauuucoup, avait-il répondu.

— Ah bon? dis-je, surpris.

— T'as pas idée à quel point ça m'intéresse, prononça-t-il de manière à éliminer tout soupçon.

C'est ainsi que nous avons fait connaissance. Lors des présentations d'usage, il m'indiqua sa femme ainsi: «Ma femme.» Je lui tendis la main et elle, le bout ballottant de sa manche de gilet, sans me regarder. Au moment de monter à bord de l'avion, elle lui avait chuchoté quelque chose à l'oreille qu'il s'empressa de me communiquer: «Ma femme te cède volontiers sa place.» Surpris par ce geste, j'exprimai ma joie: «C'est très gentil à vous, merci!» J'ai savouré chaque minute de ce voyage. Je l'écoutais et le recevais comme je ne l'avais fait pour personne auparavant. La musicalité de sa voix aux drôles d'intonations, ses propos, ses expressions colorées pour décrire son univers intérieur m'ont fasciné immédiatement, tout comme sa très grande expérience des dépendances. C'était la première fois que je rencontrais un individu aussi excessif, et ce, dans tout. Durant toute la durée du trajet, nous n'avons cessé de parler de ce qui nous animait. Même si nos vies avaient été jusque-là fort différentes, elles se rejoignaient sur plusieurs aspects. Il m'avait fait le résumé de sa vie tel que je l'ai relaté plus tôt. À mon tour, je m'étais raconté sans retenue.

La confiance avait fait tomber les masques.

LE RETOUR

Le commandant venait d'annoncer que nous allions bientôt atterrir.

En quelques heures, chacun avait dressé le portrait de ce qu'avait été sa vie. Un lien s'était tissé entre nous. Je pense que dès le début j'ai aimé cet homme tel qu'il était, inconditionnellement. Pour préciser ce lien, je le dirais comparable à celui que tisseraient deux naufragés échoués sur la même île. Je ne me sentais plus seul. Cet homme connaissait la route qui m'avait mené à ma dérive, pour l'avoir lui-même empruntée maintes fois.

Avant que je ne cède la place à sa femme, nous échangeâmes nos adresses et numéros de téléphones.

— Tu peux m'appeler en tout temps, me dit-il, surtout si la soif vient te tourmenter.

— Je n'y manquerai pas.

— Ce serait une bonne chose également que tu puisses venir passer du temps à Québec.

— J'y compte bien.

— Ce fut une rencontre trèèès importante pour moi, souligna-t-il.

— Pour moi aussi.

Notre émotion était palpable. Nous éprouvions, tous deux, de la difficulté à nous quitter. Je réussis à me lever et lui donnai une poignée de main, que nous resserrâmes à quatre mains.

En regagnant mon siège, je croisai sa femme et la perçus comme il me l'avait décrite : un ange avec l'attitude et la grâce d'une geisha. Je la remerciai grandement, en lui disant que cette rencontre avait été très importante. Le sourire qu'elle me fit confirma qu'elle partageait ma joie. Je les saluai une dernière fois alors qu'ils s'engageaient sur la passerelle en direction de leur correspondance pour Québec.

L'avion s'était bel et bien posé sur la piste, mais moi, je ne me sentais pas encore revenu sur terre. En pensée, j'étais toujours en présence de mon nouvel ami, persuadé qu'une authentique amitié venait de naître et que nous allions nous revoir bientôt. La réalité m'attendait à la sortie de l'aéroport. En me dirigeant vers la file de taxis, j'entendis une voix m'appeler par mon prénom et je crus reconnaître la voix d'Alice, une autre cliente avec laquelle j'avais passé outre les normes de ma profession. En me retournant, je ne pus cacher mon étonnement. Comment avait-elle su que je revenais aujourd'hui ? Lisant la surprise inscrite sur mon visage, elle me dit d'un ton moqueur : « Étonné de me voir ? Mon ex-belle-sœur travaille à l'agence de voyages qui vous a vendu votre billet. Je suis venue vous chercher. » Quelque chose d'obsessionnel se dégageait de son regard, la pupille de ses yeux scintillait dans un firmament obscur. Son scénario était clair.

Jeune femme aux allures de mannequin, son corps de déesse moulé dans une robe courte, très courte, et décolletée, très décolletée, Alice désirait me kidnapper. Comment résister ? Une beauté envoûtante ! En prenant mon bras, elle commença délicatement à tisser sa toile, me rappelant, avec sa voix de femme-enfant, que j'étais son psy chéri qui l'aidait à guérir sa peur des hommes et que j'étais le remède qui lui avait terriblement manqué depuis deux semaines.

Incroyable, la puissance d'attraction que peut dégager une femme qui sait ce qu'elle veut. Je cherchais désespérément comment lui dire que je ne pouvais plus agir comme par le passé. Je tentais vainement de trouver les mots réconfortants, convaincants pour elle et pour moi. Mais ceux-ci se cachaient derrière mon désir attisé et ma peur de déclencher, là sur place, une crise d'hystérie dont elle était bien capable. Je craignais aussi qu'elle me harcèle, qu'elle me poursuive en justice.

En quittant Steve, j'étais pourtant déterminé à me dominer, à assumer les conséquences de mes actes, à réparer mes torts, et là, devant elle, je me sentais à nouveau ébranlé. Alors qu'Alice et moi marchions en direction de la traversée piétonnière, je vis une limousine s'immobiliser devant nous. Au logo sur le coffre arrière, je reconnus qu'il s'agissait de la voiture de Charlotte. Avant de revenir de Californie, je l'avais prévenue et lui avais demandé une rencontre dès mon retour. Son chauffeur m'ouvrit la portière et, tout sourire, me fit signe de monter à bord. J'étais sauvé !

D'une voix doucereuse, j'expliquai à la déesse qu'on était venu me chercher et que je la reverrais, plus tard cette semaine, à mon bureau. Elle resserra davantage son étreinte. Plus je tentais de me défaire de son emprise, plus elle résistait. D'une main ferme, elle me laissa savoir que c'était avec elle que je quitterais les lieux, pas autrement. Alors Charlotte pointa le nez par la vitre entrouverte de la limousine et demanda suavement : « T'as un problème, Claude ? » Je répondis : « Non, non, y'a pas de problème, j'arrive. » Puis, fermement, je me libérai de l'emprise et d'une voix catégorique, je mis un terme à cette situation : « On se voit à mon bureau. » Au moment de fermer la portière, elle me lança : « Salaud, je vais te dénoncer. »

En prenant place auprès de Charlotte, j'étais sonné. La menace proférée m'avait submergé d'une vague de culpabilité et j'étais incapable de dire un mot. Charlotte prit la parole : « Le voyage semble t'avoir épuisé, Claude, à moins que ce ne soit le retour ? Je te sers un verre ? » Du minibar, elle sortit une bouteille de scotch entamée, et deux verres. Elle allait nous servir lorsque, me ressaisissant, j'ajustai ma montre à l'heure de Montréal et à la réalité qui réclamait ma présence : on m'offrait à boire et, pour la première fois de ma vie, je devais refuser. Je venais de retrouver l'usage de la raison et les mots qui sont venus m'ont surpris moi-même : « Non merci, pas maintenant. J'aurais plutôt besoin de me rendre à Québec, pouvez-vous m'y conduire ? »

En route, j'ai d'abord clarifié la situation qui nous concernait tous deux et lui ai signifié qu'il serait préférable, dorénavant, qu'elle consulte quelqu'un d'autre. J'ai avoué mes torts déontologiques et, sans chercher à rejeter la faute sur l'alcool, je lui expliquai que, quand j'en abusais, non seulement je ne dominais plus mes comportements, mais que j'étais sous sa dépendance. Elle m'écoutait et je pouvais déceler, à son attitude, qu'elle entendait vraiment mes propos et qu'elle ne me jugeait pas. J'étais en présence de quelqu'un de bien, d'une femme sensible en qui je pouvais avoir confiance. Lorsque, à son tour, elle prit la parole, ce fut avec sincérité : « Je suis désolée de notre conduite, Claude », et elle me demanda : « Que comptes-tu faire ? »

Je l'informai que j'avais déjà pris les dispositions pour prolonger mon congé. La secrétaire du bureau aviserait ma clientèle que j'avais à me soigner. Ensuite, avec enthousiasme, je lui racontai que je venais de faire la rencontre de quelqu'un de très particulier, dont l'expérience et le savoir, concernant les dépendances, étaient exceptionnels. J'ajoutai que mon empressement à me rendre à Québec m'était dicté par un instinct de survie et que je pressentais que j'allais apprendre énormément auprès de lui. Je voulais également profiter de cet arrêt de travail pour me reposer et prendre du recul. Je me suis surpris à lui confier mon intention de ne plus retourner travailler à l'hôtel de mon père. Cette dernière confidence me laissa songeur. Elle-même garda le silence, comme si elle comprenait qu'en délaissant ces samedis traditionnels à l'hôtel, je désertais la vie que j'avais connue jusque-là. Que je fuyais mon père et nos habitudes.

Alors que nous roulions, Charlotte m'invita à déposer ma tête sur ses genoux. Tendrement, ses mains caressaient ma nuque et elle chuchota : « Aujourd'hui, j'ai perdu mon psy mais découvert un homme courageux et vulnérable à la fois. Ta décision d'arrêter de boire me fait évidemment me demander si je ne devrais pas, moi aussi, changer mes habitudes. Je vais y réfléchir. » J'ai trouvé doux à mon oreille d'entendre ces paroles. J'ai levé la tête vers elle, elle souriait. Dans son regard qui répondait au mien, je pouvais lire l'apaisement de nos cœurs, blottis l'un contre l'autre, et le désir de nos corps, apprivoisé enfin. En toute quiétude, je me suis assoupi dans les effluves de son *Chanel n° 5*.

À l'approche de Québec, le chauffeur me demanda où il devait me déposer. J'ai répondu l'hôtel *Hilton*, tout près du parlement. Pourtant, ce n'était pas dans mes habitudes, je préférais les petites auberges plus intimes.

Je remerciai Charlotte de m'avoir accompagné jusqu'ici, soulignant sa générosité et ma joie de la savoir à présent complice de ma nouvelle vie. Elle était franchement heureuse de la tournure des évènements : « Tu m'inspires beaucoup », ajouta-t-elle en m'embrassant sur la joue.

En regardant la voiture s'éloigner, j'étais triste d'abandonner une femme avec laquelle j'avais connu certes une déroute, mais également un début de passion.

La brume dans ma tête

Mon sac de voyage en bandoulière, je pénétrai à l'intérieur, répondant au salut du chasseur qui, gentiment, m'avait ouvert la porte. Dans le hall, une sensation étrange, de déjà-vu mobilisa mon attention. Au lieu de me diriger vers la réception, je suis allé m'installer dans le petit salon situé au milieu du hall. Aussitôt assis, le coup de barre. Une profonde lassitude me fit plier l'échine. Je m'accrochai à ma respiration pour ne pas paniquer. J'avais besoin d'aller m'étendre, et vite. Faisant un effort pour me relever, je me suis dirigé vers le comptoir. En me voyant, le commis demanda : « Vous éprouvez un malaise, monsieur ? » En lui tendant ma carte de crédit, je l'ai prié de se hâter. De me donner une chambre tout de suite, je remplirais la fiche plus tard, ajoutant que la journée avait été longue, stressante et que j'avais un urgent besoin de m'étendre. Il demanda au chasseur de m'accompagner jusqu'à ma chambre.

Dans l'ascenseur, tout se bouscula dans ma tête, j'éprouvais un vertige inhabituel. Arrivé à la porte, le chasseur me laissa entrer et j'allai m'asseoir directement sur le lit. Il déposa mon sac, me demanda si je voulais qu'il appelle un médecin, je lui fis signe que non et il me laissa seul.

Dans une sorte de brouillard, j'aperçu le minibar et sans même réfléchir, la main tremblante, j'ai saisi la clé, ouvert le frigo pour attraper la première petite bouteille de boisson forte sur la tablette du haut. Du scotch. Je l'ai bu d'une traite. Immédiatement, je retrouvai cette sensation agréable de chaleur qui envahit tout l'intérieur et déclenche un relâchement des tensions. J'eus l'impression que je venais de retrouver instantanément toute mon énergie. Puis, je réalisai ce que je venais de faire. Paniqué, j'ai pensé à Charlie, à lui téléphoner. Curieusement, mon réflexe fut plutôt de saisir une autre petite bouteille, de gin celle-là, empressé d'apaiser mon état de panique. Après avoir bu les deux dernières minibouteilles, je me suis raisonné, me disant que ça n'était pas une heure pour déranger mon nouvel ami. Je prendrais juste une bière pour finir, puis j'irais me coucher. C'était ignorer la soif que je venais de déclencher.

Un peu plus tard, je me suis retrouvé au bar de l'hôtel en train de prendre plusieurs consommations additionnelles, en compagnie d'une femme que je venais tout juste de rencontrer, pour ensuite la suivre à sa chambre. À partir de là, je ne me souviens plus très bien.

Je me suis réveillé aux premières lueurs de l'aube, dans un état de déprime, allongé sur un banc à la terrasse du Château Frontenac, confus, me demandant ce que je faisais là. En fouillant dans mes poches, pour vérifier si j'avais toujours mon portefeuille, j'ai mis la main sur la carte d'affaire de Charlie. J'ai cherché un téléphone public et j'ai composé.

— Charlie? C'est moi, Claude. J'ai bu.

— T'es où là?

— J'ai bu et je ne sais même pas pourquoi. J'ai honte.

— Tu m'appelles d'où, là?

— De la terrasse du Château.

— Ne bouge pas, j'arrive tout de suite.

Toujours sous l'effet des vapeurs éthyliques, j'étais à faire quelques pas sur la promenade, quand, assailli par le remords et le désespoir, je me suis approché de la balustrade avec l'envie de me jeter en bas de la falaise. Dans ma tête tout s'emmêlait, le non-sens de ma vie, l'abandon de ma mère dont je ressentais encore la douleur aiguë et cette peur d'être délaissé à nouveau. Je voyais défiler les ratés de mon parcours : mon incapacité à vivre l'intimité, cette anxiété viscérale, implacable et surtout, la crainte de ne pas être à la hauteur de mes responsabilités, tout comme la hantise des représailles d'avoir dérogé à mon éthique professionnelle. Saisi de désarroi, je ne savais plus à quoi me raccrocher. Quelque chose en moi basculait. Je me suis vu tomber dans un gouffre. J'avais peur, terriblement peur. Impuissant, j'assistais encore une fois à une perte de contrôle. Comme sous l'emprise de la folie, une voix intérieure cria : « Mieux vaut mourir maintenant que finir tes jours condamné à boire. » Aussitôt, j'eus soif à nouveau. Une soif désertique, impossible à étancher. Ma bouche est devenue sèche, râpeuse. Tourmenté, angoissé, la voix cette fois hurla : « C'est sans issue, finis-en, tout de suite ! »

Envoûté, la vue embrouillée, j'ai regardé au bas de la falaise. Zombi, j'ai enjambé la rampe et me suis senti aspiré par le vide. La dernière chose dont je me souviens, c'est la voix de Charlie me disant : « Ça ne sera pas pour cette fois-ci, bonhomme. »

Je commençais à peine à dégriser, quand nous sommes arrivés à l'auberge où j'avais l'habitude de descendre. Je venais de lui raconter l'emprise du minibar et n'avais nulle intention de retourner au *Hilton*. La propriétaire, étonnée que je me présente à cette heure matinale et sans réservation, n'a pas posé de question. Une bonne étoile veillait sur moi, une annulation, la veille, venait de libérer la grande chambre mansardée que j'avais déjà louée lors d'une visite précédente. Mon ami m'accompagna jusqu'à la chambre, située au quatrième étage.

— Repose-toi, je m'occupe de tout. Je vais aller chercher tes bagages au *Hilton* et te le rapporterai plus tard. Là, tu dors, O.K.?, avait-il ajouté sur un ton autoritaire.

Dès qu'il eut refermé la porte, je m'allongeai sur le lit et me mis à pleurer. Me retrouver en cette confortable chambre, sous les combles du grenier, me donna l'impression d'être dans un nid, isolé du reste du monde et je me sentis béni qu'il en soit ainsi. Je repensais à ce que mon nouvel ami venait de faire pour moi. Rien de moins que de m'avoir probablement sauvé la vie. Tout naturellement, il semblait comprendre ma détresse. Je m'endormis rassuré.

Quelques heures plus tard, Charlie cogna à ma porte, mes bagages à la main et proposa aussitôt que nous sortions marcher. La marche, précisa-t-il, me serait des plus bienfaisantes. Même si je me sentais plutôt las, j'acquiesçai à sa proposition, en ajoutant que j'adorais me promener dans les rues du Vieux-Québec.

Nous venions à peine de quitter la rue Saint-Louis, pour emprunter la rue Sainte-Ursule, qu'un souvenir d'enfance, chargé d'émotion, fit son apparition. Charlie s'immobilisa, je fis de même et, en témoin respectueux, il me dit: «Laisse monter ton émotion, ne la retiens pas.» Comment avait-il fait pour percevoir ce que je ressentais, avant même que je ne dise un mot? J'apprendrai plus tard, qu'ayant l'ouïe très sensible, il avait perçu, à ce moment-là, un changement dans ma respiration. Quelques larmes se sont échappées du lot que je tentais tout de même de refouler. Même si ce souvenir était parmi les plus beaux de ma vie, je craignais de me laisser aller à un épanchement incontrôlable. Attitude de gêne ou simple fait d'avoir appris qu'un homme, ça ne pleure pas. Devant mes efforts, il ajouta : « Profite de ce moment, c'est un cadeau que la vie t'offre. » Cette notion de cadeau associée à une émotion m'était nouvelle. Je devrai m'en souvenir, pensai-je.

Nous avions repris notre marche et je tentai de lui expliquer que je pleurais parce que d'être ainsi à ses côtés me rappelait un souvenir de mon grand-père que je chérissais tout particulièrement : « Souvent, à l'aube, grand-père et moi marchions côte à côte derrière le troupeau de vaches que nous ramenions à l'étable. Sa présence rassurante me donnait confiance. Une fois les vaches établées, lorsque l'on se dirigeait vers la maison où grand-maman nous avait préparé à déjeuner, grand-père me passait tendrement la main dans les cheveux en me remerciant. » Toujours en pleurant, je terminai en ajoutant :

— Grand-papa, c'était la bonté même.

— Merci, Claude, de partager avec moi cette image de ton enfance.

Il avait parlé lentement avec beaucoup d'empathie. Sa voix était très mélodieuse. Après avoir séché mes dernières larmes, je remarquai que nous nous étions arrêtés, sur la fin de cette évocation, devant deux très belles églises qui se faisaient face, de chaque côté de la rue.

— De futurs musées ou peut-être des ateliers d'artistes, présuma-t-il en visionnaire.

— Ah oui ?

— Même en anglais, Dieu ne fait plus salle comble.

Et nous avons repris le pas. Je l'entendais murmurer comme s'il méditait encore sur cette évocation de ma jeunesse. Nous avons alors remonté l'avenue Saint-Denis où je rêvais de posséder un jour un pied-à-terre. Cet endroit longe la Citadelle entourée de remparts et offre une vue spectaculaire sur le fleuve. Arrivé sur le plateau, Charlie fit à nouveau une pause. Il en fera régulièrement tout au long de nos promenades, une manière bien personnelle de marquer le pas et que je ferai mienne, moi aussi. La tête légèrement inclinée vers la droite, il regardait en direction du fleuve : « Savais-tu que les Amérindiens appelaient le Saint-Laurent : *La rivière qui marche ?* » Je me suis retourné pour admirer le fleuve, je remarquai les lumières du traversier qui venait de Lévis. Lui, la tête inclinée vers la gauche, semblait réfléchir en fixant le sol. D'un ton grave, qui imposait le respect, il dit : « Ton grand-père est trèèès important pour toi. »

Il avait prononcé ces paroles de manière affirmative et concluante. Il n'y avait rien à ajouter. Tout en me fixant dans les yeux, il avait souligné son affirmation d'un mouvement ferme de la tête. Il répéta ce geste à quelques reprises et nous reprîmes notre promenade.

J'éprouvai, tout à coup, une étrange sensation, comme si j'avais l'esprit altéré. Je me suis demandé si cela n'était pas dû à l'émotion que je venais de vivre, encore stupéfait de me retrouver ici, en présence de cet homme, qui semblait mieux que moi comprendre ce qui m'arrivait. À ses côtés, je retrouvais une sécurité qui me permettait de m'abandonner, comme si, pour demeurer sobre, j'avais remis mon sort entre ses mains. Je n'étais plus seul. Enfin !

Ce fut à mon tour de faire une halte. J'avais besoin de lui décrire ce que je venais d'éprouver. Avant de parler, je pris le temps d'écouter le pas des sabots d'un cheval résonner sur les pavés. Après que la calèche se fut éloignée, je lui racontai, dans un même souffle, d'abord l'épisode de la cuite au *Hilton*, puis en détail, mon arrivée à l'aéroport, la rencontre avec ma cliente, la montée en limousine avec Charlotte. Pour ne pas interrompre mon envolée, il chuchotait ici et là : « Intéressant ! » Il répétait le mot avec quelques variantes, passant du : « Intérrressant ! » à « Très intéressant ! », et particulièrement lorsque j'avais parlé de la déesse envoûtante venue m'accueillir à l'aéroport, il m'avait servi un savoureux : « Hum ! Spécialement intéressant ! » Par contre, à la mention qu'elle voulait me dénoncer, il prit un ton sévère pour affirmer : « Elle ne le fera pas ! »

À la fin de mon récit, il s'exclama :

— Tu l'as échappé belle !

— Lorsque Charlotte m'a offert à boire, j'étais certain que si je succombais, j'étais foutu. Et pourtant, dès mon arrivée à l'hôtel… Sais-tu ce qui me déçoit le plus ?

Il le savait très bien mais il eut la délicatesse de me laisser répondre pour que je m'entende le dire :

— Je suis déçu de moi. Déçu de constater mon merdier. Déçu également de constater que je suis accro à l'alcool.

Après avoir prononcé ces derniers mots, j'éprouvai un choc. Même si depuis quelques jours j'avais admis que j'étais un dépendant, la prise de conscience que je n'étais pas celui que je pensais être restait difficile à digérer. Un état de dépression, comme un raz de marée, était venu engloutir l'image que j'avais de moi. J'étais terrassé. Tout s'écroulait. Je tombais en ruine, brisé, et pour ajouter à l'humiliation, il y avait un témoin. Charlie restait silencieux. Son attitude compatissante laissait paraître qu'il avait déjà vécu cette fracture de l'image intime. L'inquiétude me crispa. La poussière de mon passé n'était pas encore retombée que je me demandais si je serais en mesure de me refaire, si je serais capable de fonctionner à nouveau, parmi le monde. J'étais à la fois en état d'urgence et d'impuissance.

— Je ne me sens pas bien, dis-je, la voix étouffée.

— C'est normal, avait-il ajouté avec sympathie.

— Je me sens démoli.

— C'est très bien et c'est même tant mieux pour toi, crois-moi. Dans mon cas, ce fut très long avant que je sois en mesure de voir l'ampleur de mon gâchis. Même si, plusieurs fois, je me suis retrouvé devant l'évidence de ma vie désordonnée et bien que je reconnaisse avoir fait du progrès pour la remettre en ordre, je ne suis même pas certain, encore aujourd'hui, d'avoir totalement capitulé. Peut-être pourras-tu, avec ce que tu vis en ce moment et avec tout ce que tu sais, me venir en aide?

— Moi? Te venir en aide?

Ce qu'il venait de dire me renversait, même si j'étais déjà en état de choc.

— Oui, toi. Je le pense vraiment.

— Tu n'es pas croyable. Je suis là, à me sentir en faillite… envahi par un sentiment d'échec total, à douter si, un jour, je pourrai me relever…

— C'est justement parce que tu es comme ça que je suis convaincu de ce que j'avance.

Même si je le voyais vraiment sincère, je lui demandai :

— Tu me dis ça, mais en fait tu as voulu détourner
mon attention pour que je ne reste pas écrasé au fond.

— Ce n'est pas vraiment ce que j'ai fait, mais dit
comme ça, je trouve ça très intéressant. J'espérais pour
toi que ça casse et que tu touches le fond.

Le temps, en sa compagnie, avait encore filé, tout
comme la journée d'ailleurs. Dans le restaurant de la
rue Saint-Jean, où nous avions pris place, je touchai à
peine à mon steak. Il fut surtout question de mon avenir
immédiat. D'abord, répondre à mes besoins prioritaires.
Une brume venait de s'installer dans ma tête et mon
cerveau ne répondait plus. Il est venu me reconduire
en taxi. Péniblement, j'ai réussi à gravir les escaliers
pour retrouver ma chambre et m'écrouler sur le lit, tout
habillé.

Cette promenade dans les rues du Vieux-Québec
m'avait achevé. Je venais de reconnaître ma défaite.

Des gens importants

À mon réveil, je mis un certain temps à me situer. J'ai toujours aimé cette sensation de n'avoir aucun repère. Dans ces moments-là, je m'interroge : suis-je toujours dans le monde réel ou suis-je passé dans l'autre : le limbique, l'éthéré ? Constatant que j'avais faim, la mémoire m'est revenue. J'enfilai des vêtements propres et me regardant dans la glace, je remarquai que j'avais meilleure mine.

J'avais déjà pris une première assiettée et m'apprêtais à me resservir lorsque Charlie me rejoignit pour prendre le café. Il commença par dire :

— Comment se porte monsieur Chevalier, ce matin ?

— J'ai de l'appétit pour deux, surtout après la journée d'hier.

— As-tu bien dormi ?

— Je suis tombé comme une roche. Et toi ?

— Comme un oiseau, au septième ciel !

Il me raconta que, de retour chez lui, il avait pris le temps de se doucher longuement. À la sortie de la salle de bain sa femme, vêtue d'un kimono vert tendre, l'attendait avec une petite serviette dans chaque main. Avec délicatesse, elle avait épongé les gouttelettes qui ruisselaient sur sa peau. « C'est une femme extraordinaire ! » avait-il dit, affichant un regard de béatitude. Et ce qu'il ajouta par la suite me gêna quelque peu : « Elle aime me faire plaisir, tu sais, elle me traite comme son gros toutou. Afin de m'entendre grogner de plaisir, elle a entrepris de me sécher l'entrejambe avec son souffle, ç'a été comme une douce brise de fin d'après-midi, rien à voir avec le vent du matin qui sèche les vêtements sur la corde à linge ! »

Il parlait de cet événement avec beaucoup de candeur, sans aucune pudeur : « Je ronronnais, je sifflotais et lui susurrais gentiment tous les mots qui me venaient à l'esprit : ma céleste, mon bonbon, ma bienheureuse salope, ma vanille, ma petite fée des écorchés, divine putain, divine... divine... » Il s'était tu un moment, l'air ailleurs, affichant un sourire de bienheureux avant de poursuivre : « Tous les pores de ma peau disaient merci et tous mes poils frissonnaient de bonheur. Après, je me suis allongé à ses côtés et lui ai fait l'inventaire des bénédictions que j'avais reçues ces derniers jours : je n'avais pas été condamné à boire, j'avais pris l'avion sans faire de crise d'angoisse, j'étais avec une femme divine que je ne méritais pas et j'avais fait ta connaissance, Claude. » Ne sachant quoi dire, je lui demandai :

— Je te sers un autre café ?

— Non, j'aimerais plutôt t'amener en prendre un au Saint-Gérard.

Je n'avais pas posé de question. Il avait simplement ajouté que le Saint-Gérard se trouvait dans un quartier défavorisé de la Basse-Ville et que nous y rendre à pied nous ferait grand bien. En route, il fit l'éloge de la marche.

— Marcher, c'est le meilleur remède au monde. C'est le gros Frank, un ancien bandit devenu sobre qui me l'a fait découvrir. Il disait : « Dès que tu commences à te faire du sang de cochon et que c'est le début de la guerre mondiale dans ta tête, sors marcher et respire par le nez. » Tu vois, Claude, si les remords, la culpabilité, l'insécurité, l'apitoiement ou le doute te prennent en otage, n'hésite pas : sors au plus sacrant t'aérer l'esprit. Le grand air, même celui de la ville, est cent fois mieux que celui de la rumination entre quatre murs. À chaque inspiration, la vie entre en toi et, à chaque expiration, le méchant en sort. L'important, c'est de marcher pour s'accrocher, pour ne pas retomber dans nos vieilles habitudes, sous l'emprise de ces comportements qui créent le chaos et finissent par avoir notre peau. Chaque pas que tu fais est nouveau et tu es libre d'être nouveau toi aussi.

J'avais peine à suivre ses enjambées, je courais presque derrière lui. Je le trouvais très en forme, lui qui était de vingt ans mon aîné. Le souffle court, j'étais sur le point de demander une pause, lorsqu'il m'annonça que nous étions arrivés.

— La marche m'a sauvé la vie. Je suis certain qu'elle va te faire beaucoup de bien à toi aussi.

Il avait raison. Je me sentais le corps tout ravigoté et l'esprit vivifié. Il ouvrit une porte située sur le côté d'une imposante église sise au milieu d'une place. Je ne comprenais pas. Il m'avait proposé d'aller prendre un café au Saint-Gérard, cet endroit n'avait visiblement pas l'allure d'un bistrot. Après avoir pénétré à l'intérieur et avoir descendu quelques marches, je restai incrédule de me retrouver là dans ce sous-sol d'église. Ça sentait le comptoir populaire. Je suivis mon ami vers des gens qui se tenaient à l'entrée d'une salle. À première vue, ce petit groupe m'a rappelé les clients que je côtoyais à l'hôtel de mon père. J'eus un petit pincement, un moment de nostalgie, je m'ennuyais de mon monde.

J'ai pensé : il faut que je téléphone à mon père pour lui donner de mes nouvelles.

À l'entrée de la salle, j'avais imité mon ami qui serrait la main aux gens postés là, se présentant par son prénom et eux faisant de même. Après en avoir terminé le comité d'accueil, un peu inquiet, je chuchotai à mon ami :

— Qui sont ces gens ?

Il attendit pour me répondre que nous soyons au fond de la salle près de la cafetière.

— Ce sont des gens trèèès importants. Ici, tu verras, tout le monde est important.

Pendant qu'il nous servait le café dans des gobelets en polystyrène, je scrutai les lieux aménagés en salle de conférences. Une trentaine de chaises étaient alignées de chaque côté d'une allée centrale et faisaient face à une table rudimentaire juchée sur une petite estrade, derrière laquelle, sur le mur, étaient accrochés une série d'écriteaux plastifiés où l'on pouvait lire des slogans tels que « Vivre et laisser vivre », « Un jour à la fois », « Par la grâce de Dieu »... Un crucifix orné de deux photos représentant deux hommes complétait ce décor inusité. J'étais songeur. Avais-je atterri dans une secte quelconque ? Avant d'aller prendre place, mon ami fit le tour de la salle pour saluer avec enthousiasme chacune des personnes présentes. Je le suivais comme un chien de poche, tentant de l'imiter, mais de manière plutôt timide. J'allais bientôt recouvrer mon naturel, celui d'aimer me retrouver en public. Pour le moment, j'étais en période d'adaptation. Disons aussi que ce sous-sol d'église m'apparaissait un peu lugubre, quoique l'atmosphère, dégagée par les personnes réunies, reflé-tât, à ma grande surprise, une certaine joie de vivre.

Soudain, l'homme qui avait pris place à la table se leva et enjoignit l'assemblée à réciter avec lui une prière que je ne connaissais pas. Il était question de sérénité, de courage et de sagesse. Ensuite, il invita à tour de rôle des personnes à venir prendre place à ses côtés, pour faire la lecture de textes choisis. Le premier présentait une brève introduction des buts de cette association que je découvrais pour la première fois : venir en aide à ceux qui subissent les affres de l'alcool. Suivait un long texte qui faisait la description de la problématique de l'alcoolisme : « ... l'alcool est puissant, sournois... », je trouvais que c'était tout à fait juste. Par contre, la suite m'a désenchanté. Il fut question de Dieu, de le découvrir et de s'abandonner à lui. Je me suis vu croiser les bras et devenir méfiant. Je fus tenté de porter des jugements. Quelqu'un d'autre s'est levé pour lire les douze étapes proposées comme programme de rétablissement. Je n'ai pas bien suivi, mon esprit étant occupé à penser que mon ami m'avait conduit dans un quelconque mouvement religieux. Pourquoi m'avait-il amené ici ? L'endoctrinement, très peu pour moi. Je me suis ressaisi, m'efforçant tout de même de garder l'esprit ouvert. J'étais l'invité de mon ami et je n'avais pas à douter de lui. Cette pensée suffit à calmer l'inconfort que je ressentais. Cette amitié était mon aide pour aujourd'hui et cela suffisait amplement. Au bout d'une dizaine de minutes, l'animateur céda sa place à un homme qui se nomma par son prénom en mentionnant qu'il était alcoolique. Il fit un bref exposé de ses souffrances et de ses déboires avec l'alcool. Son récit me bouleversa. Entendre la transformation qui s'était opérée chez lui depuis qu'il était sobre me fit l'effet d'une révélation : je venais d'entendre un nouveau message d'espoir. J'étais content d'avoir assisté à ce témoignage, qui, selon les dires de mon ami, avait été un trèèès bon partage! En quittant les lieux, personne n'est venu me parler d'adhésion.

À la sortie, la trentaine de personnes, pour la majorité des hommes, s'est dispersée par petits groupes. Peu sont partis seuls. J'eus le temps d'observer la scène, puisque mon ami était demeuré à l'intérieur, pour s'entretenir avec la personne la plus importante du groupe, m'avait-il dit en venant me rejoindre quelques instants plus tard. J'appris qu'il s'agissait d'un nouveau qui venait pour la première fois en réunion. L'importance de la personne ici n'était pas déterminée selon sa valeur ou son prestige, sa position sociale ou son apparence extérieure. L'homme qui venait d'apparaître, en compagnie de mon ami, avait plutôt l'air d'un évadé. Non pas de prison ou d'institut psychiatrique, mais plutôt un évadé de lui-même. Je commençais à constater que mon ami aimait se retrouver en compagnie des plus souffrants.

Hier, il m'avait accueilli dans mon urgence, aujourd'hui il tendait la main à cet homme dans le besoin. Il allait bientôt m'expliquer qu'il avait adopté ce mode de vie pour ne pas se replier sur lui-même et risquer de tout ramener à lui. Il avait résolu de consacrer tout son temps à faire preuve d'égards envers les autres. Il s'accordait ainsi les meilleures chances de réussite, après avoir essuyé, pendant des années, de nombreuses rechutes. Il n'avait plus rien à perdre, tout à gagner. Sans l'abstinence, sa vie était un calvaire qui lui faisait souhaiter la mort. Après sa dernière rechute dans l'alcool, il avait eu la conviction qu'il ne pourrait pas survivre à la prochaine.

Charlie proposa sur un ton qui ne tolérait aucun refus : « Ça ne te dérange pas, Claude, que Ben nous accompagne à la soupe populaire ? » Je fis signe que non et nous sommes partis. En route, il nous confia : « Quand je ne suis pas celui qui a besoin d'aide, j'espère être celui qui peut aider. »

À la soupe populaire, il y avait beaucoup de monde et nous avons dû faire la queue sur le trottoir. « C'est comme ça chaque fin de mois pour ceux qui n'ont plus un rond », nous confia Charlie. J'étais confronté à cette réalité pour la première fois. À ce nouveau qui nous accompagnait et qui affichait depuis notre départ de la réunion un air distant, suspicieux, pour ne pas dire quelque peu paranoïaque, Charlie adressa ce commentaire : « Assister aux réunions est un médicament pour moi et il est préférable que je le prenne tous les jours. Pour moi, c'est aussi primordial que de respirer. Ne pas être condamné à boire aujourd'hui est un privilège ! » lui avait-il dit sur un ton insistant.

Ce fut finalement à notre tour d'être servi. On nous offrit un bol de soupe et une assiettée de macaronis à la viande. En observant mon ami à l'œuvre auprès de Ben, l'évadé, j'étais finalement en présence d'un collègue qui, plutôt que d'être dans un bureau, travaillait dans la rue. Il venait de répondre à notre compagnon qui nous avait résumé ses problèmes avec sa blonde, son proprio, son ex, son agent de probation et son *shylock* :

— Envoie-les tous chier. Le plus important, c'est de ne pas boire aujourd'hui et je te recommande d'aller assister à une autre réunion.

Ce à quoi le pauvre type rétorqua en larmoyant :

— Le plus urgent, ciboire, c'est de trouver de l'argent au plus crisse parce que mes deux jambes sont hypothéquées pis que le paiement est dû dans deux jours. J'ai pas d'autre choix que de faire un hold-up, pis cette idée-là me donne terriblement soif.

Charlie grimaça avant de lui lancer sur un ton de menace :

— Fais n'importe quoi, mais bois pas. Si tu réussis à ne pas boire, aie confiance, le reste va s'arranger.

Demeuré incrédule un instant, notre gars se leva et sur un ton cynique ajouta :

— C'est ben beau, j'ai tout compris. Je vais aller dire au *shylock* : là, *man*, l'important pour moi c'est de pas boire, mais inquiète-toi pas, tout va s'arranger.

Il fit quelques pas vers la sortie, s'arrêta, se retourna pour ajouter sur un ton cette fois-ci d'apitoiement :

— Ouin, plus j'y pense, plus j'serais ben mieux de disparaître d'la planète, moé.

Sur ce, mon ami se leva brusquement et s'approcha de lui à moins d'une longueur de bras, pour lui dire en pleine face :

— J'vais te dire une affaire, mon chummm, t'as pas pogné le bon gars pour venir te plaindre. Si tu veux agir en trou du cul, ça te regarde. Moi, je t'ai dit ce que je pense qui est le mieux à faire pour l'alcoolique que tu es. C'est ben plus que tes deux jambes que tu risques de perdre si tu retournes boire. J'vais te le répéter une dernière fois : Fais n'importe quoi, mais bois pas. M'as-tu ben compris, là, mon chum ?

Le bandit a soupiré en tournant les talons et s'en est allé la tête basse.

Nous venions d'assister à une vraie scène de western. Dans un saloon, les gars auraient probablement dégainé. Même la mouche fatigante qui nous tournait autour s'était figée, comme tout le monde dans la pièce. Mon ami demeura quelques instants sur place, immobile, au milieu du silence que ses paroles avaient créé.

À mon tour, je me levai de table et m'approchai de lui.

— Qu'est-ce que tu penses qu'il va faire?

— Il le sait. Mais ça prend tout un homme pour avoir le courage de poser les actions nécessaires à sa survie. Ça n'est pas parce que tu fais un métier de dur que tu n'as pas la chienne. Présentement, le gars est mort de peur. J'le sais. Ses chances sont minces. Mais je reste convaincu qu'un alcoolique, et je le répète, qui n'a pas bu, aujourd'hui, est un alcoolique qui va trèèès bien.

Il avait une fois de plus insisté sur le trèèès. Je venais de le voir à l'œuvre et de découvrir une autre facette de sa personnalité multiple. Il n'avait pas froid aux yeux, ce Charlie. Ses petites phrases, il les avait répétées comme une façon de dire qu'il s'agissait là du plus important à retenir pour qui veut s'en sortir.

En ce début d'après-midi ensoleillé, nous marchions au bord de l'eau. Je lui fis part de mon inconfort lors de la réunion. Il ne fut absolument pas surpris, au contraire. Il me rassura, j'avais réagi comme la majorité des gens la première fois: «À première vue, il n'est pas évident de voir plus qu'une gang de démunis ou de malades qui s'accrochent à Dieu pour s'en sortir. Mais, crois-moi, Claude, il y a là beaucoup plus que ça.» Et sur un ton paternel, il avait ajouté: «Cela me ferait grand plaisir si, pendant ton séjour à Québec, tu acceptais de m'y accompagner.» Il avait très bien saisi ma méfiance, mais savait aussi que j'avais besoin d'aide pour *ne plus être condamné à boire*, comme il disait. Ce qui m'importait pour le moment était de passer du temps avec lui. Je devrais cependant garder l'esprit ouvert.

Nous nous sommes éloignés du fleuve pour nous diriger vers la Haute-Ville et avons fait un détour par la rue du Petit-Champlain pour y prendre un autre café. Nos propos, cette fois, portèrent sur l'importance de s'accrocher à quelque chose pour ne pas sombrer dans le délire, pour éviter d'être envahi par une fausse perception de la réalité ou d'être submergé par des émotions intenses qui pouvaient inévitablement conduire à retourner boire. Charlie me donna ses trucs pour ne pas succomber à la tentation, pour ne pas laisser l'obsession prendre le dessus. Par exemple, il me raconta différentes attitudes qu'il avait adoptées : prier dès le réveil pour demander le courage d'affronter la journée sans avoir recours à l'alcool, demander le calme et la paix d'esprit afin de ne pas être emporté dans les montagnes russes de ses émotions, être épargné des crises d'angoisse et de panique, avoir envie d'aller en réunion, marcher, boire beaucoup d'eau, etc. Tout ça, il m'en avait parlé sans prêchi-prêcha. Je lui fis part de mes réticences.

— Pour que tes suggestions fonctionnent pour moi, dis-je sans gêne de le froisser, il me faudra les adapter.

— Prends seulement ce qui fait ton affaire, tu es libre, m'avait-il répondu sur un ton faussement détaché, les joues plissées.

— D'abord, disons que j'ai l'habitude d'adresser mes demandes à la vie, comme si je me parlais à moi-même, plutôt que de prier Dieu.

— O.K., mais t'as pas peur de te leurrer toi-même en t'adressant à toi ? Sa question, il l'avait posée comme un avertissement et l'avait fait suivre d'une deuxième sur un ton sarcastique : Ça fait beaucoup de toi-toi-toi-toi, tu n'penses pas, monsieur Chevalier ?

— Peut-être, mais je préfère ce risque plutôt que d'attendre trop longtemps après les fonctionnaires de Dieu qui ne semblent pas opérer plus vite que ceux d'ici, avais-je répliqué du tac au tac.

Ma répartie l'avait fait sourire et avait dissipé la tension entre nous.

— Dit comme ça…

— Je t'ai dit ce que je pense en toute franchise.

— C'est vrai et je l'apprécie.

— Je n'en espère pas moins de toi, Charlie.

— Pour ça, Chevalier, t'as pas à t'inquiéter. Mais continue tes explications, ça m'intéresse de t'entendre.

— Pour contrôler mes émotions, acquérir le calme et la paix d'esprit, je vais reprendre la pratique du yoga et de la méditation. Ce sera un *must* quotidien.

— Le corps a effectivement besoin qu'on s'occupe de lui tout autant que l'esprit.

— Et, pour les réunions, c'est avec joie que je t'accompagnerai, mais pour ce qui est de devenir un membre actif au sein de l'association, je préfère demeurer un auditeur libre.

Finissant son café en une seule gorgée, Charlie signala ainsi que notre échange tirait à sa fin.

— Je ne doute pas une seconde que tu vas trouver ce qui est essentiel pour toi.

— Je souhaite que tu continues de m'enseigner comme tu le fais.

— C'est flatteur, mais laissons le temps décider. Moi, je n'ai pas de diplôme, la seule université que j'ai fréquentée, c'est celle de la vie.

— Justement. Tu y as appris le précieux qui se cache entre les lignes des manuels savants et que seul le vécu peut transmettre.

Nous nous sommes quittés au coin des rues Sainte-Ursule et Saint-Louis. À en juger par son regard, notre complicité venait de se sceller. Je retournai à mon auberge. Lui s'en allait retrouver sa femme, au Grand Théâtre, pour assister à un concert de Charles Aznavour, dont les chansons leur rappelaient tant de souvenirs. *Trousse Chemise* la faisait rêver et, quant à lui, c'était *Je te hais* qui, chaque fois, ravivait sa culpabilité de père indigne.

Regarder à l'intérieur

De retour à ma chambre, installé à la table devant la lucarne, j'ouvris le cahier dans lequel j'avais commencé à tenir, en Californie, mon inventaire personnel. Je fermai les yeux et le souvenir des *Lettres à un jeune poète* de Rainer Maria Rilke refit surface. À cette époque, l'émotion ressentie à la lecture de la première lettre m'avait ouvert les portes de ma vie intérieure. Au jeune poète qui lui demandait si ses vers étaient bons, Rilke conseilla de cesser de tourner son regard vers l'extérieur, d'entrer en lui-même pour trouver ce qui l'incitait à écrire. Inspiré par ce souvenir, je rédigeai une lettre adressée à celui que j'avais été.

Cher toi,

Je ne sais pas si c'est une lettre d'adieu, mais ce que je vis depuis trois semaines, loin de celui que j'étais, m'indique que je ne reviendrai pas. Cette vie est derrière moi. S'ouvre un passage dans lequel j'avance, un guide à mes côtés. Un ami.

Il se passe quelque chose que je ne peux expliquer, mais qui me porte à me tourner vers une vie de liberté, sans alcool. Ce quelque chose, je ne veux pas chercher à le comprendre. C'est un élan qui me pousse. Comme si mes jambes n'allaient plus me servir à courir après le bonheur, mais plutôt à marcher sur le chemin de la sobriété, heureux d'en rencontrer d'autres qui, comme moi, font le même choix. Aujourd'hui, cet élan sera ma quête.

Les blessures, les douleurs et même la déroute que nous avons partagées sont ma richesse aujourd'hui et je t'en sais gré. Merci pour ces belles années.

Après l'écriture de ma lettre, je téléphonai à Steve pour lui faire part de ma cuite et de ma rencontre avec Charlie. Je lui racontai sa vaste expérience en matière de relèvement, son caractère singulier, notre différence d'âge... Heureux de m'entendre, il me dit : « Ta rechute vient te confirmer que tu dois éviter l'alcool et que de cheminer aux côtés de quelqu'un qui est passé par là est un excellent traitement. L'expérience bénéficie d'une longueur d'avance sur nos connaissances souvent approximatives. » Lui aussi admirait le travail de Charlie et de ses amis, convaincu que ce genre d'approche pouvait convenir à plusieurs. Il ne fut pas surpris d'entendre que je préférais demeurer un auditeur libre. Il connaissait mon profil de solitaire et me savait de toute façon engagé dans une démarche thérapeutique. Il me fit cette remarque à propos mon enthousiasme au sujet de Charlie et de notre différence d'âge : « Il semble représenter une figure paternelle et d'autorité. » Sur le coup, je n'ai pas fait de commentaire et, avant de raccrocher, je le remerciai encore pour son accompagnement.

Après l'appel, étendu sur mon lit, je repensai à la remarque de Steve. L'idée d'autorité, je la reconnaissais sans peine, car j'attribuais déjà à Charlie le rôle d'enseignant et à moi, celui d'élève. Par contre, la figure paternelle, je n'en étais pas certain. Mais en y réfléchissant, je constatai que sur plusieurs aspects, Charlie et mon père se ressemblaient. Deux affligés par l'alcool, rongés par la culpabilité, le remords… Venais-je de trouver un héros qui, contrairement à mon père, s'était levé pour affronter le dragon et le tenir à distance? Peut-être. Pourrait-il m'enseigner comment venir en aide à mon père? Quoi qu'il en soit, mon ami était certainement une sorte de médecin de l'âme qui montrait le chemin au nouvel arrivant et se soignait à son contact.

Curieuse médecine par osmose où les protagonistes se soignent au contact de la souffrance de l'autre.

Voilà ce qui expliquait ma fascination à son égard.

Il était passé minuit et je n'arrivais pas à dormir. Je décidai de téléphoner à mon père. J'espérais qu'il ne serait pas dans un état d'ébriété avancée, j'avais besoin de lui faire part de ma situation, de lui raconter où j'en étais. La dernière fois que nous nous étions parlé, c'était avant mon départ pour la Californie, je lui avais dit que j'allais consulter un spécialiste pour un trouble de l'estomac.

Il était content d'avoir de mes nouvelles. Je me suis retenu de lui dire d'emblée la vérité. Je ne savais pas comment la lui annoncer. Je le rassurai sur mon état de santé, en ajoutant que j'avais besoin de repos et qu'il était préférable, pour un temps, que je ne sois pas dans mon environnement habituel. Le changement d'air et ces deux mois loin du bureau me feraient le plus grand bien. Il s'en réjouissait pour moi. La nouvelle de mon malaise l'avait tout de même inquiété et avait surpris tout le monde. Tous, précisa-t-il, me souhaitaient un prompt rétablissement. Sur un ton plus grave, il me dit: « J'aimerais te parler de quelque chose qui te concerne, puis-je te rappeler dans une demi-heure, le temps de fermer la place ? » Sa voix habituellement calme et sereine laissait percer de la tristesse. Après avoir raccroché, je me suis demandé s'il avait bien dit : qui te concerne ou qui me consterne ?

En attendant son appel, je me faisais du souci. J'en étais à la dixième version d'un scénario sordide : mon père voulait probablement m'aviser que ma cliente Alice venait de rendre publique notre histoire et m'accusait des pires infamies... lorsque, enfin, le téléphone sonna ! D'entrée de jeu, mon père se lança dans un long monologue :

« Ce que j'ai à te dire... n'est pas facile... au téléphone... j'aurais préféré te parler autour d'une bonne table, mais comme tu prolonges ton absence, je ne peux pas attendre plus longtemps. Voilà... je t'ai regardé aller ces derniers mois et je commence à m'inquiéter. Ce que tu fais te regarde et j'ai toujours respecté tes choix, ce n'est pas aujourd'hui que je vais m'en mêler... mais il y a tout de même quelque chose que je veux te dire.

Depuis que tu es tout petit, tu as une belle personnalité qui sait se faire aimer des gens. Tu as réussi haut la main dans tout ce que tu as entrepris. Je n'étais pas le genre à me vanter de mon fils, mais laisse-moi te dire que je suis fier de toi, de tous tes succès. Je t'ai aidé et encouragé comme j'ai pu, même si je suis toujours resté derrière mon bar. Tu as beaucoup de qualités, mon gars, mais tu sembles avoir hérité malheureusement de mon pire défaut : mon penchant pour la boisson. J'ai l'impression que ça commence à te nuire. Je t'ai trouvé l'air moins heureux ces derniers temps. Toi qui as hérité du si beau sourire de ta mère, on dirait que tu l'as rangé dans le tiroir, pour emprunter un sourire forcé qui ne te ressemble pas. Comme tu peux voir, mon Claude, j'en suis à vider mon sac, parce que je commence à me faire du souci pour toi. Vraiment. Dernièrement, ça m'inquiétait de plus en plus de te voir sur le party les fins de semaine, avec tout le monde à l'hôtel… Bon… excuse-moi… j'ai l'impression de tourner autour du pot… ce que je veux te dire en fait… mon gars… c'est que… derrière la fête se cache une saloperie de menterie… l'ivrognerie. Moi, je suis pris dedans depuis longtemps… c'est même à cause de ça que ta mère est partie. Je voudrais donc pas que tu te fasses avoir toi aussi, que ça vienne gâcher ta vie. J'ai espéré à un moment que tes études en psychologie t'éviteraient de tomber dans le piège. Mais après avoir été témoin de quelques-unes de tes dernières virées, je me suis dit : ce n'est pas me mêler de ce qui ne me regarde pas, que de vouloir prévenir mon fils. C'est surtout ça que je voulais te dire, mon Claude : je voulais juste te prévenir de te méfier… de l'ivrognerie… »

Je l'ai écouté attentivement, en marmonnant ici et là, pour l'encourager à continuer de parler, comme il avait toujours eu l'habitude de le faire, avec franchise et simplicité. Là encore, je réalisais quel père formidable il était, malgré la présence de l'alcool entre nous. Je me suis empressé de le remercier chaleureusement d'avoir eu le courage, l'amour et la manière respectueuse de me parler et j'ajoutai : « Justement, papa, la vraie raison de mon voyage était d'aller consulter un collègue parce que je viens de réaliser que l'alcool me cause des problèmes, dis-je la voix nouée. Je préfère que tu gardes ça secret pour le moment et que tu continues de dire que je soigne un malaise à l'estomac. »

Il comprenait et m'assura de sa discrétion. En terminant, il insista : « Je suis soulagé de t'avoir parlé et surtout très content de ta décision. »

Après son appel, je compris que j'avais eu une bonne intuition en lui téléphonant. C'est lui qui avait besoin de me parler. De mon côté, je n'étais pas prêt à tout lui dévoiler, même s'il venait de m'ouvrir toute grande la porte. Je me sentais encore trop vulnérable, en pleine remise en question. J'allais finalement m'endormir quand ma pensée fut envahie par les propos de Charlie dans l'après-midi, au sujet du seuil qui différencie le buveur social du buveur à problème. Même si, selon lui, mon histoire laissait croire que je l'avais franchi, il s'était bien gardé de me dire que j'étais un alcoolique. Quelque chose dans cette identité me dérangeait, il le savait. Pour le moment, je préférais dire que j'étais dépendant. Il s'était contenté de clore avec : « L'important pour aujourd'hui, c'est que tu n'as pas bu. »

Je n'avais plus sommeil. Même si la nuit était passablement avancée, je décidai de sortir prendre l'air. Pour éviter de faire craquer les marches, je me laissai glisser sur la rampe d'escalier comme un gamin qui fugue. Dehors, je me dirigeai vers le Château Frontenac, à trois minutes de l'auberge, pour aller me promener sur la terrasse Dufferin. En route, je croisai quelques rares passants et une calèche, presque fantôme dans le silence de la nuit, qui transportait un couple enlacé, émerveillé de se retrouver ainsi, dans le Vieux-Québec, au clair de lune, dans l'un des quartiers les plus romantiques au monde. Arrivé sur la terrasse, je fis une halte, accoudé à la balustrade. J'avais peine à croire que j'avais failli me jeter… J'ai vite fait de chasser cette pensée et je fixai la lune qui courait sur l'eau comme si elle suivait la descente du fleuve vers la mer. Deux jeunes amoureux, un peu ivres, sont passés derrière moi pour se rendre à la lunette d'approche installée à deux pas, sous le pavillon. L'image de ce couple ramena le souvenir d'une photo de notre album de famille. Le cliché avait été pris, exactement au même endroit, lors du voyage de noces de mes parents : tous les deux, joue contre joue, postés de chaque côté de cette même lunette d'approche.

Les amoureux s'en allèrent en se bousculant gentiment et une tristesse tomba sur moi. Je mis une pièce de monnaie pour activer la lunette, tout comme mon père l'avait certainement fait pour permettre à ma mère de regarder glisser les bateaux sur le fleuve, apercevoir au loin l'île d'Orléans et Lévis sur la rive d'en face. Je dirigeai la lunette d'abord vers la lune, ensuite vers le fleuve… le tic-tac de la minuterie scandait le rythme de cette danse imaginaire qui faisait tournoyer le reflet de la lune sur l'eau jusqu'à ce dernier « clic » qui ramena le silence et me laissa seul dans le noir. La blessure de l'enfant abandonné resurgissait.

Aussitôt, je m'empressai de rentrer avant que la tourmente et la soif ne me tenaillent.

Notre Père qui êtes aux cieux, gardez-nous bienheureux !

Comme si mon copain avait deviné que je m'étais couché aux petites heures du matin, il se pointa à ma chambre en fin de matinée, je venais tout juste de me lever. Voyant mon allure échevelée, il dit d'un ton moqueur :

— On dirait que tu as passé la nuit sur la corde à linge.

— Toi, à te regarder, on dirait que ta soirée Aznavour a été une cure de jouvence ?

— Nous avons passé une trèèès belle soirée ! Et toi ?

— Disons qu'elle fut riche en émotions.

— Ah bon ! Est-ce que tu viens prendre un bon café au Saint-Gérard ?

— Avec grand plaisir, je prends une douche et te rejoins dans le hall.

Même si nous marchions d'un bon pas, j'arrivais à parler sans être à bout de souffle. Je n'étais pas déconcentré par les gens à éviter sur le trottoir, les rues à traverser ou les escaliers à descendre, je parlais, parlais sans pouvoir m'arrêter. Mon ami m'écoutait religieusement, comme si j'avais dit une grand-messe. Au moment où je relatai la conversation téléphonique que j'avais eue avec mon père, il s'immobilisa et me coupa la parole :

— J'espère que tu ne lui en as pas trop dit, car il est encore tôt.

— C'est ce que je pressentais, alors je m'en suis tenu à l'essentiel : l'alcool me cause problème, je n'y touche plus depuis quelques semaines et je tiens à ce que cela reste entre nous.

— C'est bon ça, dit-il tout en reprenant la marche d'un pas déterminé, pour que nous ne soyons pas en retard à la réunion.

— Je crois que j'accepte assez bien mon état de vulnérabilité.

— Pour quelqu'un qui en est à ses débuts, je dirais que tu vas trèèès bien, mon Claude. Tu traverses présentement l'étape de changement la plus difficile et peu nombreux sont ceux qui la réussissent. Mais j'ai confiance, ajouta-t-il en mettant affectueusement sa main sur mon épaule, tu es quelqu'un qui persévère, toi.

Lorsque nous sommes passés sous la porte Saint-Jean, mon ami, toujours aussi imprévisible, profita de l'écho pour lancer : « Notre Père qui êtes aux cieux, gardez-nous bienheureux ! » Cette courte tirade m'avait fait sourire et il enchaîna alors que nous traversions à présent la place d'Youville : « Gardez-nous libres, nous pauvres miséreux ! Amen. » Avons-nous répondu en chœur, avant de poursuivre sur l'entretien que j'avais eu avec mon père.

— Lorsque papa m'a parlé des clients et des copains qui me souhaitaient un prompt rétablissement, j'ai essayé d'imaginer ce que je leur dirais pour justifier le fait que j'ai choisi de ne plus boire.

— Et ça serait quoi ?

— Je ne peux pas prendre d'alcool durant mes traitements.

— Ce que j'aime entendre dans ce que tu anticipes, c'est l'engagement de maintenir ta décision. Mais tu pourrais aussi dire que tu ne bois plus, sans donner de raison. Tu vas ainsi découvrir, assez rapidement, qui sont tes vrais amis. Quant aux autres, je te souhaite qu'ils fassent de l'air avant d'essayer de te faire changer d'idée. Tu vas en avoir amplement à faire, rien qu'à gérer tes propres doutes, crois-en mon expérience.

Au milieu de l'escalier qui descend la côte d'Abraham et rejoint le quartier de la Basse-Ville, nous avons fait une halte. Je me sentais alors particulièrement léger. Les larmes versées au clair de lune de la veille m'avaient soulagé d'un poids. J'ai pensé à quel point j'étais content d'être à Québec auprès de mon ami, à travailler à ma transformation, et d'avoir ces rencontres quotidiennes. Soudain, il me sortit de mes pensées:

— C'est important que tu ne te fasses pas des accroires. Ton choix de ne pas boire te regarde. Tu n'as pas à te justifier. Il n'est pas question non plus de te confesser, encore moins de demander l'absolution à qui que ce soit. Ce que j'ai fait, moi, par exemple, pour m'aider à me rétablir, fut de passer aux aveux en présence d'une seule personne à qui j'ai raconté l'inventaire de ma vie d'alcoolique que je venais d'écrire.

— Qu'est-ce que tu avais noté exactement? lui demandai-je.

— J'ai d'abord dressé une liste des personnes, des institutions, de tout ce qui avait suscité ma colère ou nourri mon ressentiment. Devant chaque nom je me suis demandé pourquoi j'éprouvais: amertume, rancœur, colère, agressivité, animosité, haine, irritation, etc. Dans un cahier, je notais la cause. Ensuite, j'ai précisé ce qui me faisait enrager ou souffrir, ce qui me menaçait ou me blessait. Peux-tu croire, Claude, que j'ai réussi à noircir quatre cent quatre-vingt-quatre pages, sur une période d'un mois. Ensuite, je suis allé les lire à un père dominicain, huit heures la première journée et quatre autres le lendemain. Pauvre lui ! Après cette expérience, ce père n'a plus jamais accepté d'être le témoin silencieux d'un tel inventaire. Je le comprends, j'avais vraiment sorti mes vidanges. Après deux heures de lecture, j'étais moi-même écœuré de m'entendre. Tout était négatif. J'ai failli vomir. Mais j'ai poursuivi en me disant que, de toute façon, lorsque j'aurais terminé, j'irais me jeter dans le fleuve. Je débarrasserais la planète de la pourriture infecte que j'étais.

— Même dans ta confession, tu as été excessif.

— Je voulais surtout ne rien oublier pour être libéré de tout.

— Nommer libère peut-être le secret, mais n'efface pas ce qui a été. Cela allège le fardeau de l'affliction afin de se relever et de se prendre en mains. C'est ce que je suis en train d'écrire dans mes pages ces jours-ci : accueillir ma dépendance, les conséquences, et prendre les moyens pour me responsabiliser.

— Mais c'est admiiirable ce que je viens d'entendre, dit Charlie, moqueur.

— À te voir aujourd'hui, on ne se douterait jamais que tu as eu un tel parcours, ni même que tu as pu avoir des problèmes de consommation.

— Chut ! ne le dis pas trop fort, me dit-il faisant mine d'être aux aguets avant de chuchoter : les ivrognes ne dorment pas tous sur les bancs publics, y'en a un qui sommeille en moi, faut pas le réveiller.

Quel cabotin ! Encore une fois il venait de me faire rire. Il se connaissait suffisamment pour rire de lui-même et ne manquait donc jamais une occasion de le faire. Se moquer de soi était un baume sur les blessures de son amour-propre, de son orgueil, de ses peurs. Bien que toujours enclin au ressentiment et à la haine, il les désamorçait avec une pitrerie, une bouffonnerie, allant du drôle au grotesque, à l'odieux parfois.

Arrivés à la porte du Saint-Gérard, il ajouta, au sujet des ivrognes :

— De toute façon, un ivrogne n'a aucun contrôle sur la boisson. La bouteille va le mener au fond.

— C'est drôle que tu dises ça, parce que quand j'étais petit, j'avais dit à mon père, au sujet des habitués de la taverne : « Ils vont finir par user leur fond de culotte avant d'atteindre le fond du baril. »

Les gens arrivaient pour la réunion, j'en reconnaissais plusieurs de la veille. Charlie s'excusa pour aller faire quelques pas avec un individu qui venait de le solliciter pour un entretien privé. Je restai près de la porte, de sorte que les arrivants me serraient la main en se prénommant. Je les percevais maintenant comme solidaires d'un même combat. Moi, sans minimiser l'ampleur de mon problème, je me voyais plutôt comme un simple soldat blessé à l'entraînement, qui a évité de se retrouver au front. Mon histoire n'était peut-être pas faite d'horreurs, mais avait quand même son lot de dérapages et de blessures. À mon insu, au fil des années, boire avait inhibé ma douleur mais augmenté ma souffrance. Lors de mes rencontres avec Steve, j'avais enfin eu le courage de faire face à ma colère, ma peine, mes peurs, mes frustrations, mes sentiments de rejet et d'abandon. Pour la première fois, mon histoire m'apparaissait précieuse, enrichie de tout ce qui avait fait partie de mon parcours, du chemin de ma vie.

Charlie vint me rejoindre au moment où le conférencier du jour allait prendre la parole. Ce dernier n'avait pas cette image de robineux qu'on associe souvent aux alcooliques. Il avait de la classe. D'après son récit, il en avait toujours eu, jusqu'à ce qu'il perde tout contrôle dans les cocktails. Sa femme avait bien essayé de lui faire remarquer qu'il buvait trop, mais après quelques tentatives de se surveiller lui-même, sans succès évidemment, il s'était mis à lui dire qu'elle le brimait. Cela avait causé de la tension dans le couple et sa femme avait décidé de ne plus l'accompagner lors de sorties mondaines. Sans plus personne pour le surveiller, il but allègrement. Ses bonnes manières et son discours de circonstance ont vite été remplacés par un comportement grivois et déplacé. Son libertinage entraîna ultérieurement des procédures de divorce et une invitation de ses supérieurs à démissionner de son poste. Tout cela avait fini par le convaincre d'aller en cure. Pour lui, le déclic s'était produit lorsqu'il s'était retrouvé à prendre la parole devant son groupe de thérapie. Cette expérience de vivre sans masque, sans distinction de classe ou de statut social lui avait permis de se sentir plus humain, d'accéder au vrai monde. Son alcoolisme, qui provoquait chez lui une perte de maîtrise et un changement de personnalité, avait failli lui faire tout perdre. Reconnaître et accepter qu'il soit alcoolique n'avait pas été difficile. À la fin de son témoignage, il remercia le groupe du privilège de partager cela avec eux et de donner ainsi un nouveau sens à sa vie. Il fut chaleureusement applaudi.

Cette histoire m'avait rendu joyeux, heureux de mon sort et j'eus envie de célébrer. Je proposai à Charlie d'aller dîner au restaurant situé au dernier étage de l'hôtel *Le Concorde*. Le plancher est muni d'un mécanisme de rotation qui permet de faire, en une heure, un tour d'horizon complet pour admirer la ville et les environs. Il accepta avec joie. Alors que nous traversions le parc qui se trouve derrière l'édifice du parlement, enthousiaste, il ne tarissait pas d'éloges à l'égard du conférencier qui avait, selon lui, fait montre de simplicité et d'humilité : « Pour un monsieur de la haute gomme, il ne pète pas plus haut que le trou. C'est quand même incroyable qu'il vienne régulièrement au Saint-Gérard, qu'il se mêle ainsi aux ivrognes de la Basse-Ville, à des gens qui n'ont même pas de classe ou à de grands malades comme moi, ajouta-t-il en riant. Tout un monsieur ! »

Au début du repas, lorsqu'il fut temps de choisir le vin, Charlie répondit au maître d'hôtel, d'un ton dégagé :

— Nous ne prendrons pas de vin aujourd'hui, mais deux Virgin Mary et une carafe d'eau, s'il vous plaît.

— Bon… je vais prendre la même chose, dis-je sur un ton résigné et affligé.

Tous deux se sont mis à rire. Confus, je réalisai ce que je venais de dire. Le maître d'hôtel parti, j'ai avoué à Charlie :

— Quelle tristesse d'être privé du plaisir de choisir une bonne bouteille.

— C'est généralement avec tristesse que l'on quitte ce que l'on a aimé, même si cela nous a fait souffrir. À chaque fois que j'ai quitté une maîtresse, j'ai voulu en mouuurir, dit-il mimant la déconfiture.

— Et alors, qu'est-ce que tu faisais ?

— Je rentrais penaud à la maison et je me sentais terrrrriblement coupable.

— Tu n'as pas trouvé mieux que de vouloir mourir ou te sentir coupable ? ai-je répliqué mi-rieur, mi-sérieux.

— J'essaye, docteur, j'essaye, a-t-il répondu sur le même air.

J'allais découvrir que mon ami avait une fourchette insatiable. Je l'avais prévenu que ce repas se voulait une célébration à laquelle nous pouvions donner des allures de festin. En regardant le menu, il était comme un enfant émerveillé devant le rayon des jouets. Il marmonnait, salivait et finalement, soupirant d'embarras, il s'exclama :

— Je suis incapable de choisir, je prendrais de tout.

— Ça serait exagéré, mais je vais imiter mon père fin gourmet qui, lorsque nous sommes tous les deux, commande toujours pour quatre. Même si nous ne mangeons pas tout, nous pouvons goûter ainsi à une variété de plats.

— Moi, je suis plutôt du genre gourmand-gourmet, il m'est impossible de ne pas vider les plats.

— Alors, dans ce cas, il serait préférable que je commande pour trois.

— Non, non, s'est-il empressé de répliquer, ne change rien à la manière de ton père. Les traditions, c'est sacré !

Ce fut une joie de le voir déguster les deux tiers des entrées de chèvre chaud, de pieuvre aux lentilles et de foie gras poêlé. Il fut impressionnant, même inquiétant, de le voir engloutir la moitié du canard confit sur lit de riz sauvage, les trois quarts de la darne de saumon et la totalité du jarret d'agneau. L'expression « mordre à belles dents » lui convenait tout à fait. Il mastiquait avec avidité, laissant entendre quelques claquements de langue, salivait beaucoup et bruyamment pour avaler ensuite en murmurant de plaisir. Au cours de ce festin, nous avons laissé pour un moment les discussions sur la sobriété, pour exprimer notre appréciation des plats ; leur présentation, leurs effluves et leurs saveurs. La nourriture nous avait quelque peu enivrés ; nous déparlions et avons ri de bon cœur aux comparaisons qu'il faisait entre le goût des plats cuisinés et la saveur exquise du corps des femmes : « J'adore lui mordiller l'oreille jusqu'à faire frissonner tout son corps…, sucer ses orteils jusqu'au supplice suprême… et quel bonheur de s'évanouir d'avoir trop humé son aisselle… » À la manière gargantuesque dont il avait engouffré toute cette nourriture, j'ai cru que sa panse était pleine et qu'on passerait outre les desserts. C'était sous-estimer l'ivrogne de la bouffe, l'ogre qu'il savait être parfois. J'avais osé proposer :

— Nous laissons tomber les desserts ?

— Es-tu malade ? Ce serait faire offense à un si succulent repas que de le priver de ce qui le couronne à juste titre de festin.

— Votre estomac, monsieur, parle avec grandiloquence.

— Vous avez raison, mon très cher doc. Ai-je besoin de vous apprendre que la réputation de la tarte au sucre de cet hôtel est connue de par le monde ?

— Ah bon ! Dans ce cas, allons-y pour ce chef-d'œuvre hypercalorique.

La tarte était vraiment exceptionnelle, nappée d'une crème onctueuse. Mon ami avait demandé à ce qu'elle soit réchauffée et avait fait ajouter, en plus, de la crème glacée à la vanille. À chaque bouchée, il jubilait de la tête aux pieds. À peine avait-il avalé sa dernière bouchée qu'il soupira mélancoliquement : « Mes orteils sont à genoux dans mes chaussures et en redemandent. » Quel gourmand ! Et quelle ivresse !

Même si nous n'avons pas prolongé le repas avec des digestifs, nous avons tout de même fait deux fois le tour du paysage et nous fûmes les derniers à quitter ce restaurant qui allait demeurer en tête de liste de nos préférés.

L'ORCHIDÉE MAUVE

Depuis son retour de Californie, Charlie avait mis sur la glace son travail d'agent immobilier. Chaque fois qu'il avait endossé son habit trois pièces, il s'était senti étouffer. Pour l'instant, envisager de faire autre chose déclenchait une avalanche de peurs. Tout comme moi, il vivait un virage.

— Ce virage-là, je ne l'ai pas vu venir, ça frôle le dérapage. Je ne suis pas certain d'avoir comme toi, Claude, ce qu'il faut pour tenir la route.

— Pas de panique mon ami, si tu veux, je peux prendre le volant.

— Je voudrais bien, mais je suis incapable de lâcher prise. Ma confiance a des limites.

— Lâcher prise n'est pas évident. Mais comment fais-tu pour abandonner le contrôle et confier ta vie à Dieu ?

— Je négocie, je menace, je le hais, je lui donne de la marde, je le tiens responsable. Après je capitule. Mais ça ne dure pas longtemps, à la moindre occasion…

— Es-tu sérieux ?

— Trèèès sérieux ! Je suis équipé comme le gars qui, tombant dans un précipice, réussit à s'accrocher par chance à une branche. Aucun moyen de remonter, aucune fissure dans le roc, alors il crie : « À l'aide ! » Une voix céleste lui répond : « Qu'est-ce que je peux faire pour toi, mon fils ? » Le gars réplique : « Sauve-

moi. » La voix divine lui dit: « Lâââche la branche. »
Après un long moment de silence, le gars crie finalement: « Y'a-tu quelqu'un d'autre ? »

Après avoir bien ri, il ajouta:

— Je suis un cas désespéré, hein?

— Y'a de l'espoir !

Dans les jours qui suivirent, j'ai vu que Charlie privi-
légiait notre lien tout en acceptant que je n'aie pas le
même élan que lui, d'adhérer et de m'impliquer dans
la fraternité. Je ne doutais pas une seconde de son effi-
cacité et j'admirais l'entraide qui se vivait là. De mon
côté, je privilégiais la démarche thérapeutique. Il ne
voyait pas d'entrave à notre amitié qu'il en soit ainsi. Il
comparait notre lien à une voie ferrée, dont les rails,
côte à côte, nous permettaient d'avancer dans la même
direction.

— J'ai un rendez-vous aujourd'hui à Montréal avec
un collègue. Il a déjà accompagné quelqu'un qui, tout
comme moi, a connu un écart.

— Tu vois, tu n'es pas tout seul à avoir pris le
champ.

— Et dire que je me croyais avant-gardiste.

— Avec tes méthodes expérimentales aux frais des
clientes? C'est ça la beauté de la jeunesse, ça pense que
ça va changer le monde !

J'avais fait un aller-retour en autobus dans la même
journée, sans faire un saut chez moi. La rencontre avait
consisté essentiellement à reconnaître les faits, identifier les émotions et les sentiments que j'éprouvais. Le
travail d'introspection continuait.

Sur le chemin du retour, j'avais lu un livre sur la
cure de raisin que Charlie m'avait prêté. Il souhaitait
que nous la fassions ensemble. Lui l'avait déjà suivie à

quelques reprises. Dès le lendemain, c'est ce que nous fîmes. Il était particulièrement enthousiaste parce qu'après une cure, m'avait-il dit, il lui était plus facile de retrouver un cadre alimentaire équilibré. L'expérience fut quelque peu éprouvante.

Les deux premières journées, à ne boire que de l'eau, j'avais éprouvé des maux de tête et des douleurs musculaires. Mon ami venait me rejoindre et nous sortions faire quelques pas sur les plaines d'Abraham, ensuite, c'était le repos total. Il me rassurait et m'encourageait à continuer malgré les inconforts que cela suscitait. L'idée de faire peau neuve, de me vider en quelque sorte et de donner un repos à mon système, tout ça me plaisait. Cela correspondait à ce que je traversais. Après une semaine à ne bouffer que du raisin, à boire de l'eau et des tisanes, une nouvelle sensation de légèreté et de souplesse m'incita à reprendre ma routine de yoga. Curieusement, je me suis mis à ressentir un surplus d'énergie et de vitalité. C'est à partir de ce moment que nous avons entrepris des promenades qui pouvaient durer plusieurs heures, traversant ainsi différents quartiers de Sillery à Limoilou, à La Canardière, etc. Quelles que soient les rues que nous empruntions, les parcs où nous faisions des haltes, en bon guide, il ne manquait jamais une occasion de me raconter les souvenirs de sa vie inscrits en ces lieux. Ici l'école de sa première année, là son premier coup pendable, derrière cette église sa première cigarette, à partir d'ici sa première fugue et juste en face, sur l'autre rive, le feu qu'il avait allumé…

Après ces deux semaines de cure, manger des légumes fut extraordinaire. Moi qui préférais la salade de chou crémeuse, je trouvai la salade verte savoureuse ! Depuis

le temps que mon ami souhaitait expérimenter le végé-
tarisme, il découvrait, en ma personne, un complice
et proposa que nous options pour ce type d'alimentation.

— Ne sommes-nous pas comme tu le dis: «en rétablissement», il serait approprié de se «rétablir» en
bonne santé. Allons, payons-nous la traite, avais-je lancé
en imitant le geste de celui qui paye la tournée.

— Ouiii! Soûlons-nous de bien-être.

Ainsi portés par l'enthousiasme, nous débordions de
santé. Nos corps allégés, nos esprits vivifiés, notre teint
devenu verdâtre à tant gober chlorophylle et vitamines
au grand air et au soleil, tout cela nous donnait l'allure
de voyageurs revenant d'un pays de famine.

Un matin, j'eus la surprise de découvrir un petit mot
déposé sous la porte de ma chambre par la femme de
mon ami, que je n'avais pas revue depuis le début de
mon séjour à Québec. Elle était passée à l'auberge un
peu plus tôt, mais n'avait pas osé me rencontrer à l'insu
de son mari, et pour cause. « Monsieur, je vous en prie,
veuillez détruire cette note après en avoir pris connaissance. Il ne faut absolument pas que mon mari
l'apprenne. J'ai une demande à vous faire: vous est-il
possible de l'aider à modérer son exaltation? Trop, dans
son cas, même de bonnes choses, comporte des risques
et des conséquences. Merci. Brûlez ce papier pour qu'il
ne m'arrive pas malheur. »

Je demeurai songeur. Quel était le sens réel de cette
missive? Et pourquoi cette peur d'un homme pourtant
si affable en ma présence? Soudain, je me suis rappelé
ma première impression lors de notre rencontre où
j'avais évité de regarder sa femme. Même lorsqu'il

m'avait raconté comment elle l'avait dorloté à la sortie de la douche, je m'étais bien gardé de faire un commentaire, de peur qu'il s'imagine quoi que ce soit. Le contenu de son mot indiquait qu'elle le craignait. Je n'avais jamais interrogé mon ami sur sa vie de couple et lui était demeuré peu bavard au sujet de sa femme. Je ne connaissais même pas son nom. La battait-il? Je le sentais capable de violence verbale, mais pas physique. En réalité, il n'affichait rien du romantique, de l'amoureux. Il avait plutôt les traits d'un homme très sensuel, possessif et prêt à tout pour satisfaire ses désirs. L'avenir le démontrerait.

Je savais que pour sauvegarder son honneur de mâle pourvoyeur, il l'obligeait à signer son chèque de paye et à le lui remettre. Il m'en avait déjà fait mention. Il m'avait avoué se sentir une crapule d'agir de la sorte, mais il aimait le pouvoir que lui procurait cette manipulation. Ils semblaient certes dépendants l'un de l'autre. Le voyant exalté, excessif dans ses comportements, elle appréhendait certainement un déséquilibre émotif qui menaçait la santé de son homme et le bien-être de leur couple. Pour qu'elle ose m'écrire ce mot, de toute évidence il y avait urgence. Comment devais-je répondre à sa demande?

Deux jours après avoir brûlé le petit bout de papier, j'usai de stratégie et fis part à Charlie de mon désir de rencontrer une nutritionniste, question de trouver un meilleur équilibre. Intéressé, il consulta également. Après quelques rencontres rapprochées, nos ardeurs étaient calmées.

Les semaines passèrent et la fin de mon séjour approchait.

La veille de mon départ, j'eus la surprise de recevoir une orchidée mauve. De provenance inconnue. Cette fleur voluptueuse serait désormais le symbole d'un secret féminin.

Ce geste vint réveiller le célibataire en moi et me rappeler que j'aimerais vivre l'amour, un jour.

Rester dans ses bottines

Au moment où je faisais mes adieux au personnel de l'auberge, Charlie m'a rejoint pour m'accompagner à la gare. Nos pas me parurent mieux synchronisés qu'à l'accoutumée. Cherchions-nous à graver dans notre mémoire le pas de l'autre ?

Sur un banc, près de la statue du célèbre colon, l'apothicaire Louis Hébert, nous avons fait une dernière halte. Je lui parlai de l'idée qui m'était venue un peu plus tôt :

— Je commence à ressentir le besoin d'être en amour.

— Il serait sage que tu ne te précipites pas. La solution n'est peut-être pas d'avoir quelqu'un qui occupe la place dans ton cœur et qui se fasse gardienne de ton corps, pour te protéger des autres. Tu y réfléchiras bien. La raison de ta recherche déterminera la valeur de la perle que tu trouveras. J'ai déjà lu quelque part cette parole de sagesse : c'est d'abord vers ton propre cœur que tu dois te tourner, pour connaître ce qu'il a à offrir.

— Vais-je y arriver un jour ?

— Ceux qui cherchent à s'unir pour combler un grand besoin d'amour se retrouvent souvent à donner ce qu'ils aimeraient recevoir sans nécessairement recevoir ce qu'ils souhaiteraient. Mais je devrais me taire, je suis le pire amoureux que je connaisse.

— Pourtant tu m'as l'air de vivre une relation plutôt harmonieuse avec ta femme, non? ai-je demandé, curieux de l'entendre à ce sujet.

Il pinça les lèvres et demeura songeur un moment avant de répondre :

— Tu veux que je te dise, Claude? Avec ma femme, c'est le désert! Nous vivons étouffés l'un par l'autre et sommes incapables de rompre. Elle dépend de moi, je dépends d'elle. J'aimerais qu'elle m'aide à la quitter et de son côté elle attend que je prenne la porte. Il m'arrive de vouloir briser notre silence, de lui dire que je me sens coupable, profiteur. Mais je suis incapable de lui parler, de passer aux aveux. Mais à toi, je peux te le dire : je la trompe depuis le début. J'ai jamais cessé d'aller voir les prostituées, d'aller aux danseuses et de consommer de la porno. Je suis rendu dans un cul-de-sac.

Je ne trouvai rien à ajouter à sa déclaration et je me gardai d'essayer de résoudre quoi que ce soit, puisqu'il ne m'avait pas invité à le faire. Il se leva. Silencieux, nous avons emprunté la rue des Remparts pour descendre la côte de la Canoterie et aboutir à la gare. Il restait encore une heure avant le départ de mon train. Moi qui voulais aborder avec mon copain plusieurs autres sujets avant de le quitter, je me retrouvais dans une tout autre réalité. Il avait la mort dans l'âme. La sécheresse du cœur les avait atteints. De toute évidence, la relation ne produirait plus de fruits. L'amour les avait désertés. Est-ce par inquiétude soudaine de le voir sombrer que j'osai lui demander :

— Qu'est-ce qui pourrait te rendre la liberté et lui permettre, à elle, de recouvrer la sienne?

— Admettre que je ne la mérite pas. Mais je suis trop lâche !

— Est-ce un jugement ou une constatation ?

— Une constatation malheureusement, qui ressemble à une condamnation, avait-il répondu en suffoquant, les yeux humides. En montrant des signes de panique, il réussit à articuler : j'étouffe.

— Sortons sur le quai, dis-je calmement en me tenant tout contre lui.

Je le voyais faire des efforts pour ne pas sombrer dans une crise d'angoisse. J'empruntai la voix douce d'un professeur de yoga, espaçant les mots, et je le guidai :

— Fixe... le bout de tes souliers... inspire lentement... sans forcer... maintenant... expire... lentement... comme ça... en faisant un son de sifflotement...

Je lui tenais le bras, inspirant, sifflotant avec lui tout en contrôlant le rythme lent de nos pas.

— Cette démarche s'appelle : « Se garder dans ses souliers. »

— C'est bon... ça me fait du bien... Est-ce une pratique qui vient du bouddhisme ?

— L'exercice de la marche oui, mais le titre est de moi.

— Ouf ! C'est passé, ça va mieux. Merci, je vais retenir cette leçon, mais je vais l'appeler : « Rester dans mes bottines. »

— C'est bon ça, dis-je en riant, soulagé de le voir se porter mieux.

Nous fîmes une pause pour observer le train qui entrait en gare. Les portes s'ouvrirent et rapidement le quai fut inondé de passagers. Une dame âgée, en fauteuil roulant, descendit du wagon de première classe aidée par le contrôleur. Après les avoir suivis du regard jusqu'à l'intérieur, mon ami s'exclama :

— Ah! Comme j'aimerais ça être à ta place, Claude, avec un billet de train en main qui m'emmènerait ailleurs, loin d'ici.

Il avait pris un air et un ton suppliants pour me dire cela et, sans réfléchir, je lui proposai:

— Pourquoi ne partirais-tu pas avec moi? Non pas pour fuir la réalité, mais pour donner à votre couple un peu d'espace et permettre à chacun de reprendre son souffle. C'est une idée intéressante, non?

— Trèèès intéressante! Mais extrêêêmement épeurante!!!

— C'est peut-être terrifiant, mais je serai là, mon ami. La distance et le temps arrangent bien des choses. Je viens d'en avoir la preuve ici même, à Québec, à tes côtés. Ce séjour m'a permis de prendre le recul nécessaire et je me sens prêt, malgré un fond de peur, à affronter à nouveau ma réalité.

— Je ne suis pas inquiet pour toi, tu es un courageux.

— Pas autant que toi. Faut être « fait fort » pour affronter chaque jour tous les démons qui t'habitent.

— Tiens, je ne m'étais jamais perçu comme ça. Dans ce cas, disons que j'ai du courage à me démener pour rester en vie, mais prennndre une décision... j'en suis inncapable.

Cette indécision qui paralyse et qui tue à petit feu, Charlie en était une victime profondément atteinte et la vivait comme un supplice infernal. Son visage s'était tendu, à nouveau, affichant un début d'anxiété. Voyant son état, je décidai pour lui.

— Tu m'accompagnes, dis-je. Pendant le trajet, tu m'aideras à me préparer pour ce qui m'attend à mon retour, ça te tiendra occupé. À l'arrivée, nous irons déposer mes bagages à mon appartement dans le quartier Côte-des-Neiges, près de l'oratoire Saint-Joseph. Ensuite, nous allons t'installer dans ma garçonnière du Vieux-Montréal. Tu y auras ton espace. Tu pourras profiter de la piscine intérieure et je verrai à ce que tu ne manques de rien durant ton séjour.

Je lui avais décrit tout cela calmement, avec simplicité, cherchant surtout à le sécuriser par mes propos, en retenant son attention pour contrer l'angoisse qui lui serrait encore la gorge. Je le voyais tenter de prendre de grandes bouffées d'air, cherchant son souffle et, entre deux efforts, il avait énuméré avec ironie :

— Un voyage en train, un miracle, une garçonnière... c'est trop beau ! Je ne pense pas être capable d'accepter si belle invitation.

— J'apprécierais beaucoup, à mon tour, de te tendre la main.

— J'aimerais bien accepter, mais c'est trop pour moi.

— Qu'est-ce qui t'en empêche ?

Avant de répondre, il prit le temps de se forger un sourire pour effacer l'accablement qui paraissait sur son visage :

— Tu n'as pas remarqué que tu t'adresses à un orgueilleux de la pire espèce ?

— Il y a un proverbe qui dit : « L'orgueil précède la ruine de l'âme et... et... » je ne me souviens pas du reste.

— Intéressant ! dit mon ami en fronçant les sourcils.

Mon proverbe inventé sur le tas l'avait déstabilisé, mais semblait lui plaire. Il le répéta lentement : « L'orgueil... précède... la ruine... de l'âme. » Il marchait la tête inclinée avec un léger mouvement de

secousse affirmative, et ruminait : « orgueil… ruine…
orgueil… ruine… » Je me trouvais à quelques pas
derrière lui lorsqu'il se redressa promptement pour se
tourner vers moi et m'annoncer :

— C'est décidé ! Je pars ! Je quitte tout ! Si je reste ici,
je vais mourir étouffé.

Il s'avança vers moi en me tendant la main.

— Merci, Claude ! C'est formidable ce qui m'arrive.

— Alors, tu pars avec moi ?

— Nonnn ! Je n'ai pas dit que je partais avec toi. Je
quitte ma femme !

Sa réponse me prit par surprise.

— Je quitte d'abord ma femme, après je donnerai
suite à ton invitation.

— Tu es sérieux ?

Faisant sa moue habituelle, il hocha la tête affirma-
tivement.

— Dans ce cas, je retarde mon départ. La présence
d'un ami n'est jamais de trop lors d'un évènement
majeur. Et c'en est tout un !

— Non, non. Je reste pour m'occuper de mes affaires
et toi, tu retournes aux tiennes. Laissons-nous ici, sur
ce quai, comme le présage heureux d'un nouveau
départ.

Le ton qu'il avait pris pour me dire ces paroles ne
laissait place à aucune réplique. Sa décision était prise.
Il redressa les épaules et, avec panache, avant de me
quitter, me fit une accolade de dignitaire russe, en
m'embrassant sur les joues.

Sans se retourner pour un dernier regard ou un salut
de la main, Charlie avait quitté le quai de la gare. Il
n'avait eu que quelques pas à faire avant de disparaître,
alors que j'étais resté paralysé sur place. J'avais le cœur

serré et l'œil humide : l'enfant en moi sanglotait. Son départ, comme une poudrerie opaque, m'empêchait de voir quoi que ce soit, et un tourbillon d'émotions diverses m'emportait : abandon, impuissance, inquiétude…

J'ai vaguement entendu l'annonce de mon départ et le contrôleur me dire quelque chose, j'étais toujours avec mon ami. Je repensais à la difficulté pour lui de faire des choix qui le promenait dans le manège épuisant des « oui, non, peut-être ». Quel contraste de l'avoir vu si ferme, pour ne pas dire rigide, tout à l'heure, lorsqu'il avait pris sa décision. Il semblait avoir trouvé l'élan pour agir et je m'étais abstenu de lui offrir mon aide, sachant que cela aurait tourné au « qui s'y frotte, s'y pique ».

Il ne semblait pas exister dans son cœur de zone de tendresse. Et, s'il y en avait une, je l'imaginais ressembler à une salle d'attente.

Le remue-ménage

Moi qui ai toujours aimé prendre le train, parce qu'on peut y circuler librement, y faire des rencontres, y prendre un verre ou une collation et admirer à loisir les paysages champêtres, je n'étais cette fois-ci qu'un corps en déplacement, mon esprit poursuivant sa réflexion. J'étais conscient que je ne revenais pas à mon ancienne vie. J'allais poursuivre ma transformation, faire le ménage dans mes relations, réparer mes torts et me tourner vers de nouvelles habitudes, de nouveaux loisirs. Tout cela me motivait. J'aurais à fournir un effort majeur pour tourner la page. Le défi qui m'attendait : intégrer à ma vie de tous les jours les actions nécessaires à maintenir ma liberté, mon choix de ne pas boire.

Habituellement, en débarquant du train j'allais au bar de la gare prendre un dernier verre avant de rentrer chez moi, une sorte de rituel. Était-ce vraiment un rituel ou une façon de prolonger le voyage ? Aujourd'hui je crois que cela était tout simplement une soif insatiable. Je m'étais donc retrouvé machinalement devant l'entrée du bar *Le Zombi*. J'allais passer la porte, sans l'ombre d'une pensée pour ma nouvelle résolution, lorsque je sentis une main sur mon épaule. Cette présence me sortit de la léthargie hypnotique qui, à mon insu, m'avait possédé. En me retournant, je réalisai avec stupéfaction qu'il n'y avait personne. Soudain, j'imaginai ce qui se serait passé si j'avais pris place au comptoir. Charlie m'avait pourtant prévenu que la rechute était sournoise. Mais tant que l'on ne l'a pas vue venir, on ne peut se douter à quel point elle est rusée. Y avait-il vraiment eu quelqu'un pour me retenir ? Je n'ai pas pris le temps de chercher la réponse, j'y réfléchirais plus tard. Pour le moment, déguerpir. En me dirigeant vers la sortie, j'ai déposé mes bagages dans un casier de la consigne, inséré la monnaie, verrouillé, retiré la clé et je suis sorti.

Dehors, sans bagages, je n'avais qu'une seule idée en tête, marcher. Avancer pour ne pas retourner en arrière. Marcher pour m'éloigner de l'ensorcellement. Je me suis alors imaginé mon ami à mes côtés. J'ai aimé cette sensation de ne pas être seul au monde. Je ne le serais jamais plus. Ma conversation mentale avait maintenant un autre interlocuteur. Silencieux peut-être, mais suffisamment présent pour m'inciter à poursuivre la confidence, et cela me réjouissait.

Je commençai par lui raconter que je n'étais pas prêt à rentrer chez moi. Peut-être n'étais-je qu'en transit ? Cette dernière idée me donna des ailes et je poursuivis mon chemin d'un pas plus léger. Pendant deux bonnes heures, comme un touriste dans ma propre ville, j'ai déambulé. Devant les endroits que j'avais déjà fréquentés surgissaient des souvenirs de fêtes et de bamboches. Devant le *Saint-Régis* où j'allais avec mes copains étudiants, mes pieds sont devenus brûlants. Je me sentis fondre sur place. Pendant que les passants me contournaient, ma lucidité projetait un film d'horreur, tourné dans mon cimetière affectif où étaient réunis tous mes manques. Il y avait des centaines et des centaines de représentations de moi, petites et grandes, une bouteille à la main, qui réclamaient mon attention, ma tendresse et mon amour, afin d'être libérés de cette mort dans l'âme et de cette éternelle bouteille. Je ne ressentais pas de révolte à me découvrir ainsi dans toutes mes carences, mais l'ampleur de la solitude m'habitait. Triste et accablante. À ce moment, j'imaginai Charlie me dire : « Ne reste pas sous le poids du passé. Tu ne peux pas le changer. Avance, un pas à la fois, vers ce que tu peux changer. » Était-il lui aussi présentement à faire ce pas et à quitter sa femme ?

J'ai hélé un taxi et me suis fait conduire au belvédère du Mont-Royal. J'avais ce besoin de voir au loin, pour sortir de moi, me projeter et rêver. La ville se dorait sous le soleil couchant et les lampadaires commençaient à s'allumer. Regarder l'étendue d'une ville à flanc de montagne m'a toujours fait penser aux cow-boys solitaires qui, en fin de journée, campent sur un plateau pour surveiller le troupeau et admirer le coucher du soleil. Un jour, j'irai à Rio pour gravir son Pain de Sucre et y découvrir la ville à mes pieds. Mais pour le moment j'étais à Montréal et, même si je me plaisais à me sentir touriste, je me suis dit : « Il est temps de rentrer chez toi, mon vieux. » J'ai gravi les escaliers qui mènent à la balustrade devant le chalet du Mont-Royal. De là, j'ai emprunté les sentiers contournant le lac des Castors, puis j'ai longé le cimetière Côte-des-Neiges pour me retrouver, quelques instants plus tard, devant mon immeuble.

Avant de franchir le seuil de mon appartement, j'ai pensé : dorénavant, pour contrer mon habitude de me servir un verre, je procéderai à un nouveau rituel. D'abord prendre une douche à l'eau froide, puis enfiler des vêtements confortables et faire un peu de yoga. Cette idée m'a réjoui, j'étais prêt à rentrer chez moi.

J'ai suivi ce nouveau rituel. Puis, lentement, j'ai fait le tour des lieux. Attentif, j'observais dans quel état je les avais quittés, deux mois auparavant. Je retrouvais les traces de cette vie que j'avais menée jusqu'alors. Mis à part les plantes qui se portaient à merveille, grâce aux bons soins de ma concierge, je fus surpris de constater que peu de choses ici me ressemblaient. C'est dire à quel point on ne se voit pas vivre et à quel point on peut prendre de la distance avec soi. Mon décor me donnait l'image d'un musée désuet, de quelqu'un qui s'habitait de moins en moins et semblait passer ici en coup de vent. Tout à l'heure, j'avais dû chercher mon coussin de méditation oublié sous le lit, depuis trop longtemps. Sur la table du salon, le bottin de téléphone et les bouts de papier griffonnés m'ont rappelé mon état de grande fébrilité le jour du départ. Il y avait eu urgence et aujourd'hui j'étais heureux d'être passé à l'action.

Saisi d'un enthousiasme soudain, j'entrepris de changer la disposition des meubles et des objets de mon spacieux trois pièces, afin que mon intérieur corresponde à mes nouvelles habitudes. Je commençai par ma chambre, où je déplaçai le lit près du mur, de manière à libérer l'espace pour y installer, en permanence, mon tapis de yoga. Devant la fenêtre, je plaçai mon petit autel de méditation, avec bougeoir et encens. Au-dessus de mon lit, j'accrochai une toile qu'une amie avait peinte, représentant grand-papa et moi devant la grange, aux abords de la cédrière. Ensuite, passant dans la grande pièce double qui servait de salon et salle à manger, j'eus l'idée de les inverser. La table s'est ainsi retrouvée devant la grande fenêtre panoramique. Ce serait dorénavant mon bureau. Quant au nouveau salon, maintenant dans un espace plus restreint, il deviendrait mon coin lecture. Une fois dans la cuisine, je vidai une grande partie du garde-manger, que j'allais garnir de céréales entières, de légumineuses, de noix et de fruits secs, afin de maintenir une saine alimentation.

La soirée s'est passée dans ce remue-ménage entre mes souvenirs alcoolisés et mes nouveaux choix de vie. Une valse à deux temps où s'harmonisaient tristesse d'hier et confiance en demain. En vidant mon placard à alcools pour ranger dans des caisses les bonnes bouteilles accumulées au fil des ans, j'avais un air d'enterrement. Le deuil se poursuivait. J'ai imaginé mon père, au moment où je lui apporterais cette précieuse collection, me demander : « Penses-tu qu'un jour tu pourras boire normalement ? » Et moi de lui répondre ce que Charlie m'avait fait réaliser : « Ce dont je suis certain, papa, c'est que boire m'a mené de la fête à l'abus, jusqu'à la dépendance. Seule l'abstinence, pour un buveur à problème, peut venir à bout de l'esclavage, avec le temps. » Je me suis représenté mon père content, lui qui s'inquiétait à mon sujet depuis un certain temps.

Même s'il était tard, il me restait assez d'énergie pour aller chercher mes bagages à la gare. J'enfilai une chemise, un jean et un veston sport. J'allais décrocher mes clés de voiture sur le porte-clés, lorsque la sonnerie du téléphone me fit sursauter.

— Oui, bonsoir ?

— Je ne te réveille pas, j'espère ? me demanda une voix chuchotante.

— Charlie ? C'est toi ?

— Oui, c'est moi. Je chuchote pour ne pas réveiller ma femme. J'ai eu terrrriblement soif, mais je n'ai pas bu.

— Ah ! je suis soulagé, cela m'inquiétait.

— Y'avait matière, Claude. Mais que veux-tu, j'ai une tête de cochon, je voulais faire ça tout seul. C'est fait.

— Tu as donc réussi à lui parler ?

— Pas vraiment, mais elle a tout compris lorsqu'elle a vu mes sacs verts.

— Tes sacs verts ? demandai-je incrédule.

— Mes valises.

— Ah bon ! Est-ce que je peux faire quelque chose ?

— Oui, m'accueillir pour quelques jours.

— Avec grand plaisir !

Charlie à Montréal

Le lendemain, au début de l'après-midi, lorsque Charlie débarqua de l'autobus avec deux gros sacs en bandoulière, je remarquai qu'en plus d'afficher les traits tirés d'un être apeuré, il avait un pansement à une main. Sa démarche incertaine vers la soute à bagages où, en plus de ses sacs, il alla récupérer une énorme valise, reflétait bien son état intérieur. Il traîna son fardeau jusqu'à l'intérieur du terminus où je l'attendais.

— Ne me demande pas comment ça va. Rien qu'à me voir la face, on devine bien mon humeur exécrable. Je n'ai pas dormi de la nuit.

— Est-ce qu'on peut te dire « Bonjour » et « Bienvenue, mon ami » ?

— Tu devrais peut-être songer à ne plus m'adresser la parole, dit-il en grimaçant et en ajoutant sur un ton de condamnation : je suis vraiment un être abominable, infect, minus, un nul, un piètre individu qui ne vaut rien, un raté, un incapable de réussir même le pire ! Je suis un gâcheur de vie !

— Comme curriculum vitæ, nous pouvons dire que c'est assez complet.

— J'chus pas certain d'entendre à rire aujourd'hui.

M'empressant de changer de sujet :

— Tu vas pouvoir récupérer à la garçonnière, où nous allons *tout de go*, comme tu dis. Tu vas voir, c'est une véritable oasis.

Le chauffeur de taxi fut très aimable de venir au-devant de nous pour s'occuper de la valise-armoire. Maintenant soulagé de ses bagages et bien calé sur la banquette arrière, Charlie scrutait les édifices sur notre passage. Soudain il se retourna vers moi pour me lancer un :

— Bonnnjourrr, Claude ! Merrrci de m'accueillir !

— Je suis tellement content que tu n'aies pas consommé.

— Que ma sobriété te tienne autant à cœur me touche beaucoup ! Ça démontre l'importance que tu accordes à ta propre abstinence.

Après être venu déposer l'énorme valise jusqu'à l'intérieur de l'ascenseur, le chauffeur s'en retourna tout souriant en s'épongeant le front. Je l'avais généreusement rétribué. J'allais appuyer sur le numéro d'étage, lorsque mon ami me dit :

— Attends un instant.

Il prit son air solennel et un ton officiel pour dire :

— Je veux que tu saches, mon cher Chevalier, que ma femme a été extraordinairement courageuse dans notre séparation. Voilà !

— Tant mieux ! Et puis-je savoir comment cela s'est passé ?

— Montons d'abord à la garçonnière.

Aussitôt entré, il déposa ses sacs dans le vestibule et passa s'asseoir au salon. Avant de le rejoindre, je portai ses bagages dans la chambre et j'allai à la cuisine nous préparer un plateau avec grignotines, jus de canneberge et carafe d'eau. En mode pause, confortablement calé dans le divan, il m'attendait pour reprendre son récit. Je déposai le plateau sur la petite table et pris place dans le fauteuil face à lui.

— Bon, tu veux savoir comment ça c'est passé? Après t'avoir laissé à la gare, je suis allé au Saint-Gérard où quelques personnes m'ont demandé si tout allait bien parce que, paraît-il, j'affichais un air plutôt bizarre. Je leur ai répondu: un alcoolique qui n'a pas bu aujourd'hui, c'est quelqu'un qui va trèèès bien!

D'entendre à nouveau cette voyelle allongée me réjouissait le cœur. Il poursuivit:

— Après la réunion, je suis allé me faire masser, à une bonne adresse surtout fréquentée par des messieurs du gouvernement. J'avais besoin de me faire toucher par une autre femme, pour me défaire de la mienne. Qu'elle me fasse jouir m'a donné du courage. J'avais eu le temps de ramasser mes affaires lorsque ma femme est revenue du travail. En voyant mes valises alignées près de la porte, elle est restée figée là, un bon moment, sans me regarder. Des minutes insupportables!

Sur ce, il cessa de parler, les épaules arrondies, la mine abattue. On aurait dit qu'il cherchait à verser les larmes de son désarroi, mais quelque chose l'en empêchait. Pour l'aider à poursuivre, je lui demandai:

— Et toi, qu'est-ce que tu faisais pendant ce temps?

— J'étais assis à la table de la salle à manger, incapable de lui adresser la parole. Je me sentais tellement coupable. Elle s'est finalement dirigée vers la cuisine pour me préparer à manger. Elle a fait réchauffer une assiette de légumes et de riz brun. Pour éviter que je ne la vois souffrir et parce qu'elle sentait que je n'étais plus capable de la regarder en face, elle s'est retirée dans la chambre. Je n'ai pas touché à mon assiette et je suis sorti pour aller à la réunion. À mon retour, quelques heures plus tard, le divan m'attendait pour la nuit. Par ce geste, tout était dit. M'ayant entendu entrer, la porte de notre chambre s'est ouverte et elle est apparue dans sa longue robe de nuit en satin noir, tenant contre sa poitrine un oreiller blanc.

Il cessa de parler et, cette fois-ci, des larmes glissaient sur ses joues, non pas de chagrin, mais d'émoi devant le rappel de la beauté. Un long moment, il fixa son verre qu'il n'avait pas encore porté à ses lèvres. Je brisai le silence :

— Comment vous êtes-vous quittés ?

— Comme elle déposait l'oreiller sur le divan, un bref instant ses yeux sont venus se blottir en moi, au moment où les miens lui demandaient pardon. Le lendemain, tout mon corps criait de ne pas quitter cette beauté angélique. J'ai enfoui ma tête sous les couvertures et me suis mordu la main. En partant, elle a verrouillé la porte derrière elle. Je l'ai laissé partir sans avoir eu le courage de lui dire un mot.

— Si tu avais pu lui adresser la parole, que lui aurais-tu dit ?

— Tu es la plus belle des geishas et la plus merveilleuse des femmes. Malheureusement tu es tombée sur le pire des salauds. Je me sers du peu de courage qu'il me reste pour te libérer avant de te faire souffrir davantage.

Sur ces dernières paroles, il suffoqua pour finalement éclater en sanglots. J'avais devant moi un homme qui s'écroulait au milieu de sa vie. Même la bonté et la beauté de cette femme n'avaient rien changé à son sort. Après ce déluge, qui le laissa épuisé, je proposai qu'il aille s'étendre un peu. Docilement, il accepta.

À peine avais-je refermé la porte de la chambre qu'il ronflait déjà. Au salon, je m'allongeai dans le fauteuil à bascule en cuir, aux allures modernes, tout comme le reste du mobilier. J'avais moi-même meublé et décoré cette garçonnière pour mon père, qui avait accepté que nous l'achetions ensemble. Davantage parce qu'il avait flairé la bonne affaire, disait-il, et non pas en raison de mon argument que l'endroit serait propice à ses nuitées frivoles et en bonne compagnie. Depuis deux ans, il y était venu une fois par mois. Je lui avais déniché un service d'hôtesses de luxe, ainsi qu'un excellent traiteur qui venait à domicile préparer de succulents repas. Même si ces soirées lui coûtaient cher, elles étaient toutes mémorables! Il avait décidé de faire un tour du monde culinaire et charnel, en retenant, chaque fois, les services d'une demoiselle d'ethnie différente. Il prenait ses rendez-vous un mois à l'avance et dès qu'il était fixé sur le lieu d'origine de sa future hôtesse, il allait bouquiner. Il avait commencé une collection de livres touristiques et culinaires. Il se préparait à chaque rencontre par des lectures et faisait parvenir au traiteur les recettes choisies. À chacune de ses invitées, il demandait d'apporter un objet de son pays. Ainsi, on retrouvait dans chaque pièce un petit coin d'Afrique, d'Asie, de Pologne ou de Russie. Cet appartement l'animait d'une grande joie et le sortait de sa routine à l'hôtel. Un jour, il m'avait dit: «Je ne parviendrai peut-être jamais à connaître l'étendue du paysage féminin, ses attributs, sa féerie, sa grâce, sa magnificence, mais j'aspire à continuer ma cure géographique afin de pouvoir dire, lorsque je serai très vieux: "J'ai connu la femme universelle."»

Après avoir dormi d'un sommeil profond et sonore tout le reste de l'après-midi, Charlie sortit de la chambre avec une allure de jeune homme.

— J'ai dormi longtemps?

— Quatre heures. Une bonne douche avec ça et tu es prêt pour la soirée.

Tout en se dirigeant vers la salle de bain, il s'exclama :

— Mais c'est bien beau ici, un vrai paradis ! comme s'il venait à peine d'arriver et essayait de tout voir en même temps. Ça sent bon, c'est calme... je me sens en sécurité. Merci, Claude, je l'apprécie au plus haut point.

— Ah ! j'ai téléphoné pour m'informer... nous pourrions aller en réunion tout près d'ici à vingt heures...

— À la Maison du Père, enchaîna-t-il.

— Oui, c'est ça. Tu connais l'endroit ?

— Trèèès bien. Un peu particulier comme réunion, mais la vocation des lieux va t'intéresser. Cet organisme vient en aide aux itinérants et les héberge.

Sous la douche, je l'entendais chanter des airs d'opéra dans une langue inventée avec des petits bouts que je reconnaissais, comme : *Oh mama mia...* Après avoir fermé les robinets, une bonne dizaine de minutes plus tard, il sortit de la salle de bain, une serviette enroulée autour de la taille et vint me rejoindre au salon.

— Je chante beaucoup mieux depuis que j'ai sorti le motton. Grâce à toi, j'ai réussi à pleurer. Ça faisait trèèès longtemps.

Avant de quitter l'immeuble, je l'amenai visiter la piscine, le sauna, la salle d'entraînement et de relaxation, ainsi que la cour intérieure fleurie où il pourrait venir lire et méditer à sa guise. Il parut enchanté.

Dès nos premiers pas, mon ami remarqua sur la gauche l'horloge de la brasserie Molson. Il s'immobilisa :

— L'horloge Molson! celle dont on disait qu'elle nous rappelle qu'il est toujours temps d'en prendre une bonne. Chez nous, à Québec, c'est l'horloge O'Keeffe.

— Aujourd'hui elle va nous rappeler de renouveler notre choix de ne pas boire.

Nous avons emprunté la rue Berri, en direction du centre-ville, pour nous arrêter au petit parc du carré Viger. Mon ami me confia qu'il était déjà venu dormir ici parmi les robineux, des clochards alcooliques, d'où l'expression populaire « Finir sur un banc au carré Viger », qui signifiait, pour un alcoolique, être rendu au plus bas.

— Je ne souhaite à personne de finir ici, mais personne n'est à l'abri, dit-il d'un air attristé, l'alcoolisme n'épargne personne. Parmi la douzaine de robineux qu'on voit ici, il y a certainement un ancien dirigeant d'entreprise, peut-être un éminent professeur ou encore un père de famille d'un milieu bien nanti. Tous ont perdu leur dignité.

— Mais comment expliques-tu que ces gens, pourtant éduqués, aient pu sombrer dans la déchéance de l'alcool, sans avoir senti la progression?

— Parfois, les gens qui jouissent d'un certain statut social, qui ont réussi, se croient plus intelligents, supérieurs et capables de surmonter eux-mêmes le problème. Le combat pour eux sera plus long et quelques-uns aboutiront ici après un séjour à l'aile psychiatrique de l'hôpital Saint-Luc, juste à côté. Au moment où les premiers signes apparaissent, tels que : les écarts répétitifs, les dérapages, les arrestations pour conduite avec facultés affaiblies, jusqu'aux accidents de voiture... ils trouveront toujours une bonne raison, des explications, des justifications qui auront pour conséquence de repousser l'échéance de prendre conscience que l'alcool est la source du problème. Malheureusement, le jour où l'on est prêt à le reconnaître, il est habituellement trop tard. La ligne de démarcation entre le buveur social et celui à problème a été franchie. Quand on est un alcoolique, c'est pour la vie. C'est une maladie.

— La démarcation est donc sans appel?

— T'as tout compris.

— J'ai peut-être compris, mais l'idée de ne plus partager une bonne bouteille…, c'est un deuil.

— C'est triste, n'est-ce pas, de ne pas être comme tout le monde? C'est justement là que se situe le combat le plus difficile. Qui veut admettre sa défaite totale? Plusieurs iront jusqu'à tout perdre avant de le faire. Même de l'admettre, cela ne garantit pas pour autant la capacité de demeurer abstinent.

— Mais je pose quand même la question : n'existe-t-il pas un moyen d'être libre à nouveau?

— J'aimerais bien connaître ce moyen s'il existe. Il y a des individus qui pratiquent un boire contrôlé qui semble leur réussir pour un certain temps. Pour la majorité, comme moi, après maintes tentatives et autant d'échecs, nous avons épuisé tout espoir que boire modérément puisse fonctionner pour nous.

— Je ne t'en avais pas encore parlé, mais à quelques reprises j'ai essayé de boire une journée sur deux, ou à partir d'une certaine heure. Même ne boire qu'une seule consommation, les soirs de semaine.

— Et alors, cela a fonctionné?

— Plus ou moins. Je me suis rendu compte que ma vie s'organisait autour de ce contrôle. J'avais l'impression de me surveiller. Je fus très étonné de constater que mes efforts pour ne pas boire occupaient beaucoup de place, tant les occasions de consommer étaient nombreuses. À un moment, je me suis même convaincu en me disant : de toute façon tout le monde boit et certains, comme moi ou mon père, par exemple, ont plus de capacité à lever le coude.

— Tu as eu le raisonnement qui confirme que cette capacité à boire est proportionnelle à celle de à se mentir.

J'étais content que nous quittions cet endroit déprimant. Ce dernier deviendrait ma référence pour apprécier ma condition actuelle et un rappel qu'aucun alcoolo n'est à l'abri de se retrouver au carré Viger.

Mon ami semblait apprécier notre conversation. Tout en marchant, il continua :

— Boire, tu sais, n'est pas qu'une simple question de quantité. Tu peux très bien prendre deux ou trois bières par jour, même deux verres de vin, sans problème. Ce qui différencie ceux qui boivent normalement de ceux qui souffrent de dépendance, c'est que les premiers vont s'adapter s'il y a absence d'alcool, tandis que les seconds vont vivre les effets du manque, tomber dans l'obsession. L'humeur sera changeante, ils seront mal dans leur peau et cela affectera rapidement leur entourage.

— Ce qui revient à dire que le besoin t'oblige, mais que la préférence te laisse libre.

— Exactement, et aujourd'hui si je ne touche pas à une goutte d'alcool, je ne déclencherai pas mon obsession, j'entretiens ainsi ma liberté de choix. Mais cette liberté demande d'être vigilant, elle n'a pas de prix.

Prenant un ton grandiloquent, il me lança :

— Dites-moi, monsieur Chevalier, connaissez-vous la valeur de votre liberté ?

— Certainement, monsieur, et je peux vous affirmer qu'elle augmente à chacune de nos rencontres.

Cette dernière remarque le fit éclater de rire.

Le temps filait et je proposai d'accélérer le pas pour nous rendre au *Sélect* et prendre une bouchée avant la réunion. Nous étions dans le centre-ville est de Montréal, le côté francophone de la ville, là où se retrouvent les personnages colorés de la Main, de la rue Ontario et de la Catherine. En passant devant la brasserie *Le Vieux Munich*, mon ami me raconta : « Ici, lors d'un soir de permission, avec ma gang de soldats anglais nous avions commencé par boire quelques pintes de bière, quelques autres, bras dessus bras dessous en dansant au son de l'orchestre bavarois, pour ensuite nous retrouver à chanter debout sur les tables. Avec nos bocks de bière à la main, nous en avions renversé, au passage, sur un groupe de joyeux bûcherons de la Beauce. Une bagarre sur le trottoir avait suivi. Après s'être tapé sur la gueule, nous étions tous allés manger au *Sélect*.

Nous prenions place sur une banquette près de la fenêtre, au moment où il termina son histoire : « Un beauuu souvenir ! » Il nous restait juste assez de temps, avant la réunion, pour un café et une pointe de tarte avec crème glacée.

Il me demanda comment s'était passé mon retour au bercail. Je me rendais compte qu'en sa présence il m'était facile de nommer ce que je traversais, de lui dévoiler ce que je n'avais jamais dit à personne. Je laissais la parole à mes secrets. Mon ami écoutait de manière très attentionnée. Les faits vécus, disait-il, contiennent les meilleures leçons de vie.

Les propos sur mon retour semblaient le maintenir en appétit, mais ce qui l'inspirait le plus, pour le moment, était certainement la devanture de la jolie serveuse. Il lui commanda, en la reluquant, une deuxième pointe de tarte au sucre avec, précisa-t-il, deux boules de crème glacée. Devant ma stupéfaction, il lança : « Je préfère satisfaire ma gourmandise que d'être obsédé par elle. Idéalement, ne pas être gourmand serait moins souffrant. » Il prenait plaisir à manger, se tortillant et manifestant sa bonne humeur. Je lui fis la remarque : « À te voir aussi jouissif avec la nourriture, j'imagine facilement l'amant que tu dois être. » Après avoir avalé la dernière bouchée, il ouvrit la bouche pour laisser sortir une langue démesurée qui fit quelques mouvements acrobatiques qui s'apparentaient au cunnilingus. C'était à la fois drôle et indécent.

Au moment de quitter le restaurant, mon ami afficha soudain un vague à l'âme que j'interprétai comme une hyperglycémie causée par le sucre.

— Tu as l'air triste, mon ami ?

— Oui. Je ne sais pas si je vais rester.

— Tu penses à elle ?

— Je ne peux rien te cacher. Je souffre autant loin d'elle que j'étouffais près d'elle. Chacun respirait à la place de l'autre.

— Tu vas réapprendre à respirer seul.

— Dès que je pense à elle, j'éprouve un déchirement. Je me sens comme une ordure, je voudrais disparaître. L'idée de me retrouver seul et à la merci de mes sens, j'ai peur d'agir compulsivement, de manger outre mesure, d'être obsédé…

Je lui coupai la parole en glissant la petite phrase que lui-même avait servie à plusieurs, lorsque des évènements les dépassaient : « As-tu bu aujourd'hui ? » Le visage crispé, il me dévisagea avec la tentation de m'envoyer promener. Il contrôla son tumulte intérieur. Avec juste assez de fermeté dans la voix, sans prendre un ton autoritaire, je posai à nouveau ma question : « As-tu bu aujourd'hui ? » Un pâle sourire apparut sur ses lèvres :

— Je n'ai pas bu aujourd'hui, merci mon Dieu ! me répondit-il soulagé.

— Et moi non plus, c'est formidable !

À La Maison du Père, une vingtaine de clochards étaient entassés dans les marches devant la porte d'entrée. J'en reconnus quelques-uns du carré Viger. Même si nous nous tenions à l'écart sur le trottoir, j'eus l'étrange sensation de me sentir proche de ce groupe de démunis. Certains avaient une apparence défraîchie et le regard perdu, ils dégageaient une telle odeur nauséabonde qu'ils semblaient ne plus faire partie de ce monde.

Quelques minutes avant l'heure prévue pour la réunion, la porte s'ouvrit et le responsable avisa tout le monde qu'ils devaient d'abord assister à la rencontre avant de se rendre au dortoir pour y passer la nuit. Chacun recevrait un sandwich, un café et deux cigarettes. Nous nous entassâmes dans une petite pièce exiguë, épaules contre épaules. Tous allumèrent leur cigarette en même temps. Pénible pour les yeux, étouffant pour la gorge. Je serais bien sorti de ce fumoir, mais le responsable demanda à mon ami de prendre la parole. Je ne voulais pas manquer sa prestation. Dès le début, il éprouva beaucoup de difficulté avec son élocution. Le stress lui asséchait la bouche et, pour saliver, il l'ouvrait toute grande dans une grimace qui en fit rire quelques-uns. Enfin il soupira et réussit à dire de manière presque inaudible : « J'chui… je chi… je suis

hor… mort de peur… mé… j'ai pas… bu… jourd'hui »
et, expirant très fort, il lâcha un « calvaire ! » qui fit se
redresser toutes les têtes de l'auditoire qui, jusque-là,
avait l'air d'une gang de ti-culs fumant en cachette.
C'est après son « calvaire » qu'il retrouva la salive et la
parole. Son allocution fut brève.

— Je ne suis… qu'une crotte de nez, commença-t-il
par dire en empoignant les deux coins du pupitre qui
se trouvait à un mètre de la première rangée. Courbé
vers l'avant, il n'a pas lâché sa prise tout le temps qu'il
a parlé. Si j'avais pu continuer d'boire… c'est ça que je
serais en train de faire… au lieu d'être icitte, ciboire,
devant vous autres… – il prit un long moment pour
regarder tout le monde avant de continuer – pis c'est
sûr… que si j'étais soûl à soir, j'vaudrais pas cher la
livre. Ces réunions me sauvent la vie. Normalement,
je devrais être mort, fou ou en prison. Y'a de bonnes
chances que je me suicide si je recommence à boire,
parce que moé, la folie… – il fit une pause en regardant
au plafond avant de répéter – … moé, la folie, j'ai peur
de ça comme la peste. J'essaye de me tenir loin d'elle,
a m'angoisse, comprends-tu ? Y'est arrivé un moment où
j'étais pus capable de boire, pis pus capable d'arrêter de
boire. Je me suis battu comme un forcené contre cette
chienne de boisson qui a ben failli avoir ma peau.

Il se redressa alors et, avec l'allure d'un vaillant soldat, il termina en murmurant :

— J'vas vous dire un secret… – pour ensuite crier – :
la chienne ! Elle est plus forte que tous nous autres, la
chienne de boisson ! L'air épuisé, il vint se rasseoir.

Le responsable remercia mon ami. J'étais impressionné par la réaction de l'assemblée, un genre de : « Il
n'y a pas de service au numéro que vous avez composé. »

Je venais de découvrir que Charlie, face à un auditoire, perdait de sa prestance. Avant de quitter la salle, qui s'était vidée presque instantanément, un grand maigre aux yeux creux, l'air d'être pourchassé, tournant sans arrêt la tête de gauche à droite, s'approcha de mon ami pour lui chuchoter : « Les crottes de nez, c'est pas dangereux » et il s'en alla rejoindre les autres à toute vitesse.

Ainsi s'acheva une autre journée bien remplie en compagnie de mon ami. Il ne restait qu'à le raccompagner à la garçonnière, pour ensuite rentrer chez moi en taxi. Il marchait lentement, le pas alourdi. J'allais lui annoncer que je reprenais mes activités professionnelles dès le lendemain, lorsqu'il me demanda :

— Te sens-tu prêt à reprendre du service ?

— Après une si longue absence, c'est comme si j'allais devoir reconquérir ma profession, même si je ne doute pas d'être à ma place. Cependant, j'ai l'intention, dans les semaines à venir, de réduire ma clientèle et de planifier ma réorientation en toxicomanie.

— Je te sens très enthousiaste, Claude, tu vas réussir, j'en suis certain.

— Jamais le mot liberté n'a eu autant de sens que maintenant. C'est un bien précieux qui demande discipline et engagement, et je suis déterminé à les honorer.

— C'est formidable de t'entendre !

Et, sur un ton solennel, il ajouta :

— Ce qu'il y a de merveilleux aussi avec la liberté, c'est que chacun est libre de suivre son destin, libre de changer d'idée et libre de recommencer à zéro.

Je n'étais pas certain d'avoir compris ce qu'il avait voulu me dire, mais à ce moment de la conversation, nous venions d'arriver devant la porte de l'immeuble, et un taxi empruntait notre rue. Il le héla.

— Profite du taxi pour rentrer.

— D'accord, de toute façon pour l'essentiel concernant les lieux, tout est inscrit sur le babillard dans la cuisine.

— Je vais être très bien, ne t'inquiète pas.

Avant d'ouvrir la portière, il me fit l'accolade.

— J'apprécie beaucoup tout ce que tu fais pour moi.

— Je viendrai prendre un café demain avant de me rendre au bureau, dis-je pendant qu'il refermait la portière.

Je lui fis un salut de la main. Il me le rendit en ajoutant un sourire, comme pour me rassurer.

La disparition

Son sourire avait semé le doute. Cet empressement soudain à héler le taxi… et cette phrase lancée : « … chacun est libre de changer d'idée et de recommencer. » Tout cela me laissait songeur. J'eus l'intuition que Charlie était en danger et j'eus peine à trouver le sommeil. J'interrogeais cette étrange sensation et tout ce qui surgissait était de l'ordre d'un avertissement. À deux reprises, je faillis me lever pour retourner à la garçonnière, mais chaque fois, je tempérai mon inquiétude.

Après un déjeuner frugal, je lui téléphonai. Pas de réponse. Peut-être mon ami était-il descendu à la piscine ou avait-il profité du soleil radieux pour aller marcher au bord du fleuve ? Une demi-heure plus tard à la garçonnière, j'étais assis sur le bord du lit qui n'avait pas été défait. Aucune trace de mon ami, pas même un petit mot. Je respirai profondément pour ne pas être submergé par le flot de pensées toutes plus dramatiques les unes que les autres. La tentation de partir à sa recherche me donnait des fourmis dans les jambes. Où aller ? Au carré Viger ? Et s'il est en rechute parmi les robineux, qu'est-ce que je fais ? Dois-je intervenir ? La réponse fut non et une douleur me traversa le cœur.

C'est avec un visage soucieux que je me suis présenté au bureau. La secrétaire, manifestement heureuse de me revoir, s'empressa toutefois de me demander si j'étais suffisamment rétabli. Pour apaiser son doute, j'ai répondu : « Si je m'aperçois que je ne suis pas assez bien, j'aviserai. »

De retour dans mon bureau, je disposais d'une bonne heure avant le premier rendez-vous. Tout comme je l'avais fait avant d'entrer chez moi, je tentai une nouvelle expérience, question de m'aider à retrouver mon espace professionnel. Les yeux fermés, j'effleurai en aveugle la chaise capitonnée derrière mon petit secrétaire, mon cartable en cuir, ma plume…, puis, à tâtons, je me dirigeai vers l'armoire ancienne où je rangeais mes dossiers, ensuite vers le divan et les fauteuils en cuir servant à la thérapie… Au cours de cet exercice à l'aveuglette, je retrouvai le climat paisible propice à mon travail. Mon lieu aussi s'était reposé en mon absence. Lorsque j'ouvris les yeux, j'étais devant le tableau qui représente une scène de campagne en hiver, une clôture partiellement défaite sous la neige, au milieu d'une prairie. Paysage de mon enfance auprès de mon grand-père. Cette vision me donna confiance et je me sentis prêt à passer à l'action.

En ouvrant l'armoire pour y chercher le dossier de mon premier client, je retrouvai sur la tablette du bas ma réserve de scotch et le téléphone que je ne branche qu'au besoin. Spontanément, je désirai appeler à Québec chez mon ami. Le remords et la culpabilité l'avaient peut-être fait revenir sur sa décision et il était retourné auprès d'elle. Après la troisième sonnerie, une voix toute douce sur le répondeur disait : « Si vous cherchez à rejoindre votre ami, il est parti et je ne peux vous aider. Pour toute autre raison, laissez votre message. Bip. » « Bonjour, c'est Claude. Vous n'êtes pas obligé de me répondre, mais si un jour vous avez de ses nouvelles, j'apprécierais d'en avoir. Je vous laisse mon numéro au bureau. » En raccrochant, le souvenir de l'orchidée mauve anonyme m'est revenu.

Je me suis senti libéré. Cet appel m'avait permis d'accepter la disparition inattendue de mon ami. J'ai rangé le téléphone, sorti le dossier. Quant à ma réserve d'alcool, je m'en occuperais plus tard. Il était maintenant l'heure de faire entrer mon client.

Deuxième partie

L'enfer des dépendances

La vie reprend son cours

Le premier mois, je fus très absorbé par mon travail. Je vivais une nouvelle lune de miel avec ma pratique. La pensée que j'aurais pu la perdre me donnait le frisson et venait me fortifier dans mon choix de liberté. À ce sujet, il était temps maintenant de rencontrer mon père. J'ai choisi, pour ce faire, son restaurant chinois préféré.

Il commença par me remercier d'avoir insisté, car il avait tendance à ne pas quitter son bar. Je lui parlai d'abord de mon copain Charlie, de ma fascination et de mon admiration pour le battant qu'il était. Je lui racontai son départ soudain, son silence. Papa m'écouta, compatissant à mon inquiétude et à ma tristesse.

Ensuite, je l'informai que je ne viendrais plus le seconder, même si l'atmosphère et le contact avec les clients allaient me manquer. Il comprenait mon choix : « Tu fais bien, faudrait pas tenter le diable. Ça va quand même me faire drôle de ne plus te voir à mes côtés, mon gars. On était comme un vieux couple. Je ne commencerai pas à me plaindre, je suis un père chanceux de t'avoir eu tout ce temps. Je me doute bien que tu ne reviendras pas souvent, mais c'est correct. Je comprends. » Jusqu'à la fin du repas, nous n'avons que très peu parlé.

Le samedi suivant, je suis tout de même allé lui rendre visite à l'hôtel. Sans que cela n'ait été prémédité, j'allais en quelque sorte faire mes adieux à ce lieu important de ma vie. En me voyant, papa s'est exclamé : « Quelle belle surprise ! Conrad, laisse la place à Claude. »

Ce ne fut pas facile, au milieu de cette atmosphère dans laquelle j'avais grandi, de ne pas faire une dernière fois la fête. Curieusement, ce qui m'a le plus interpellé, ce ne fut pas l'odeur du houblon, mais le *chlic-chlac* que faisait la poignée du frigidaire à bière en s'ouvrant. Instantanément, ce son m'a donné soif. Le *pschitt* de la bouteille qu'on décapsule fit ensuite réagir tout mon corps qui, comme un chevreuil aux aguets, était prêt à bondir. J'ai demandé un 7 Up grenadine et, à mon grand étonnement, personne autour n'a passé de remarque. Je m'attendais à ce que l'on insiste pour que je prenne une bière ou un scotch, j'étais prêt à répondre non merci. On m'a demandé si mon retour derrière le bar était pour bientôt, ce à quoi j'ai répondu : pour l'instant j'ai besoin de reprendre des forces. Avant de quitter, j'ai embrassé papa. Il m'a serré un peu plus fort, m'a retenu un peu plus longtemps. Son regard me disait qu'il m'aimait, mais de la pupille de ses yeux se dégageait une tristesse qui provenait du fond de sa prison. Je pouvais l'entendre me dire : « Ne m'oublie pas. » Sur le chemin du retour, j'ai pensé : j'espère qu'un jour il s'évadera.

En remplacement des samedis à l'hôtel, je m'inscrivis à un cours de yoga en matinée et commençai à servir le repas du midi comme bénévole à la Maison du Père. Cette action contribuait à me garder abstinent. Je ne sais pas si c'est le contact avec la clientèle démunie, ou l'effet bénéfique de servir, mais j'appréciais davantage ma vie. Quand je quittais la Maison, après avoir aidé à nettoyer et ranger la cuisine, c'est d'un pas léger que je m'en retournais chez moi.

Professionnellement, avec l'aide thérapeutique, les choses s'étaient replacées, et personne ne m'avait tenu rigueur de mes écarts de conduite. Suite à cette tournure favorable des évènements, je décidai d'entreprendre une psychanalyse. J'avais vraiment besoin de parler, de comprendre, de poser un regard sur le passé pour être plus heureux.

Je passais mes temps libres à lire et à marcher. Je faisais presque tous mes déplacements et mes courses à pied, me rendant régulièrement à la bibliothèque de l'université pour consulter les ouvrages qui traitaient de l'alcoolisme, de la toxicomanie, des dépendances. Je me renseignai sur les cours que je pourrais suivre éventuellement.

Les semaines passaient et je n'avais toujours pas de nouvelles de mon ami. Je m'inquiétais. Cette rencontre m'avait lancé sur le chemin de la sobriété et, animé de son souvenir, inspiré de ses enseignements, j'allais poursuivre le travail amorcé lors de ce séjour en Californie, qui avait littéralement changé ma vie.

À présent, une soif d'apprendre réclamait son dû. J'avais envie de plonger dans la pleine mer des connaissances, de m'y consacrer totalement. Cette effervescence, les habitués du rétablissement la nomment : la phase du « nuage rose ». J'avais un sentiment d'euphorie qui me faisait flotter au-dessus de la vie, j'étais sur mon « nuage rose ». Rose, pour signifier la renaissance. Tout un contraste avec le sevrage des premiers jours, l'obsession, les malaises, les remords, les craintes et la difficulté d'accepter, d'admettre sa dépendance… J'avais toujours fait les choses dans ma vie avec passion, débordement, comment être autrement ? Comment me contenir, sans freiner mon enthousiasme ? Comment gérer cette tendance que j'avais de vouloir comprendre tout, tout de suite ? L'équilibre est un art difficile à atteindre.

Depuis six mois maintenant, je m'étais abstenu d'aventures amoureuses. Lorsque j'avais fait l'inventaire de ma relation avec l'alcool, j'avais été navré de constater que dans toutes mes aventures et tentatives de relations affectives, l'alcool avait toujours été présent. Comment allais-je faire dorénavant pour répondre à mes désirs ? Le jeu de la séduction ne m'attirait plus.

J'avais déjà abordé la question avec Charlie. Nous sortions, ce jour-là, de réunion et une femme très sexy m'avait adressé un regard chargé de désir. L'effet avait été fulgurant. J'avais eu à résister pour ne pas succomber.

— Pourquoi as-tu résisté ? m'avait-il demandé.

— Parce que j'ai eu peur. Je ne me souviens pas d'avoir déjà fait l'amour à jeun.

— La peur t'a sauvé cette fois-ci. Tant que tu maintiendras la peur de te perdre, tu seras épargné.

— Entretenir ma peur ne me semble pas la meilleure option…

— Je pense bien que oui, monsieur ! avait-il dit sur un ton menaçant. Pour l'instant, c'est une peur salutaire. Fuir la sirène qui t'a repéré demeure la seule chance de sauver ta peau. Cela ne garantit pas pour autant que tu sois à l'abri. L'envoûtement va chercher à revenir, à déclencher ton désir et à te soumettre à cette beauté, pour qui tu n'es qu'une autre proie.

— Avoue que ce n'est pas jojo comme scénario.

— Non. Mais j'aimerais quand même être à ta place pour me laisser dévorer par elle.

Voyant mon air découragé, il avait enchaîné :

— Oui, je sais, je suis un trèèès grand malade ! Et, prenant la posture solennelle qu'il empruntait toujours pour énoncer une grande vérité, il avait ajouté : ce que nous n'apprenons pas par la sagesse, la vie nous l'enseigne par la souffrance.

Cher Charlie… ce souvenir me fit chaud au cœur et je fus bien tenté de partir à sa recherche, mais où ? Lui savait où me trouver. J'attendrais.

Jusqu'ici, j'avais fui l'intimité. J'avais mal à l'intérieur, je passais mon temps dans ma tête. À mon insu, pour ne pas souffrir, j'avais nié mon besoin affectif. Qu'avais-je fui qui me faisait si mal ? Bien sûr, certains souvenirs d'enfance éveillaient l'abandon maternel : brisure du lien sacré, premier amour trompé. J'avais survécu en empruntant un chemin de fuite.

Ce jour-là, chez mon psychanalyste, j'ai crié ma douleur, pardonné à mère. Et, pour la première fois, a jailli l'espoir qu'un jour je pourrais aimer une femme. En attendant, il me fallait rétablir les manques, guérir les blessures.

Un jour, à la bibliothèque du pavillon des sciences, je vis apparaître, au bout de la rangée où je cherchais un volume, une femme vêtue d'un sarrau blanc. Quelque chose d'indéfinissable se dégageait d'elle. Malgré notre différence d'âge, impossible de détourner mon regard captif de son magnétisme, elle le remarqua. Je commençais à me sentir embarrassé lorsqu'elle me gratifia d'un sourire. Intimidé, je bafouillai : « Excusez… moi… » Elle s'avança : « N'a pas à s'excuser celui dont le regard complimente. » Sa voix, un peu rauque, dénotait une assurance, celle d'une femme mûre, doublée de l'émotion d'une jeune fille, heureuse qu'on la trouve belle. Tout mon corps la désirait, elle le perçut. Je m'approchai, lui tendant la main avec douceur: «Je m'appelle Claude.» Elle prit le temps de recevoir ma main dans la sienne avant de répondre: «Ta main, tout comme ton regard… quelle présence! Je m'appelle Claudia.»

La bibliothécaire, à qui j'avais demandé de l'aide un peu plus tôt, s'approcha pour me remettre un bouquin. J'étais tellement envoûté que je ne comprenais pas pourquoi elle me tendait ce livre. Déçue par mon attitude, elle me le remit abruptement entre les mains, tourna les talons et repartie vexée. Claudia me dit sur un ton moqueur: «Serais-je tombée dans la bibliothèque d'un chaud lapin?» J'éclatai de rire. Davantage parce que je réalisai que mon naturel était revenu au galop. À défaut de ne pouvoir être autrement pour l'instant, je lui lançai: «Si vous avez l'intention de m'inviter chez vous pour le thé, ou pour la nuit, j'accepte volontiers.» Cela la fit rire et comme elle allait quitter, j'ajoutai: «Je suis allé trop loin avec le thé, c'est ça?» Tout en s'éloignant elle murmura: «Je chérirai ce moment.»

Je n'ai pas insisté. Je restai là à méditer ces dernières paroles. Chérir: n'est-ce pas porter dans son cœur?

Le retour de l'amour

Je n'avais toujours pas de nouvelles de mon ami. Depuis plusieurs mois. J'entretenais des pensées positives, plutôt que de m'imaginer le pire. J'aurais apprécié qu'il me laisse lui tendre la main au moment où il en avait grandement besoin. Était-ce son destin ou son tyran qui en avait décidé autrement? Sans vivre dans l'attente d'un appel, ou d'un petit mot, j'espérais qu'il communique avec moi. Je l'imaginais au bout du fil : « Bonnnjourrr, Claude! Je suis toujours vivant, même si je suis un écœurant. J'ai agi en sans-cœur. Je sais que tu te fais du souci, mais arrête ça tout de suite, je n'en vaux pas la peine. La vie, pour un malade comme moi, est trèèès captivante et surtout jamais ennuyante. » J'imaginais parfois recevoir de lui une carte postale, genre olé olé, d'une pin up en maillot de bain. Au verso, il aurait écrit : « La vie sans maillot serait bien plus belle. »

Lors de mes longues promenades, je repassais dans ma tête le film des derniers jours en sa compagnie pour tenter de mieux comprendre sa fuite. Envahi de peurs, guetté par l'angoisse, poursuivi par le passé, étouffé par le remords et la culpabilité, sans estime de soi, il se dévalorisait continuellement. Je n'avais qu'à chausser ses bottines quelques instants pour ressentir que si j'avais été habité de la sorte, je serais allé, moi aussi, voir ailleurs si j'y étais. Le comprendre, c'était reconnaître que le pire le guettait et je demandais à l'univers d'en prendre soin, de le protéger de lui-même. Il était parti en douce, sans laisser de traces, ainsi peut-être réapparaîtrait-il ? Ce serait comme si on s'était quittés la veille.

Déjà trois jours depuis ma rencontre avec Claudia, la Dame en blanc, comme je me plaisais à la nommer. Je chéris ce souvenir. J'aimais l'effet euphorisant qui se cachait derrière le désir. Se préparer le cœur, le corps et l'esprit pour être en relation était une sensation nouvelle pour moi. J'ai songé à me rendre au département des sciences pour la revoir. J'ai eu à lutter pour retenir mon élan. J'ai fait des efforts pour intérioriser mon désir. Je fermais les yeux pour rêver à sa présence ; retrouver la sensation de sa main caressante… son sourire moqueur, sa voix sensuelle.

C'est durant cette période que j'ai commencé à consulter une praticienne en massage shiatsu. Quel bienfait ! « Faire circuler l'énergie, me disait-elle, aide non seulement la santé en général, mais prédispose au bonheur. »

L'automne tapissait de feuilles d'érable les sentiers du mont Royal, les matins froids se succédaient et je marchais toujours seul, mon corps et mon esprit de plus en plus sains, mon mental au repos. J'avançais d'un bon pas, assumant ma solitude, me répétant ces lignes d'un poème d'Arthur Rimbaud :

… l'amour infini me montera dans l'âme,
et j'irai loin, bien loin, comme un bohémien,
par la Nature, heureux comme avec une femme.

C'était la première fois que je vivais une période aussi longue sans liaison. Cette retenue m'auréolait d'une belle énergie, on me remarquait. Je commençais à changer le regard que je posais sur les femmes. J'admirais ou appréciais avec plus de discrétion, sans m'attarder surtout. Chose pas toujours facile à faire, mais heureusement, l'hiver est arrivé avec ses camouflages de tuques et de manteaux.

Tout au long de la saison, j'avais réussi à éviter les bars, les discothèques et les chasseresses ! En refusant plusieurs invitations, la liste de mes amis avait passablement diminué. À l'occasion, pour ne pas m'isoler complètement, j'en acceptais certaines, mais je ne restais jamais très longtemps. Je disparaissais rapidement lorsque je me retrouvais dans la mire d'une âme esseulée. Demeurer sans alcool exigeait des efforts, une vigilance constante, et me contenir sexuellement en demandait tout autant, sinon plus.

Au printemps, ma transformation suivait son cours et je m'en portais mieux. J'appréciais ma nouvelle vie, même si dans mon dos j'entendais des commentaires peu flatteurs et souvent blessants. J'avais pris mes distances avec des gens qui avaient été des complices de bamboche. J'avais mis au rancart les aspects rieur, fêtard ou agent libre de ma personnalité. Généralement, changer de cap ou tourner la page ne se fait pas sans heurt. Mais il n'était pas question de revenir à mon ancienne vie, quitte à perdre certains copains.

Un jour, je reçus par la poste le faire-part d'un camarade d'université, Philippe, avec lequel j'avais gardé contact. Il m'invitait à son mariage à Québec. En voyant la date, je réalisai que, jour pour jour, l'année précédente, je prenais l'avion pour la Californie. J'acceptai l'invitation, en me disant qu'après la cérémonie religieuse je m'éclipserais et en profiterais pour aller marcher dans le Vieux-Québec et célébrer cette année de transformation.

En ce matin du 10 juin, le soleil était au rendez-vous pour les futurs mariés. Je me suis fait discret, demeurant à l'écart sur le perron de l'église jusqu'à l'arrivée de la mariée. Je fus saisi par sa beauté. Son joli visage de porcelaine et sa façon gracieuse de marcher, me laissèrent l'impression de la connaître. Dès qu'elle pénétra à l'intérieur de l'église, l'assistance se mit à applaudir, l'orgue retentit et la chorale entonna *L'Hymne à l'amour* d'Édith Piaf. Comme elle descendait, au bras de son père, l'allée centrale jusqu'aux marches de l'autel, je pris place dans la dernière rangée. Durant la célébration, je me réjouissais pour Philippe, qui avait vécu par le passé une violente peine d'amour. De le voir émerveillé par cette bien-aimée à ses côtés me donnait confiance en mon avenir amoureux. À la fin de la cérémonie, alors que les cloches annonçaient l'heureuse nouvelle, les mariés, suivis de leurs proches, remontèrent l'allée centrale en procession joyeuse. Arrivé à ma hauteur et m'apercevant, Philippe me lança : « C'est le plus beau jour de ma vie ! » Son épouse, les yeux brillants, acquiesça d'un magnifique sourire. Il me sembla avoir déjà vu la brillance de ces yeux-là. Cela me fut confirmé dès l'instant suivant, en voyant défiler, derrière elle, sa mère, la Dame en blanc. J'en restai paralysé de stupéfaction.

En m'apercevant, Claudia se montra surprise tout autant que moi. Le cortège continua jusque sur le parvis. Je crus comprendre qu'elle n'était pas accompagnée, car elle avançait seule, contrairement au père qui, lui, avait une jeune femme à son bras. Mon cœur battait la chamade. Alors que toute l'assemblée prenait place pour la photo, j'étirai le cou pour l'apercevoir, elle dont je chérissais le souvenir depuis des mois. Quelle joie de constater qu'elle se retournait et me cherchait du regard.

Comme elle allait monter dans la voiture qui suivait celle des nouveaux mariés, Claudia me fit signe de la rejoindre. Sitôt que je fus près d'elle, elle me demanda : « C'est mon gendre qui t'a invité ? » Lui répondant par l'affirmative, je l'informai de notre lien. Je la dévorais des yeux, si élégante dans sa robe de satin bleu, dont le décolleté rendait gloire à sa poitrine et dont la coupe avantageait ses jolies jambes. Sur ses épaules, délicates, un châle en lin blanc. Souriante, elle abrégea ma délectation en disant : « Toujours aussi admiratif ! Tu pourrais au moins me faire la bise. » Je m'empressai de poser mes lèvres près des siennes et de lui chuchoter ironiquement : « Je pourrais aussi monter avec toi ? » L'air de réfléchir, elle regarda autour avant de répondre : « C'est une bonne idée ! Ça va faire jaser. Allez, monte. »

Aussitôt sur la banquette, je me glissai vers elle. Mes mains ont effleuré tout son corps, prenant garde de ne pas froisser sa robe. Elle s'abandonnait, la tête légèrement inclinée vers l'arrière, offrant sa gorge. J'y déposai mes lèvres frémissantes. Sur un ton d'officiant, je murmurai en lui mordillant l'oreille : « Accepterais-tu de me prendre comme amant ? » Elle soupira d'aise et, se retirant de ma douce étreinte, répondit : « Oui, mais seulement comme amant. » Et elle me ramena à nouveau contre elle pour un baiser qui dura jusqu'à ce que le chauffeur nous ouvre la portière.

Arrivés au Château Bonne Entente, où j'avais réservé un peu plus tôt une chambre, puisque la réception y avait lieu, Claudia et moi étions dans tous nos états, exaltés, nos corps fébriles, nos regards allumés de désir. Il nous fut impossible, à la sortie de la voiture, de camoufler nos sentiments l'un pour l'autre. Sa fille Sophie, Philippe, l'ex de Claudia et sa compagne nous dévisageaient. C'est Philippe le premier qui nous posa la question : « Vous vous connaissez ? » Tous deux avons répondu d'un signe de tête et notre sourire en disait long. J'ai d'abord serré la main de Sophie qui m'adressa cette remarque savoureuse : « Aaaah ! Comme ma mère est chanceuse ! » Ce commentaire fit sourire Philippe qui, de connivence avec moi, me serra la main à son tour. Quant à l'ex, il me tendit la main du bout des doigts détournant presque le regard et se présenta d'un ton hautain : « Docteur Bour... Bour », quelque chose...

Pendant que tout ce beau monde se dirigeait à l'intérieur, je restai pour faire quelques pas au bras de Claudia. Je l'avisai que je n'avais pas l'intention de m'attarder à la réception, j'étais venu à Québec pour assister à la cérémonie et pour ensuite vaquer à certaines choses. « Puis-je espérer te revoir plus tard ? » Un baiser fut sa réponse et avant de la laisser rejoindre sa fille et son nouveau gendre, je lui glissai : « Chambre 109. » Comme elle s'éloignait, son dos et ses hanches me promettaient le plus sensuel des rendez-vous. J'entrai à sa suite. Discrètement, j'allai saluer mon camarade et filai à l'anglaise. En jetant un dernier coup d'œil à Claudia qui, de loin, leva son verre à mon intention, ce geste, au lieu de me griser, me laissa perplexe.

Pendant les quelques heures où je déambulai à travers les rues du Vieux-Québec, je me suis répété, à plusieurs reprises : je n'arrive pas à croire ce qui m'arrive, je n'arrive pas à le croire… Certains souvenirs de mon séjour auprès de Charlie ressurgissaient : nos conversations sur l'intimité, l'amour, le rétablissement…, mais ils étaient constamment entrecoupés par la flamme attisée de cette rencontre imprévue et tant espérée.

Vers dix-neuf heures, de retour à ma chambre, je me fis couler un bain. L'eau chaude me relaxa instantanément et reposa mon cerveau, qui avait passablement jonglé au cours des dernières heures. La paix d'esprit retrouvée, je sortis du bain et j'allais m'assécher lorsque retentit la sonnerie du téléphone. Mon cœur s'emballa. Dès que je reconnus sa voix, je fus envahi par une sensation de légèreté, comme si j'allais m'envoler : « Bonsoir, Claude. Je peux venir là tout de suite ? » Et je répondis : « Je sors du bain à l'instant, fais vite. »

La nuit d'amour fut longue et le plaisir prolongé par des caresses qu'elle dirigea d'une main experte, comme une symphonie qui ne s'acheva qu'au lever du jour. Elle découvrait les zones inconnues de mon corps, comme réservées pour elle. Sa peau s'harmonisait à la mienne. C'est elle qui insuffla le rythme à nos ébats, sans jamais leur donner l'allure d'une performance, d'une hâte de jouir. Je n'avais jamais rien connu de tel ; une ivresse dont je ne soupçonnais pas l'existence. Au matin, quelle joie j'ai éprouvé de m'éveiller dans ses bras ! Doucement, je me suis glissé hors du lit. En sortant de la salle de bain, Claudia, radieuse, m'attendait. Elle m'entraîna sous la douche… nous refîmes l'amour, cette fois-ci, sous le jet d'eau ruisselant.

Dès cette première nuit, nous sommes tombés passionnément amoureux. À l'intérieur de nos cœurs et dans le secret de nos corps, une place était réservée à l'autre et ne pourrait dorénavant être comblée par quiconque. Sans intention de vivre ensemble, cet amour demeurait libre. Je n'étais pas le seul homme dans sa vie. J'aimais la savoir indépendante, capable de répondre à ses désirs, en dehors de nous. Cela ne changeait rien à ce que nous appelions « notre privilège amoureux ». Occasionnellement, surtout en voyage, je me permettais de partager des moments magiques et poétiques avec une autre.

Ma relation avec Claudia demeura amoureusement charnelle. Tous deux, nous avions un horaire bien rempli et lorsque nous arrivions à coordonner nos emplois du temps pour notre loisir préféré, la randonnée pédestre, je me faisais un plaisir de préparer un pique-nique et une fantaisie charnelle pour la halte au sommet de la montagne. Un jour, après un long week-end passé ensemble dans les Adirondacks, je laissai entendre que j'aimerais peut-être vivre avec elle. Elle avait répondu : « Je nous préfère ainsi, libres. »

Pendant plus de cinq ans, Claudia m'a été prêtée par la vie. Chacun de ses gestes avec moi aura été empreint de sensualité et d'érotisme. Il m'arrivait souvent de lui dire : « Tu as la caresse sublime, une baguette magique au bout des doigts. » Elle m'a permis un épanouissement sexuel, fait d'équilibre et d'intimité. Parmi toutes les femmes de ma vie, elle aura été un exemple de maturité, de félicité. À l'occasion de son cinquante-septième anniversaire, je l'avais invitée à dîner chez moi pour un succulent canard aux groseilles.

Elle est arrivée vêtue de noir. C'était la première fois. Présage que nous allions enterrer cette relation ? Le pressentiment s'avéra justifié, car elle m'annonça qu'elle partait vivre au Danemark : « Nos routes, mon tendre et bel amant, se séparent ici ! J'ai été heureuse dans tes bras. À jamais, ton regard sur moi restera lié à mon intimité et à ma beauté. » J'allais lui demander, si, à l'occasion, nous pourrions nous rencontrer dans un hôtel, près d'un aéroport ou se blottir l'un contre l'autre dans une couchette de train. Comme si elle avait lu dans mes pensées, elle me devança et conclut : « Ne me demande rien. Je préfère qu'il en soit ainsi. Je la sais chanceuse, celle que tu aimeras un jour. »

Comment se séparent deux amants qui ont été heureux, jamais lassés et toujours passionnés ? De la même manière qu'ils se sont connus. Dans l'instantanéité. Elle m'a laissé le choix du rituel d'adieu : « Fais ce que tu veux, mon bel amant, je suis à toi une dernière fois, avant que ne se glisse l'absence entre nous. » Comme au premier instant, mes yeux l'ont déshabillé avec attention, malgré mes larmes. Au cours du repas, je me suis levé à quelques reprises pour l'embrasser et la caresser. Chaque fois, mes mains la laissaient un peu plus dépouillée, presque nue, offerte. Pour l'ultime scène, je desservis la table et elle se tint debout, sur la nappe de percale brodée, retirant avec des gestes précis sa lingerie fine, elle tourna lentement sur elle-même, gravant à jamais dans ma mémoire ce moment unique. Ensuite, je l'ai prise allongée sur la table. Des secousses intenses ont traversé son corps jusqu'à l'explosion. Elle a crié et m'a invité à jouir à mon tour. Exténuée de bonheur, elle se redressa soudain et maintenant assise sur moi elle me confia : « Quand je serai vieille, que je ne prendrai plus d'amant, ce souvenir me sera un délice. » Et moi d'ajouter : « Quand je serai vieux, toujours je te chérirai dans le souvenir de cette table d'amour. » Elle m'a demandé de garder les yeux fermés et doucement s'est retirée de notre étreinte. Quelques

LE CHANT DES SIRÈNES

La vie nous envoie toujours les scénarios dont nous avons besoin pour apprendre. Ce fut, cette fois-ci, par l'intermédiaire d'un client qui me consulta au sujet d'une consommation obsessive de prostituées et de matériel pornographique. Il était marié, père de deux jeunes enfants, en plus d'occuper un poste de responsabilités dans la haute finance et d'être une personnalité publique. Sa notoriété risquait d'être entachée et sa famille détruite à jamais si sa femme apprenait son terrible secret. De plus en plus inquiet, il se sentait acculé, au pied du mur, angoissé et extrêmement coupable. Il négligeait sa famille et son travail, inventant de périlleux mensonges afin de se retrouver, pendant des heures, à sillonner en voiture certains quartiers de la ville, reluquant les travailleuses du sexe dans l'espoir de rencontrer celle qui assouvirait, une fois pour toute, son désir infernal.

Au début, il s'était fait accroire qu'il était normal d'aller voir une prostituée pour combler son appétit sexuel et surtout pour se libérer des tensions causées par ses nombreuses responsabilités. Au fil du temps, toutes sortes d'autres raisons s'étaient ajoutées qui l'avaient mené à l'isolement. Tous ses efforts pour ne pas céder à la tentation étaient vains, cela devint plus fort que lui. Il tenta alors de soulager ses envies en fréquentant ces sombres commerces où l'on peut visionner des vidéos pornos, mais sans cesse la crainte d'être reconnu le harcelait. Il craignait aussi pour sa santé. Même s'il s'était toujours protégé, subsistait une inquiétude. Il se sentait terriblement coupable lorsqu'il rentrait chez lui, dormait peu, avait les nerfs à vif. Le matin, au déjeuner, il évitait de s'asseoir à table avec ses enfants qu'il ne bordait plus et voyait de moins en moins. Il esquivait par-dessus tout le regard de sa femme. Pour compenser son absence, il offrait des cadeaux, mais ceux-ci n'arrivaient plus à le dédouaner et à combler le manque d'amour. L'obsession du sexe avait sournoisement saboté sa vie affective.

En me consultant, il espérait ardemment retrouver l'amoureux qu'il avait été, avant que l'obsession ne l'emporte. Je ne savais quelle bouée lui lancer pour contrer le chant des sirènes.

Je fis appel de nouveau à mon collègue Steve, avec qui j'avais gardé un lien épisodique. Lors d'une conversation que nous avions eue sur les dépendances, il avait fait mention que l'un de ses patients, qui avait cessé de consommer de la cocaïne, lui avait substitué le sexe. Il en avait abusé à un point tel qu'il en était devenu dépendant. En plus de sa thérapie, il avait joint un groupe de support pour dépendants du sexe. Steve me proposa d'aller lui rendre visite pour en discuter plus longuement.

Quelle joie de revenir en Californie et de le retrouver.

La rencontre eut lieu à son club sportif haut de gamme : *The best of America*, ressemblant davantage à un complexe de villégiature qu'à un simple club. Un personnel courtois s'affairait pour servir une clientèle qui payait le gros prix pour fréquenter ce genre d'établissement. On y retrouvait plus d'une quarantaine de courts de tennis, un nombre impressionnant de salles d'exercices, un spa complet, une piscine olympique et un restaurant sur deux niveaux dont la terrasse au deuxième permettait d'observer les joueurs de tennis. Attablé à boire un *smoothie* banane et mangue, je l'ai regardé terminer sa partie avant qu'il ne me rejoigne. Quel talent et quelle forme, ce Steve!

Comme toujours, il eut pour moi tous les égards. Il me présenta Bobby, son partenaire, qui était son *boyfriend*. Un bel homme blond, bien taillé, de quelques années plus jeune que lui. Avec discrétion, Bobby s'éclipsa pour nous laisser seuls. Steve me confia que c'était la première fois, depuis fort longtemps, qu'il se sentait véritablement amoureux. Je me réjouissais pour lui. Son nouvel ami était réalisateur pour une importante chaîne de télévision. Divorcé, il était aussi père d'un adolescent de seize ans, avec lequel Steve entretenait une belle relation. Une situation somme toute complexe, mais qu'ils avaient tous deux su aborder en laissant le temps au fils de se faire à cette nouvelle réalité. Il arrêta soudain ses confidences et s'empressa de passer au but de ma visite.

Steve commença par me parler des travaux de recherche d'un précurseur au sujet de la compréhension de la dépendance sexuelle, le docteur Patrick Carnes. L'essentiel de ses travaux d'observation faisait ressortir que le même processus de compulsion, qui apparaît dans l'alcoolisme ou l'abus de drogue, se retrouve dans le comportement face à la nourriture, au jeu et au sexe. Steve me confirma que la dépendance au sexe qu'on nomme « sexolisme » est aussi douloureuse que l'alcoolisme ou la toxicomanie. Cette dépendance se distingue par le niveau d'isolement dans lequel se terre l'individu.

La honte le maintient dans le secret. De plus, certains sont aux prises avec des pratiques susceptibles d'être sanctionnées par la justice, des actes comme l'exhibitionnisme, le voyeurisme, la prostitution, l'inceste, la pédophilie ou le viol. Ce qui semble le plus aberrant est le fait qu'une simple stimulation puisse provoquer une idée fixe, et ni les risques judiciaires ni les conséquences morales ne parviennent à raisonner le dépendant. Rien ne peut entraver la poursuite du désir qui a besoin d'être assouvi à n'importe quel prix. À partir de ce moment, le dépendant sexuel se retrouve déconnecté du reste du monde. L'anticipation joue un rôle primordial, revêt des allures de transe, comme une longue agonie. Tout ce qui peut constituer l'objet de désir devient le *fixe*, comme une dose de drogue, et supplante le fait de jouir. Cette jouissance pernicieuse, au lieu d'élever, provoque la fin de la fête. Abruptement les lumières s'éteignent et un vide de plus en plus grand se creuse à chaque fois, qui entraîne un besoin de plus en plus insistant. La hantise de ce désir de sexe bouffe la vie. Et c'est précisément à ce stade que se trouvait mon client.

Je quittai Steve au bout de deux heures, lui donnant rendez-vous pour le lendemain. Ce soir-là, au motel, je ressassai tous les propos entendus. Même si je comprenais le processus de la dépendance, toute cette histoire de sexolisme, c'était nouveau pour moi.

Au cours du long week-end que je passai à San Francisco, Steve me mit en contact avec son client qui, gentiment, vint me chercher pour m'emmener à une réunion de son groupe de soutien pour sexoliques.

Dès notre arrivée, il me présenta comme intervenant, collègue de son psy, et les vingt personnes présentes acceptèrent de me laisser assister à leur rencontre comme observateur. Les réunions sont fermées au public pour des raisons évidentes, afin de protéger l'anonymat de ses membres dont certains portent l'odieux. Tout nouvel arrivant est accueilli et une brève rencontre à l'écart s'ensuit, pour déterminer si le groupe peut lui venir en aide. Ce genre d'accueil filtré évitait que des personnes mal intentionnées ne se présentent pour faire la rencontre d'un éventuel partenaire sexuel, ce qui n'était vraiment pas recherché là, bien au contraire.

J'étais en présence du noyau fondateur de ce nouveau groupe de soutien. L'animateur lut un feuillet sur le problème. Je notai deux faits particulièrement éclairants. Le premier : la seule façon pour eux de se libérer de l'obsession était de se satisfaire, et le deuxième : l'habitude de cette pratique sexuelle excessive, « déviante », empêchait toute véritable intimité. Puis, l'animateur précisa que ceux qui souhaitaient prendre la parole devaient le faire en évitant tout langage explicite.

Après ce préambule, un homme s'identifia comme sexolique, abstinent depuis six mois, et commença à raconter son histoire. Enfant unique, il avait grandi dans la banlieue de Los Angeles, une enfance sans histoire. Au début de l'adolescence, un calendrier de pin up, sur la porte de toilette du garage de son oncle, avait été à l'origine de son réveil sexuel. Il avait immédiatement « connecté » avec cette image de femme. Engagé d'abord comme pompiste, puis comme apprenti mécanicien, il finit par passer beaucoup de temps aux toilettes. Son oncle s'en aperçut et le taquinait en lui souhaitant de rencontrer, un jour, une fille avec d'aussi jolis seins que celle de la page centrale du mois de décembre. Un jour il découvrit, derrière la cuvette, une cachette de magazines pornos. Avec la complicité de son oncle, il se procura ensuite des magazines qu'il cachait dans le plafond de sa chambre. Quelques années plus tard, lorsqu'il se maria, il déménagea et cacha dans les murs du sous-sol les boîtes de revues accumulées dont il n'arrivait plus à se défaire. Il continua ainsi à s'isoler de plus en plus. Ce matériel lui coûtait beaucoup d'argent et lui volait beaucoup d'énergie. Se sentant coupable, la dépression avait fini par le gagner. À un moment, il avait détruit tout son matériel dans l'espoir d'être libéré, mais il n'en fut rien. L'obsession revint le hanter. Il s'en procura à nouveau et son mariage fut au bord de la faillite. Il devait à tout prix arrêter, la démence le guettait. Mais comment? La chance lui sourit. Le travailleur social qu'il consulta avait déjà participé à des ateliers d'information du docteur Carnes. Il connaissait donc le sujet et l'informa de l'existence du groupe.

Après la réunion, on m'a remis quelques brochures et j'ai chaleureusement remercié chacun des participants. On me donna le numéro de téléphone du responsable du groupe qui venait de voir le jour, depuis peu, à New York.

Dans l'avion, je me suis senti riche d'un trésor d'espoir pour mon client. Dès mon retour à Montréal, je n'ai pas tardé à lui faire part de ma découverte. Je venais de lui annoncer une très grande nouvelle, il était soulagé d'apprendre qu'il n'était pas le seul ainsi affligé. L'espoir de s'en sortir renaissait. Il me demanda si j'accepterais de l'accompagner à New York. Ce fut avec grand plaisir, le sujet m'intéressait grandement.

Dès le week-end suivant, après avoir contacté Jim, le

responsable, pour connaître l'adresse de la réunion, mon client et moi prenions l'avion pour New York. Le temps maussade ne diminua en rien l'état d'excitation et de fébrilité de mon client. Il avait prétexté une rencontre d'affaires, car il était encore trop tôt pour passer aux aveux avec sa femme.

La réunion se tenait dans une petite salle de conférences au deuxième étage d'un hôtel sur Broadway. Le temps de déposer nos bagages, chacun dans notre chambre, et nous nous sommes retrouvés à la porte de la réunion qui allait bientôt débuter. Nous fûmes chaleureusement accueillis par Jim qui nous présenta au reste du groupe. Lorsqu'il précisa que mon client venait pour la première fois, quelqu'un s'avança aussitôt vers lui, l'invitant à le suivre pour l'introduire dans leur fraternité. Jim pour sa part me proposa de l'accompagner dans la salle adjacente où, m'expliqua-t-il, je pourrais l'observer accueillir un nouvel arrivant mal en point. Je fus touché par une telle marque de confiance, mais encore plus par la surprise qui m'attendait dans la pièce à côté.

Sauf mais pas sain

Mes yeux n'arrivaient pas à le croire.

La tête légèrement relevée vers moi, l'air incrédule, il me regardait par-dessus ses lunettes.

Surpris, Jim s'exclama : « Vous vous connaissez ? » Charlie et moi acquiesçâmes en même temps d'un signe de la tête. Il nous demanda depuis combien de temps l'on ne s'était pas vu. D'une voix éteinte, mon ami, dont la mémoire est phénoménale, répondit en lui précisant le jour, la date, l'heure et l'endroit. Six longues années avaient passé. Je ne pus retenir mes larmes, ni mon envie de le serrer dans mes bras. Je remarquai qu'une odeur nauséabonde se dégageait de son corps, et de son âme aussi, pensais-je. Après cette étreinte, je tirai une chaise pour la placer en face de lui. Le silence s'installa. Mon ami avait le regard défait, le sourire mince et la joie pâlotte. Son visage trahissait la défaite et la honte. Des ombres de culpabilité comme des rides sillonnaient son front. Il avait beaucoup maigri. Ses cheveux avaient blanchi. À sa façon de me regarder tout en hochant la tête, j'eus soudain l'impression qu'il venait de retrouver nos souvenirs.

J'ai posé mes mains sur ses genoux et je parlai le premier :

— Quelle joie, de te voir sain et sauf !

— Sauf, mais pas sain pantoute ! Je me sens comme une beurrée de marde sur du pain moisi.

Même s'il avait dit cela avec une certaine douleur dans la voix, de retrouver son langage si coloré pour exprimer les choses, me fit sourire. Ce qui suivit pourtant me laissa désarmé.

— J'veux mouuurirrr…, mouuurirrr, calvaire !

Et il éclata en sanglots.

Jim ne comprenait pas le français, mais avait senti qu'il fallait nous laisser seuls. Il se leva en précisant qu'il reviendrait plus tard. Charlie gardait le silence et paraissait vidé de lui-même, il n'était plus l'homme que j'avais connu. Il avait l'allure d'un homme défait, vieilli. Quelque chose, en lui, agonisait. Je me doutais du combat qu'il avait dû livrer pour aboutir ici et celui qu'il menait encore pour accepter la main qu'on lui tendait. Je lui demandai :

— À en juger par ton allure d'écorché vif, cela a dû être très difficile ?

— L'enfer ! Je pensais me faire interner.

— Comment as-tu découvert l'existence de ce groupe ?

— Par Mooooonlight, une prostituée, elle m'y a conduit.

Il avait soutenu le *Mooooo…* en imitant un loup qui hurle à la lune.

— Une madone ! dis-je éberlué.

Pensant que je me moquais, il me demanda en grimaçant :

— Pis toi, c'est sûrement une vierge du Redlight qui t'a amené par la main ?

— Non, non. Mais je suis sincère en disant que c'est une madone. Rares sont ceux qui connaissent l'existence de ce groupe. J'accompagne l'un de mes clients qui en est à sa première réunion.

— Je suis content pour toi… et pour ton client, murmura-t-il d'une voix à peine audible.

Je ne peux pas dire que je retrouvais la connivence de notre amitié. La souffrance le tenait à l'écart et, fort probablement, la culpabilité aussi. En temps opportun, j'espérais que cette dernière ne le ferait pas s'éloigner et que je pourrais l'aider.

— As-tu rebu ?

— Je n'ai pas bu, mais laisse-moi te dire que je viens de revirer toute une brosse de cul. Un vrai calvaire !

— Rassure-toi, tu es avec les bonnes personnes pour te remettre d'aplomb. Tu vas certainement te sentir chez toi ici. As-tu continué d'aller en réunion ?

— Oui… sinon je serais déjà mort, déclara-t-il sur un ton péremptoire, celui qu'il prenait pour énoncer une vérité.

Dieu ! que ce ton m'avait manqué toutes ces années.

Jim revint avec des cafés et invita mon ami à raconter ce qui l'avait conduit à la luxure, à s'intoxiquer de sexe. Charlie nous fit part de son désespoir et nous révéla la nature de ses fantasmes. Comme il parlait en anglais, j'eus l'impression que l'imposteur en lui prenait la parole. Sa personnalité m'avait toujours semblé plus arrogante dans cette langue, il s'exprimait avec un vocabulaire cru, vulgaire. Comme un gars soûl, imbibé de sexe, voici à peu près ce qu'il a essayé de nous dire :

« Je suis envenimé à l'os ! Le poison du cul a eu ma peau, mon cerveau. Partout où je regarde, je vois du sexe. Les yeux fermés, c'est pire. Des femmes nues me harcèlent et je peux me masturber jusqu'à dix fois par jour, jusqu'au sang. C'est un ostie de mauvais rêve perpétuel. Je veux mourir ! Les prostituées sont toutes des vampires. Maudites prostituées! Je les adore! Je suis un maudit obsédé sexuel, obsédé par les midinettes. Quand je suis près d'une jeunesse, je perds mon âme. Je trouve toutes les femmes belles et celles en devenir d'être femme, encore plus belles. Ça me rend fou! Je suis écœuré de moi, écœuré de penser au sexe! J'ai presque soixante ans, ça n'a pas de bon sens. Mon cerveau est tapissé d'obscénités. Tout me fait bander. Je suis contaminé, pollué. Fini. »

Fixant le sol, les épaules baissées, il s'arrêta de parler un instant. Je souffrais pour mon ami, devant l'ampleur des dégâts. Quelle atrocité de voir l'œuvre du Malin opérer jusque dans les entrailles de cet homme. Soudain, il leva la tête pour me fixer avec des yeux exorbités. La puissance de ce regard m'aspira vers le fond de son enfer, jusqu'au bout de son impasse. Je frissonnai. J'allais m'effondrer, lorsqu'il hurla : « Je veux mourir. *Help! Help me*, Claude! »

Il suffoquait. Mon ami implorait mon aide. Encore sous le choc d'avoir été propulsé dans sa folie, j'étais incapable de lui répondre. Il avait les yeux hagards d'un animal effarouché, la bouche ouverte, la morve au nez, le visage terrorisé… Heureusement que Jim était présent. Il s'est approché et lui a dit d'une voix ferme et rassurante : « *It's O.K. You are with us now, you are safe.* » À mon tour, j'ai mis ma main sur son épaule pour lui communiquer toute ma tendresse, l'assurer de mon aide. À ce moment, j'éprouvai envers lui une compassion jamais connue auparavant.

Pas un mot de plus ne fut ajouté. La crise était passée et semblait avoir libéré mon ami d'un poids énorme. Il se leva, me fit signe de me lever aussi et, planté devant moi, il me toisa de ce regard complice, comme s'il venait de retrouver l'essence de notre amitié. D'une voix creuse, éraillée, il me demanda :

— Vas-tu m'aider, Claude ?

— Toujours.

— Bon, ben allons-y, je suis prêt, dit-il.

Jim nous devança et nous nous sommes joints au groupe.

Le conférencier racontait qu'il devait éviter les saunas pour hommes et les toilettes publiques dans les parcs. Éviter aussi les aires de repos le long des autoroutes afin de réussir à s'abstenir de toute forme de sexualité. Il eut aussi à faire, expliqua-t-il, le ménage dans sa tête, de ses nombreux partenaires imaginaires qui nourrissaient ses fantasmes. Il lui fallait être vigilant pour ne pas jeter de regards furtifs sur les couvertures de certains magazines, ne pas tourner la tête pour reluquer un corps appétissant. Il précisa que voir n'était pas un problème, mais que de chercher à regarder, à s'attarder, pourrait stimuler et réveiller toutes sortes de désirs. Petit à petit, il réalisa que sans sexe pour s'évader, il commençait à ressentir à nouveau ses émotions : il devenait plus irritable, enclin au ressentiment et avait tendance à se sentir déprimé.

Il avait touché le fond, avoua-t-il, le jour où, aux petites heures du matin, il s'était retrouvé seul, après avoir été brutalisé par un partenaire qui l'avait volé. Ça n'était pas la première fois qu'il faisait de dangereuses rencontres, mais cette fois-ci, cela en avait été une de trop. Le corps lacéré ici et là, même sur la gorge, il avait cru sa dernière heure arrivée. Cet évènement remontait à dix mois. Depuis, il n'était plus retourné sur le territoire de ses dépravations, s'obligeant même à faire de grands détours. À la blague, il ajouta qu'il découvrait une partie de la ville dont il avait oublié l'existence. Il avait dû déménager et changer son numéro de téléphone. Il conclut en soulignant que, sous l'emprise de la luxure, il était devenu esclave. Aujourd'hui, il avait cessé de fuir et même si l'impulsion du regard était toujours présente, il réussissait à ne pas la nourrir un jour, une heure, une minute à la fois.

Après la réunion, je retrouvai mon client, passablement songeur. Je lui présentai Charlie, qui, à en juger par son regard ébloui, semblait avoir été captivé par ce qu'il venait d'entendre. Mon client s'excusa aussitôt de nous fausser compagnie : « J'ai besoin d'aller prendre l'air pour digérer tout ça. » Mon ami le comprenant très bien, lui dit : « Il n'est pas facile d'admettre que le sexe peut nous anéantir. Je te comprends. Moi, je suis à bout. Je capitule. » Je fis quelques pas avec mon client afin de m'assurer qu'il n'avait pas besoin de ma présence. Il préférait aller marcher seul. Je l'invitai à me téléphoner sans hésitation à ma chambre, si nécessaire. En le regardant s'éloigner, je demandai à la vie de le protéger dans cette faune new-yorkaise.

J'offris à mon ami de partager ma chambre d'hôtel. Il y avait deux grands lits. Une fois de plus, il avait échappé à la folie, mais ce qu'il venait de traverser, de toute évidence, l'avait ravagé. Une trace invisible, quelque chose de malsain, de pernicieux, émanait de son corps. En y regardant de plus près, on détectait chez lui l'attitude du pervers, esclave de ses sens. Une bête se cachait derrière cette apparence d'homme. Cette attitude allait certainement l'enserrer de plus en plus, à mesure que le manque commencerait à se manifester. J'apercevais déjà les signes de ce combat, ce duel avec lui-même qu'il s'apprêtait à livrer et qui serait probablement, le plus terrifiant de tous. Et j'ai pensé à cette nouvelle maladie qui tue. Le sida. L'avait-il contracté ? Je m'inquiétais déjà. L'urgence pour lui était de tout mettre en œuvre pour ne pas retourner en enfer.

En déposant la tête sur l'oreiller, il s'endormit aussitôt. Avant de sombrer à mon tour, j'ai souhaité qu'il soit encore là à mon réveil. Je craignais de revivre sa dernière fugue. Il n'en fut rien. Au matin, il était là.

Il alla prendre sa douche et moi, je descendis pour un café avec mon client. À la réception, on m'avisa de son départ et on me remit le mot qu'il avait laissé pour moi :

« D'abord merci de m'avoir fait rencontrer ces gens et leur méthode. Ma vie vient de basculer et comme vous vous en doutez, ce n'est pas facile. Je m'excuse de m'être éclipsé ainsi hier soir, mais j'étais en état de choc. Je me réjouis de vos retrouvailles avec votre ami et je comprends que votre place ait été auprès de lui. Après vous avoir laissé, j'ai marché avec un dégoût de moi qui m'a donné le vertige. Tout se bousculait dans ma tête, la culpabilité et la honte m'écrasaient, mais je me suis accroché à l'espoir que ces gens venaient de me communiquer et j'ai pris conscience que pour me libérer de mon obsession, un immense défi m'attend. J'ai décidé d'aller en cure de désintoxication. Je vais dire à ma femme et à mes patrons que j'ai toujours réussi à leur cacher un sérieux problème d'alcool et que je n'en peux plus. Voilà. J'ai déjà fait mes réservations au centre dont Jim m'a parlé, pour une période d'un mois. Je passe par Montréal régler mes affaires et vous téléphonerai à mon retour. »

Ma première réflexion, après lecture de ce billet, fut : il est en état d'urgence, son instinct le guide. Je sens qu'il fait la bonne affaire et je me réjouis qu'il soit passé à l'action sans me consulter.

À la boutique de l'hôtel, j'achetai pour mon ami une chemise blanche à manches courtes, une veste marine en laine et un bermuda. De plus, je rapportai à la chambre deux cafés. En voyant mes achats, il s'exclama :

— T'as pas changé, toujours aussi généreux. Tu es vraiment un être exceptionnel, Claude, merci !

Pendant qu'il enfilait ses nouveaux vêtements, tout en se dandinant comme un gamin, je lui ai communiqué le contenu de la missive. Sa première réaction fut très positive :

— Quelle bonne idée : faire croire qu'il a un problème d'alcool.

— Moi aussi, je trouve cette solution brillante, pour l'instant.

— Ton client vient de prendre la meilleure décision possible, je suis convaincu qu'il va s'en sortir.

— Toi aussi, je n'ai aucun doute.

Je faillis lui proposer d'aller lui aussi dans ce centre, mais je fus saisi par une émotion :

— Tu es très beau, mon ami… dis-je ému. C'est quand même incroyable de te voir là, après toutes ces années.

— Va falloir prendre une marche d'au moins dix mille milles pour arriver à tout se raconter.

— Tu sais, j'ai toujours continué de marcher depuis que tu me l'as enseigné et chaque fois tu étais à mes côtés.

Cette dernière remarque l'a touché. Je le voyais à son sourire qui lui faisait des joues d'enfant heureux.

— Tu m'as manqué, Claude ! Et venant d'un égoïste de la pire espèce comme moi, considère que c'est un trèèès gros compliment.

— Merci !

— C'est moi qui devrais te remercier, même si je t'ai planté là, il y a six ans. Je fais ça avec tout le monde. Pourquoi ?

J'aurais pu lui répondre : c'est le malade en toi, dominé par ses peurs, ses manques, qui sacre tout en l'air. J'ai plutôt proposé de commencer par un gros déjeuner américain au restaurant *Steak and Eggs*, pour ensuite aller nous promener à Central Park. La proposition l'enchanta. Non seulement il a tout mangé de la portion de bûcheron qu'on nous a servie, mais il a terminé mon assiette, à peine entamée. Il jubilait de plaisir.

Dès que nous nous sommes retrouvés sur le trottoir, au milieu du fourmillement urbain de New York, j'eus comme une impression de déjà-vu.

— C'est formidable, dis-je, de se retrouver ainsi côte à côte, comme par le passé.

— Je suis content, Claude, que tu sois là. Mais… Il s'arrêta de marcher, fit une pause en fixant le sol et d'un ton grave enchaîna : … si tu restes pour m'aider à traverser mon sevrage, j'aime mieux que tu saches tout de suite que cela ne sera pas beau à voir, mon chum !

Chaque fois qu'il avait utilisé en ma présence, l'expression « mon chum », c'était pour signifier que se pointait une menace sérieuse, à prendre avec grande considération.

— Si tu veux que je sois là, j'y serai.

Et nous avons repris la marche.

— J'aimerais beaucoup que tu m'accompagnes, mais…'– Il s'immobilisa à nouveau et répéta – … mais je te préviens, ça risque d'être assez laid!

— Puisque c'est la deuxième fois en deux minutes que tu m'en parles, il faudrait peut-être songer à une cure. Que dirais-tu d'aller à la même clinique que mon client?

— Je n'ai pas les moyens de me payer ça.

— Je m'en occupe.

— Même si je suis fait à l'os, je suis encore ben orgueilleux.

— Hier, tu m'as demandé de t'aider… alors, monsieur l'orgueilleux, voulez-vous, s'il vous plaît, vous tasser, pour que j'aide mon ami?

— Non. Pas nécessaire d'insister. J'ai une autre idée: Un séjour à l'abbaye d'Oka.

— Ah bon! Inusité.

— Peut-être, mais pratique. Cela va être plus rapide de m'exorciser que d'essayer de me *thérapiser*, lança-t-il avec un brin d'humour.

— Tu penses vraiment que tu aurais besoin d'un exorcisme?

— Peut-être pas comme on l'entend, mais d'une sérieuse aide des jupes de la sainteté pour résister à la tentation.

— C'est vrai que les moines pratiquent la vigilance face à la nuit des sens. Ils pourront certainement t'encourager à affronter la tyrannie de l'obsession.

— Tu n'as pas idée à quel point je me sens envahi, ajouta-t-il cette fois avec le plus grand sérieux.

Nous arrivions à l'entrée de Central Park, il venait de se retourner pour observer le Metropolitan Museum, mais en réalité je le voyais réfléchir, et l'instant d'après il afficha l'air de quelqu'un qui venait d'être contacté par l'au-delà :

— Partons tout de suite pour l'abbaye. Je sens la bête qui se réveille et dans cette ville où la perdition coule comme une rivière souterraine, j'aurais vite fait de te semer pour aller m'y noyer.

— Tu ne préférerais pas plutôt aller en maison de cure ?

— Non. C'est à l'abbaye que je veux aller.

Et soudain, il cria comme pour se faire entendre jusqu'au sommet des gratte-ciel : « Hors de moi, Satan ! » Je hélai un de ces taxis jaunes qui nous ramena à l'hôtel illico. Il avait l'air hagard. Lorsque je lui ai rappelé de ne pas succomber et d'affirmer sa liberté, j'ai détecté, par les traits de contrariété qui crispaient et gonflaient ses joues, qu'il se retenait de m'envoyer promener. J'osai tout de même ajouter :

— Respire.

— Va chier, me répondit-il sèchement.

— Respire quand même.

— Mange donc d'la…

Sa phrase demeura en suspens. Il serra les poings, inspira profondément en grimaçant pour ensuite expirer bruyamment comme un cheval en furie.

Le chauffeur nous regardait d'un air inquiet.

À l'hôtel, j'ai téléphoné à la gare, on me confirma qu'un train partait pour Montréal en soirée. Je nous réservai des couchettes. Mon ami faisait les cent pas dans la chambre. Je lui proposai de prendre une douche à l'eau froide, pour se refroidir les sangs. Pendant ce temps, je fis mes bagages, glissant son linge sale dans un sac de plastique. Je contactai Jim pour l'aviser de la situation. Il pensa que l'abbaye pouvait convenir pour

le moment, mais me donna tout de même les coor-
données de la clinique et ajouta qu'il viendrait nous
saluer à la gare.

Charlie fut heureux d'apprendre que nous allions
rentrer en train et que nous avions rendez-vous avec
Jim au McDo de la gare. Au moment de quitter l'hôtel,
Charlie préféra que l'on s'y rende à pied.

Arrivé depuis peu, Jim nous fit signe. C'était vraiment
généreux de sa part d'avoir fait ce détour. Il me remit
quelques brochures explicatives sur leur groupe
d'entraide. Mon ami avait faim et écoutait Jim, distrai-
tement. Comprenant ce que Charlie traversait, Jim
s'adressa plutôt à moi et fut bref. Il se leva, nous serra
la main, en ajoutant de ne pas hésiter à lui téléphoner
au besoin. Charlie n'en pouvait plus : « J'mangerais le
plancher si j'me r'tenais pas. Là, j'ai trèèès faim. » De
toute évidence, il traversait une crise qu'il tenta de
calmer en engouffrant un trio Big machin, comprenant
le gros hamburger, la grosse portion de frites et presque
un litre de Coke. Cet engouffrement sembla ajouter un
peu de couleur à son teint blafard et quelques centi-
mètres à sa taille. Comme toujours, le regarder manger
était un spectacle en soi : mouvement de mâchoires
synchronisé à la perfection, langue efficace sapant et
enrobant le tout de salive, ne laissant rien traîner sur les
babines avides et les papilles gustatives, se délectant de
tout avec une gamme d'onomatopées jouissives. Personnellement, comme je n'avais rien à calmer, le goût de
friture sucrée qui dominait la saveur de pomme du
chausson ne m'a procuré aucune jouissance.

LE CALVAIRE DE CHARLIE

Quand le train quitta la gare, nous venions de prendre place dans notre cabine qui ressemblait à un petit salon privé avec banquettes confortables. Charlie regardait défiler le New York des arrière-cours et des terrains vagues. On voyait des multitudes de graffitis sur les immeubles et sous certains viaducs, des autos abandonnées, des amoncellements de déchets... un décor presque apocalyptique. Quelque chose l'avait certainement inspiré, car il amorça un très long monologue.

— Tous ces détritus me ressemblent. Je suis un rebut moi aussi. J'ai besoin de parler, Claude, ça brasse beaucoup à l'intérieur de moi.

Je l'invitai à poursuivre.

— Mon calvaire a débuté le jour où j'ai quitté ma femme. La culpabilité et le remords m'avaient empoigné la gorge et j'avais terriblement soif. En partant de Québec pour aller te rendre visite, je savais que je ne resterais pas. Tu m'as généreusement accueilli, pourtant la nuit même j'ai quitté la garçonnière et j'ai pris l'autobus Greyhound. Un aller simple jusqu'à la frontière du Mexique. Je suis resté quelques jours à Nuevo Laredo où deux, même trois fois par jour, je faisais venir à ma chambre de motel, une prostituée. Parfois deux en même temps. Très vite, je me suis aperçu que, dans mes fantasmes, je recherchais des filles de plus en plus jeunes. Un jour s'est présentée une *sweet sixteen* et j'ai failli avoir une crise cardiaque. Mon cœur cherchait à sortir de ma poitrine, mon corps tremblait. J'ai voulu lui dire : « T'es trop jeune, ne gaspille pas tes perles avec un vieux cochon comme moi », mais devant mon trouble elle s'était empressée de me montrer ses seins pour que je ne change pas d'idée. Je me suis senti basculer, au bord de perdre la raison. Quelque chose en moi criait : « Fais de moi ton esclave », et en même temps je voulais la sauver, l'éloigner de ce milieu dépravé. Sentant mon tiraillement, elle s'est approchée, a pris ma main pour la poser sur son petit sein ferme et m'a dit : « *money* ». Je voulais courir au loin, mais sa beauté me sciait les jambes. En lui remettant l'argent, j'ai commencé à manquer d'air et me suis affalé sur les genoux, au pied du lit. La petite a eu peur, a ramassé ses affaires et s'est enfuie. Dieu merci ! Même si ma crise d'angoisse en quelque sorte m'avait sauvé, je rageais contre moi de ne pas en avoir profité. Finalement, je me suis poussé de là au plus sacrant, en traversant le pont qui mène à la frontière des États et j'ai repris l'autobus pour Montréal.

À mon arrivée, j'ai pensé à toi. Mais je n'ai pas osé te téléphoner, encore trop dans l'ivresse mentale. Je suis allé en réunion et j'y ai rencontré un vieil ami qui habitait Valleyfield. En lui racontant ce que je venais de vivre, il m'a invité à rester avec lui et sa femme, pour quelque temps. C'était un couple de *swingers* et dès le premier soir, j'ai baisé sa femme devant lui. Abstinents d'alcool depuis deux ans, ils vivaient toujours de magouilles. Pendant un certain temps, j'ai vendu des montres et des bijoux de recel. Durant cette période, j'ai fait la connaissance de celui qui deviendrait mon parrain. Comme lui je me suis rasé le crâne et fait tatouer une sirène aux seins nus. Comme lui je portais une veste en cuir, volais dans les épiceries : un vrai caméléon. À un moment donné, j'en pouvais plus. J'ai pensé retourner travailler dans l'immobilier, mais j'en étais incapable. J'ai finalement abouti à l'aide sociale. Avec le maigre chèque mensuel que je recevais, je me suis loué une chambre à quelques rues de chez eux. Besoin de prendre une distance. J'y suis resté deux ans. J'ai connu disons quelques amourettes. Surtout des femmes rencontrées dans les réunions. La première avait le même âge que mon ex-femme. Attentionnée, elle m'apportait des plats cuisinés ou des sacs d'épicerie. J'aimais l'entendre crier de plaisir, cela m'enivrait. Mais lorsqu'elle a commencé à venir cuisiner chez moi ses bons petits plats, je l'ai virée. La deuxième avait dix ans de moins et se pliait à tous mes fantasmes. Soumise, elle ne disait jamais un mot, elle me rappelait tellement Paulette que j'ai eu vite fait de lui donner son congé.

— Qui est Paulette ? demandai-je

— Le nom de ma femme. T'as oublié ?

— Je ne l'ai jamais su.

— Ah bon !

Et il continua son histoire.

— Après elle, j'ai eu une liaison avec une jeune étudiante de dix-neuf ans. Avec elle, je célébrais la beauté de la jeunesse. Un jour, pour m'amuser bien sûr, je lui ai demandé de m'épouser. Je ne l'ai jamais revue. Pendant tout ce temps, j'avais continué de fréquenter mes amis *swingers* et de me joindre à leurs partouses. Quand ma petite gymnaste a disparu, j'ai vécu une dépression, un vague à l'âme. Elle me manquait terriblement. Le désir de retourner boire me tenaillait. Mes amis, inquiets, ont insisté pour que je revienne vivre avec eux. À un certain moment, mes hôtes ont hébergé un couple qui faisait des vols à main armée. Ces deux-là ne buvaient plus, eux non plus, mais consommaient une grande quantité de cocaïne. Je les trouvais beaux et très unis. Pour cette raison, j'avais toujours résisté aux avances de sa femme. Un jour, il m'a apostrophé : « L'amour, ça n'a rien à voir avec le cul, mélange pas les affaires, calvaire ! Tu y fais d'la peine. » Mais sais-tu comment toute cette incroyable histoire a fini ? Un matin, j'ai trouvé son homme pendu dans la salle de bain. Il lui avait laissé un mot : « Pardonne-moi, ma chérie, je suis rendu au bout. » Mes hôtes ont vidé la maison de tous les objets incriminants avant d'appeler la police. Le lendemain des funérailles, sa femme s'est tiré une balle. Quelle horreur !

Après cet épisode, j'ai sombré dans la déprime et n'avais plus qu'une seule idée en tête : en finir. Je voulais me suicider, aller me jeter en bas du pont Jacques-Cartier. Quand j'ai vu les eaux noires qui m'attendaient, je me suis mis à pleurer.

Son visage affichait une telle désolation. Il se moucha et enchaîna :

— Une main s'est alors posée sur mon épaule et une voix chaude, comme une brise d'été m'a demandé : « Est-ce que je peux faire quelque chose pour toi ? » J'ai tourné la tête. Une femme, au regard plein de tendresse, me dévisageait. Inoubliable ! Je l'ai suivie jusqu'au centre-ville.

En passant devant le terminus, j'ai vu un autobus de la compagnie Greyhound et, sans réfléchir, je suis parti pour New York.

Pendant une semaine, je me suis terré dans un minable hôtel de passe. Je n'avais plus beaucoup d'argent, juste assez pour me payer des putes bon marché. Après, je me disais que je trouverais le moyen d'aller me jeter en bas de la statue de la Liberté. Je marchais sans but, près de mon hôtel, lorsque Moonlight s'accrocha à mon bras. Je l'ai laissée faire. Elle n'était pas mon genre. Pourquoi l'ai-je suivie ? On aurait dit qu'elle savait exactement comment je me sentais ; je me dégoûtais. J'avais besoin de parler. Elle est montée à ma chambre. Je lui ai tout raconté : ma dépendance à l'alcool, à la cigarette, aux pilules, à la bouffe. Je lui ai même avoué que j'étais un dépendant du sexe, que je ne tenais plus à la vie ! Elle m'a dit me comprendre, que j'avais certainement encore une étoile qui brillait pour moi parce qu'elle connaissait exactement les gens qui pourraient me tendre la main. Nous avons quitté la chambre, elle ne m'a rien demandé et m'a conduit à la réunion.

Ce long périple pouvait sembler incroyable en effet. Mais d'après les lectures que je commençais à faire au sujet du sexolisme, tout comme le témoignage entendu la veille à la réunion et l'emprise de cette obsession chez mon client, je réalisais que les conséquences de cette dépendance pouvaient mener à cet enfer. Mon ami était certainement en danger, le sexe pouvait le conduire aux pires affres de la déchéance. L'avenir allait me le confirmer.

Pour le moment, je partageais sa souffrance. J'étais vraiment très heureux de le retrouver et tout ce que j'espérais, maintenant, était que la vie m'accorde la possibilité de l'aider et le privilège de continuer à cheminer auprès de lui.

Visiblement, ce long monologue l'avait épuisé. Je proposai que nous allions au wagon-restaurant manger un sandwich et boire quelque chose pendant que le préposé aux cabines viendrait convertir nos banquettes en lits superposés. Somnolent, il acquiesça. Il mangea sans appétit et sans plaisir.

Au retour, sitôt la tête sur l'oreiller, il sombra dans un sommeil bruyant et agité. Il ronfla, s'étouffa, râla sans se réveiller malgré les secousses du wagon. Je n'avais dormi que par courts intervalles lorsque le train arriva à la frontière. En ouvrant l'œil, je l'aperçus debout devant le miroir, il était en train de se raser avec un regard nerveux.

— Qu'est ce que ça te fait de revenir à Montréal? lui demandai-je, alors que nous étions tous deux attablés pour le déjeuner.

— Je suis mort de peur.

— La peur t'a fait avancer dans la vie, non?

— Elle m'a plus souvent paralysé! Mais, la bonne nouvelle est que j'ai l'impression de me réveiller d'un trèèès long cauchemar. Il y a un peu plus de vingt-quatre heures, il faisait tellement noir!

En nous dirigeant vers le wagon-restaurant pour le repas, nous avons croisé, dans l'étroit couloir, une jeune femme plutôt aguichante qui venait de repérer chez mon ami une proie vulnérable. Elle prit la peine de s'arrêter pour le complimenter: «Le bleu marine te va bien. » L'effet fut fulgurant. Si à ce moment-là, elle lui avait demandé de sauter avec elle en bas du train en marche, il l'aurait fait sans hésiter. Je suis intervenu à temps : « Lui dire merci peut suffire », soufflai-je à l'oreille de Charlie. Voyant que j'étais le garde du corps, elle poursuivit son chemin. Éberlué, il affirma : « Une chance que tu étais là ! »

Je constatai que mon ami avait encore mangé avec démesure. En sevrage, privé de sexe, il compensait le manque par la nourriture, une façon de remplir le vide, d'apaiser son mal-être. L'effet calmant se jumelait à l'effet euphorisant et stimulait l'envie. Ce cercle vicieux, infernal, s'estomperait avec le temps.

— Tu as de l'appétit, mon ami, dis-je presque de manière anodine, après qu'il eut commandé deux portions supplémentaires de rôties avec fromage et confiture.

— Ça me calme. J'ai l'impression de reprendre vie, comme une plante asséchée qui manquait d'eau.

— Tiens, toi aussi tu poétises. J'aime bien cette image de la plante qui demande qu'on prenne soin d'elle. Parlant de soin, une des brochures que Jim a laissée parle des mécanismes déclencheurs pour un sexolique. Ceux visibles et faciles à identifier : la lingerie, le langage érotique, les images explicites, la pornographie, les endroits de rencontre… Et ceux plus difficiles à identifier : la solitude, l'ennui, la susceptibilité, la colère, le ressentiment, l'anxiété, la peur…

— Exactement mon portrait.

— J'ai beaucoup aimé lorsque celui qui partageait son histoire l'autre soir a parlé du *regard de la luxure* comme étant l'élément le plus important à surveiller, parce qu'il pouvait mener à la rechute. Il a bien décrit comment il était programmé pour tourner la tête et *prendre un verre* du regard.

— C'est encore mon portrait tout craché.

— J'ai lu dans une autre brochure explicative que, pour monsieur et madame tout le monde, voir quelque chose ou quelqu'un qui les excite est une sensation normale, ils peuvent regarder et continuer leur chemin. Mais pour le sexolique, moindrement qu'il s'attarde à regarder, cela devient un déclencheur. Il est suggéré, selon l'expérience de ceux qui sont passés par là, d'essayer de prendre conscience de cette habitude à s'attarder. Réaliser que ce n'est pas parce que quelque chose nous stimule, que nous devons absolument le nourrir du regard. Ressentir oui, mais ne pas nécessairement succomber.

— Ça, c'est plus facile à dire qu'à faire, intervint mon ami entre deux bouchées de pain dégoulinant de confiture.

— Le sexe peut devenir optionnel. J'aime cette nuance de pouvoir être libre mais pas nécessairement guéri.

— Merci de me partager le fruit de tes lectures avec autant d'enthousiasme. J'en ai grand besoin. Je suis un grand malade, tu sais, qui nécessite des soins intensifs. Merci d'être ma garde-malade dévouée, même si j'aurais peut-être préféré une petite blonde !

— Pas de doute, tu es vraiment un trèèès grand malade, dis-je en l'imitant. Je suis heureux que nos routes se croisent à nouveau.

— C'est ça, moi avec la job de cul et toi encore sur les bancs d'école, dit-il en se moquant.

— J'aimais mieux quand tu me disais que tu allais à l'université de la vie. On pourrait dire que présentement c'est comme si tu arrivais de l'étranger où tu poursuivais un doctorat en sexolisme qui t'a demandé beaucoup d'énergie.

— Mets-en, j'ai failli échouer. Un autre diplôme obtenu à la dure école !

— Ça t'en fait plusieurs maintenant : alcoolo-toxico-pharmaco-sexo dépendant, sans oublier outre-mangeur et dépendant affectif.

— Je pense que si j'avais eu le choix, j'aurais préféré ton rôle.

— C'est vrai que je l'ai eue plus facile. Si je compare nos apprentissages, je dirais que j'apprends allongé dans un hamac sous une pergola, alors que pour toi, mon ami, ça se passe sur une chaise longue en enfer.

— Quel paradoxe !

— Effectivement ! Malgré les apparences jouissives, il n'y a rien de reposant à vivre sous l'emprise des dépendances, n'est-ce pas ?

L'ABBAYE

À la sortie du train, un taxi nous a conduits à la porte de l'abbaye d'Oka. Le père hôtelier nous a reçus avec bienveillance. Il n'avait qu'une seule chambre de libre. Charlie insista pour que je reste près de lui et le bon père accepta de me laisser dormir dans le petit bureau, au bout de l'étage, réservé aux consultations privées et aux confessions. La plupart des résidents de passage demandaient un entretien avec un moine. C'est ce que fit Charlie dès notre admission. Pendant cette rencontre, qui dura une bonne partie de l'après-midi, je suis allé me promener dans les sentiers bordant l'abbaye. L'esprit en paix, je marchais rempli de gratitude de me retrouver ici. Je priai pour que la vie accorde à mon ami un autre sursis.

Alors que je faisais une halte près du ruisseau qui délimite l'enceinte du monastère, la cloche annonça l'office des vêpres et me sortit de ma réflexion. À la chapelle, je retrouvai mon ami agenouillé dans la première rangée, la tête inclinée vers l'arrière, qui fixait la coupole. Il se tourna vers moi et j'ai vu que des larmes inondaient ses joues. Après l'office, dans le couloir qui mène au réfectoire, il chuchota : « L'entretien fut un sommet. Je vis sur du temps emprunté et j'ai bien l'intention de ne plus aller le dépenser en enfer. » En me confiant cela, il affichait un visage d'enfant sage, ce qui n'était pas tout à fait normal, pensai-je. Mais je reconnaissais bien là mon cher Charlie ! C'était lui tout craché! À vivre d'un extrême à l'autre, tantôt dans la luxure et maintenant dans la piété.

Après le souper pris en silence, où nous avons mangé une nourriture saine et frugale, nous sommes allés assister au dernier office de la journée : les complies, prière liturgique pour sanctifier la journée accomplie et nous disposer au repos pour la nuit. Le psaume à la Vierge Marie, chanté dans la pénombre de l'église abbatiale, provoqua tout un effet sur mon ami, qui s'agenouilla dans une piété que je ne lui connaissais pas.

Le bon père avait bien saisi que le démon rôdait et qu'il viendrait certainement tenailler mon ami. L'aide de la prière serait nécessaire. Alors que je m'installais, je vis le père aller lui porter un chapelet. Quelques instants plus tard, je rejoignis Charlie dans sa chambre. Le bon père lui avait enroulé le chapelet autour du poignet et lui avait recommandé de brandir la croix en répétant trois fois : « Hors d'ici, Satan », si ce dernier se manifestait. Il lui avait suggéré également de se mettre à genoux pour prier si l'obsession le tenaillait, en lui précisant que ressentir n'était pas consentir.

La nuit fut difficile et les recommandations utiles. Mon ami ne put que difficilement trouver le sommeil. Dès qu'il fermait les yeux, un film porno se déroulait dans sa tête. Même les yeux ouverts, des souvenirs sexuels émergeaient. À deux reprises, il vint me chercher pour que je vienne prier avec lui. Peu avant quatre heures du matin, mon ami, pour la troisième fois, vint frapper à ma porte pour m'inviter à l'accompagner au premier office de la journée, les matines. Il était serein. Puis, nous sommes sortis respirer l'air frais du matin, en empruntant les petits sentiers de bréviaire aménagés devant l'abbaye. Je les appelle ainsi, parce qu'il est fréquent de voir les moines ou les prêtres visiteurs y faire les cent pas, en lisant leur bréviaire.

— La récitation des psaumes sur un ton monocorde me fait l'effet d'une halte intérieure, un endroit où je peux me déposer et laisser mon âme se faire bercer, dis-je un peu exalté.

— Moi, j'ai plutôt eu l'impression que la voix des croisés s'élevait pour faire fuir les servantes de Satan.

— Tu es en forme, toi, ce matin, pour quelqu'un qui n'a presque pas dormi…

— Je me sens en sécurité ici. En tout cas, pour l'instant, la prière ça marche.

— Quelques jours ici et tu vas retrouver l'équilibre nécessaire pour affronter la réalité. Je quitte tantôt pour Montréal et viendrai te chercher quand tu te sentiras prêt à revenir parmi le monde.

— Merci beaucoup de m'avoir accompagné ici, ta présence m'a été plus que précieuse.

— À mon tour, mon ami, de te répondre, comme tu l'as fait le jour de notre première rencontre à l'aéroport de San Francisco, tu te souviens? « J'ai à cœur ta souffrance. Que tu me la partages m'honore. »

— Oui. Je me souviens aussi de t'avoir dit qu'un jour tu m'aiderais. Évidemment, je ne pouvais imaginer que ce serait dans de telles circonstances. À ce moment-là, je croyais que je bénéficierais de ta quête de connaissances. Eh bien, ta quête nous a réunis. C'est incroyable ! Je suis très heureux, Claude, de marcher à nouveau à tes côtés.

Le père hôtelier vint me saluer à l'entrée où m'attendait un taxi pour me conduire à la gare. Il se fit rassurant : « Le bon père Romain, qui renouvelle aujourd'hui même ses vœux, après soixante ans de vie monastique, va accompagner votre ami en votre absence. Par son écoute, sa sagesse et ses prières, il saura certainement le réconforter et lui apporter la quiétude dont son âme a besoin. » Je le remerciai pour l'hospitalité.

À nouveau seuls, Charlie m'avoua :

— Comme j'aspire à cette paix !

— J'ai confiance qu'en cette enceinte, entouré de ces hommes humbles et sains, tu vas fortifier ta sobriété et que cela va aider ton esprit à entretenir des pensées saines.

— Peut-être me ferai-je moine ?

— Tu en serais bien capable. Mais je crois plutôt que la vie t'appelle à servir sur le terrain, au milieu du désordre du monde.

Pendant que je le serrais dans mes bras, je pensai lui suggérer de profiter de cette période de transition pour tenter une sobriété alimentaire. Je ne savais comment aborder cette question. Une fois de plus, il capta ma pensée :

— Je vais jeûner quarante jours, comme l'a fait le Christ. Quand Satan va se montrer la face, je vais lui dire d'aller se faire voir ailleurs.

— T'es sérieux ?

— J'y pense. Je mange beaucoup trop, mais pour l'instant c'est comme ça, je m'occupe de ma luxure, ensuite ça sera ma gourmandise. Je tiens à te le redire, Claude, je suis trèèès heureux de cheminer à nouveau à tes côtés.

À ces mots, un velours s'est posé sur mon cœur. Je savais qu'il m'appréciait, mais de l'entendre de sa bouche à lui, ce grand malade égocentrique si souvent détestable pour ses proches, était chose rare. Je lui vouais une affection sincère. Je lui avais tendu une main secourable, sans le prendre en charge. De toute façon, on ne peut imposer son aide, même si souvent notre attachement à l'autre nous pousse à le faire. Curieusement, lorsque j'étais proche de lui, je me rapprochais de moi. Voilà où j'en étais dans mes pensées lorsque je suis rentré chez moi. Je revenais à mes occupations et j'avais confiance que mon ami n'allait pas s'enfuir et ne rechuterait pas.

Tous les matins, il me téléphonait à 6 h 30 pour me tenir au courant de son rétablissement. Ses rencontres avec le père Romain, son confesseur, l'aidaient à traverser les moments de tentations et à se faire plus accueillant envers lui-même. Durant son séjour, il avait écrit l'inventaire de sa vie sexuelle, dont il fit part au père Romain. Il s'était même confessé d'avoir causé du tort aux autres et à lui-même. Lorsque le père lui avait donné l'absolution, il avait été soulagé d'un poids énorme, comme si l'aveu de ses fautes lui avait permis de reconnaître qu'il était responsable de ses choix et de ses actes. Pas question de se cacher derrière l'excuse du malade dépendant qui agit malgré lui. Il commençait à reconnaître qu'il avait volontairement négocié son système de valeurs et de croyances pour assouvir ses bas instincts. Se responsabiliser était la première clé pour accéder à une vie plus libre. Qu'il abonde en ce sens me réjouissait car c'est exactement ce que je préconisais pour moi-même.

Les bons moines avaient accepté de prolonger son séjour, jusqu'à trois semaines. Quand je suis allé le chercher, sa propension au mimétisme, pour ne pas dire à l'imposture, lui faisait arborer maintenant une allure de bon père qui roule ses « r ». S'il avait porté la soutane, je ne l'aurais pas reconnu. Il avait le crâne rasé et plusieurs kilos en moins.

— Comme le Seigneur*rr* est bon de se manifester en ta génér*rr*euse per*rr*sonne, m'avait-il dit, le plus sincèrement du monde, en m'accueillant à la porte de l'hôtellerie; les mains jointes et la bouche en trou de suce.

— C'est un honneur, lui répondis-je une main posée sur le cœur, pour l'humble serviteur que je suis, de revenir chercher, en ces lieux saints, le miraculé qui, il n'y a pas si longtemps, était condamné aux supplices de l'enfer pour y brûler le reste de l'éternité.

— C'est v*rr*rai que l'enfer*rr* était mon *rr*royaume et que j'y avais un t*rr*rône. J'espèr*rr*e ne jamais l'oublier, je ne voudrais pas y *rr*retour*rr*ner.

— Je vous souhaite, votre sainteté mon ami, rien de moins que le paradis jusqu'à la fin de vos jours.

— Amen!

Charlie avait retrouvé la forme et n'avait rien perdu de son humour. En prévision de son départ de l'abbaye, il avait réservé une chambre chez les Jésuites, dans le quartier Côte-des-Neiges. Il y logerait le temps d'apprivoiser la vie publique. L'atmosphère calme et sereine des lieux favoriserait sa réinsertion sociale, disait-il. Il avait refusé d'aller à la garçonnière, je comprenais, le centre-ville c'était trop éprouvant. Tous les jours, je passais le prendre et l'accompagnais à une réunion, pour ensuite aller marcher sur le mont Royal, au cimetière de Côte-des-Neiges, ou dans les quartiers environnants d'Outremont et de Westmount. Il fréquenta régulièrement un groupe de soutien pour sexoliques qui venait de voir le jour. Sa grande expérience du programme était grandement appréciée. Comme toujours, partager avec d'autres, qui comme lui arrivaient de l'enfer, était une bénédiction.

Il avait prodigieusement repris vie, laissant paître dans la bergerie des moines et des prêtres son ancienne vie. Les chants et les prières quotidiennes avaient laissé l'empreinte sur lui de la voie à suivre. Mon ami pouvait maintenant se recueillir, sans que son mental ne soit envahi par toutes sortes de pensées obscènes. Il entretenait même de bonnes pensées comme : la vie est belle, le moment présent me garde libre, une minute à la fois… Il avait entrepris son jeûne de quarante jours à l'abbaye et le poursuivait chez les Jésuites. Content de s'être allégé de ses kilos en trop, il était toutefois déçu que Satan ne se soit pas encore montré la face :

— Je m'en doutais bien qu'il serait trop *pissou*.

— Peut-être attend-il une autre occasion?

Il fondait comme neige au soleil. Les plis de son cou se marquaient et ses bajoues pendouillaient, ce qui lui donnait l'allure d'un missionnaire éprouvé par la malaria. Après quarante-quatre jours, il n'avait toujours pas reçu la visite espérée. Le Malin se taisait. Malgré sa nouvelle silhouette, son regard scintillant, l'amertume lui plissait les lèvres dans une moue quotidienne.

— C'est un lâche! J'aurais aimé lui faire avaler ses tentations! Le rejeter! Le renvoyer du revers de la main…

— Assurément, il te craint. Il ne s'en prend qu'aux faibles.

— Je sens qu'à la moindre faiblesse…

— D'où l'importance, mon ami, d'avoir un *doorman* jour et nuit, à ta porte. Pour ne pas le laisser entrer.

— Tiens ! Ça c'est une bonne idée d'engager un *doorman* ! Bravo, Claude ! Belle initiative ! dit-il en se moquant.

Ma remarque lui avait tout même permis de desserrer les dents sur son ressentiment envers Satan.

— Tu vois, ça me sert d'avoir travaillé dans un hôtel. À chacun ses références.

— J'aimerais pouvoir me sentir aussi dégagé que toi, mais je n'ai pas réussi à déloger le poison qui ronge mon existence.

— Quel est ce poison ?

— Le ressentiment. Tout mon intérieur en est tapissé. Le ressentiment m'empoisonne la vie. Au milieu de mon jeûne, un après-midi que j'étais à méditer dans ma chambre à l'abbaye, j'ai eu un moment de grande lucidité, où j'ai cru que j'allais enfin découvrir la racine de mon ressentiment. Ma mère m'a traumatisé, comme tu le sais. Je suis resté stigmatisé par son autorité terrifiante pour l'enfant que j'étais. Pour me défendre de sa froideur, j'ai entretenu à son égard de l'animosité et une haine dévastatrice. C'est incroyable avec quelle démesure je ressens parfois cette haine, cette colère et ce désir de vengeance. C'est douloureux et épeurant !

— Tu lui attribues toujours le rôle de la marâtre, de la méchante mère qui a tous les torts et qui est responsable de ton sort ?

— Oui. Même si je sais, aujourd'hui, que c'est moi qui ai tort.

— Être conscient d'un comportement ne suffit pas à le modifier. Il faut d'abord identifier la raison d'être de ce comportement, ses motivations, puis agir sur ces dernières, par exemple en changeant d'attitude.

— Existe-t-il, docteur, une pilule pour arrêter de faire du ressentiment, ou une gomme à mâcher comme Nicorette qu'on prend pour arrêter de fumer ?

— La gomme, c'est une bonne idée ! Plus tu mâches ton ressentiment, plus le goût amer de la gomme s'accentue et tu la jettes…

— Mâchez « Ressentiment-rette comme Nicorette » pour une pensée propre et nette ! lança-t-il.

— Rassure-toi, tu fais déjà tout ce qu'il faut pour contrer le mal, ne pas nourrir la bête et te rapprocher de ce qui est à la racine de ton mal-être. Les ramifications en sont parfois complexes. Sans abandonner le projet de retracer le parcours de notre vie de souffrance, nous pouvons, à partir d'aujourd'hui, envisager une nouvelle réalité et poursuivre notre chemin.

— Je ne suis pas certain de te suivre.

— Pour ta sobriété, tu as suivi la carte routière du programme des douze étapes. Avec quelques accidents en cours de route, mais à chaque fois tu es retourné aux réunions pour être guidé. Il faut continuer.

— Je crois saisir ton exemple. Sans la carte, je me serais perdu, comme je me suis perdu en bifurquant dans les chemins de la rébellion, du mensonge et du ressentiment. Donc, il me faut éviter de reprendre ces chemins ?

— Éviter de les prendre seul en tout cas. Si tu as besoin de t'y aventurer, pour en identifier la source, trouve-toi un chauffeur. Un thérapeute, par exemple.

— Ça me fait penser à ce que j'ai déjà dit à quelqu'un qui était assez perturbé : « Ton cerveau est un endroit trop dangereux pour t'y aventurer seul. »

— Je me souviens, j'étais là, c'était à une réunion au Saint-Gérard.

— En d'autres mots, on pourrait dire clairement que je suis dépendant du ressentiment.

— On pourrait dire ça.

— Donc, si je veux demeurer sobre, je ne dois pas prendre mon premier verre de ressentiment ?

— Ça ressemble à ça.

— Calvaire ! Je fais du ressentiment comme je salive. Peux-tu faire quelque chose pour m'aider ?

— Je peux t'encourager à laisser monter tes émotions, à ressentir ta peine sans réagir par un désir de vengeance. Apprendre à coexister avec ta colère, ta tristesse, ne pas les refouler, mais les accueillir sans pour autant les laisser t'envahir. Avec de la pratique, tu vas apprendre à vivre avec les émotions inconfortables et choisir de vivre heureux malgré leur présence.

— La perspective d'affronter mes émotions, c'est comme monter à l'échafaud.

— Et mourir au ressentiment. Pour ce faire, il faut d'abord affronter ce que tu as fui toute ta vie. C'est douloureux, mais essentiel.

— Le programme est pire que je pensais.

— Mais non, il est fait à ta mesure.

— Tu veux dire à ma démesure.

Il avait pris son passé en otage, sa mère pour excuser tous ses comportements déviants. Il devait maintenant négocier sa libération. Lorsqu'il fut question de ce qu'il souhaitait faire après son séjour chez les Jésuites, il n'hésita pas à dire qu'il préférait retourner vivre à Québec, loin de la métropole.

LE CHEMIN DE CONTRITION

De retour à Québec, il avait déniché un appartement tout près du quartier de son enfance, pour entreprendre, disait-il, son chemin de contrition.

Il était à l'orée de la soixantaine et pensait qu'à cet âge il convenait de se préparer à la mort. Lui qui avait souvent imploré celle-ci pour mettre un terme à ses comportements excessifs, voilà qu'aujourd'hui il entrevoyait une mort qui viendrait tout naturellement. Pour s'y préparer et faire son chemin de contrition, il se mit à sillonner les rues de son enfance, les cours d'école, les parcs, les plaines d'Abraham, les abords de la rivière Saint-Charles, les rives du fleuve Saint-Laurent. En revisitant sa vie ainsi, il tentait de mettre à jour tout ce qui l'avait rongé et tenaillé durant toutes ces années. Lorsque je venais le voir, je l'accompagnais comme toujours dans ses promenades. Et chaque fois, il prenait plaisir à me raconter certains souvenirs empreints des fautes qu'il avait commises. Je voyais soudain émerger un enfant libre et heureux, qui, d'épisode en épisode, devenait renfermé, fuyard, isolé... Il cherchait, à travers cette quête, à régler des comptes, à se pardonner ce qui était pardonnable et aurait même été jusqu'à purger, s'il le fallait, une peine d'emprisonnement pour avoir mis le feu à un bâtiment, à l'âge de quinze ans. Il se sentait coupable de tant de choses. Comment retrouver une paix intérieure?

Ce n'est pas sans gêne qu'il avait accepté mon aide financière pour meubler et garnir son modeste studio. J'avais baptisé le lieu : sa cellule de moine. L'unique pièce contenait tout : un canapé-lit, le coin cuisine, une petite table, une chaise et un fauteuil. Attenante, une salle de bain exiguë. Le studio était situé dans une résidence de religieux convertie en logements à prix modique. Il avait dû mettre de côté son orgueil et aller *quêter*, avait-il dit, non pas à la porte de l'église, mais à nouveau à la porte de l'aide sociale. Sans s'apitoyer sur son sort, il acceptait d'être obligé de mendier sa pitance. Sa requête fut acceptée et il fut heureux de savoir qu'il ne serait plus tenu de frayer dans le monde criminel. Il avait passé l'âge de la délinquance, mais était-il pour autant devenu adulte ?

La première année, je lui rendis visite régulièrement. Il m'accordait beaucoup de temps chaque fois et je sus m'adapter au rythme de ses activités. Sa vie, somme toute, était réglée autour des réunions et des personnes à qui il venait en aide. Le voir à l'œuvre était quelque chose de captivant. Il savait y faire avec les grands écorchés de la vie. Il était passé maître dans l'accompagnement des alcooliques et avait fini par mettre sur pied son propre groupe d'entraide pour dépendants au sexe. Un ami lui prêtait un local gratuitement.

Un jour, il m'invita à l'une de leurs réunions. Chemin faisant, il revint sur la conversation au sujet de son statut :

— T'avais raison, Claude, je ne suis pas à l'aise avec l'image d'assisté social. Je me suis trouvé un titre qui me convient et qui décrit ce que je fais dans la vie : Intervenant au service du gouvernement.

— Intervenant social !

— Ah! j'aime encore mieux ça, c'est comme travailleur social.

Nous venions d'arriver au local, la cuisine d'un logement désaffecté, situé dans un quartier défavorisé. Un peu démoralisant comme endroit. Seulement quatre personnes étaient présentes, mais il y avait là de la souffrance pour vingt. Il me présenta comme membre ami. Chacun prit la parole à tour de rôle, pour raconter son combat, ses difficultés pour ne pas succomber, décrire les affres de l'obsession tyrannique et les rechutes qui épuisent. Le premier témoignage me toucha particulièrement. Il s'agissait d'un homme au début de la trentaine, à l'apparence soignée, qui n'affichait nullement un problème de dépendance sexuelle. Et pourtant. Avec émotion, il raconta la progression de son obsession. La pornographie était venue changer son imaginaire sexuel. Encore vierge à vingt ans, timide et réservé, la pratique solitaire de la masturbation combinée à une consommation excessive de matériel pornographique avaient contribué à le maintenir isolé, inapte à entrer en contact avec les autres. En dehors des obligations professionnelles, il se terrait et ne côtoyait plus personne. Conscient de son manque affectif, il avait pensé consulter, mais l'idée qu'il aurait à surmonter sa timidité et à avouer ses pratiques solitaires, qu'il jugeait honteuses et perverses, le paralysait. Ainsi, isolé du reste du monde, il connecta de plus en plus avec l'irréel pour combler un vide qui ne faisait que s'agrandir avec le temps. Pris dans le cercle infernal du besoin, il se masturbait plusieurs fois par jour et même durant les heures de travail. Il commença inévitablement à commettre des erreurs, certaines coûteuses, qui faillirent lui faire perdre son poste d'attaché ministériel. Il termina en remerciant chaleureusement le groupe de l'avoir accueilli quatre mois auparavant.

Le lendemain, nous sommes allés, Charlie et moi, prendre notre déjeuner dans un resto de la rue Saint-Jean. Attablé devant le menu, mon ami, qui avait exclu les féculents de son alimentation, ne prit pas de rôties, ni de muffin ni de petites patates rôties, seulement un demi-pamplemousse, un œuf à la coque et un bol de café noir. Je le félicitai pour autant de sobriété. Il répondit : « Quand mon sexe jeûne, mon estomac est en paix. » Après, nous sommes allés marcher dans le Vieux-Québec.

Quelques rues sillonnées plus loin, nous sommes allés nous asseoir dans le petit parc du Cavalier-du-Moulin. Nous avons longuement parlé de ma vie affective et de mon rêve de vivre en couple un jour.

Vers la fin de l'après-midi, nous avons pris une pause collation au restaurant du Château Frontenac. Il a mangé avec modération et satisfaction, tout en me racontant l'histoire incroyable de l'un de ses cousins qui travaillait au Château comme valet de chambre, au moment de la Deuxième Guerre mondiale. Ce dernier avait trouvé un bout de papier dans la corbeille de la chambre qu'avait occupée Churchill, lors de l'une de ses visites secrètes à Québec. Les présidents des États-Unis et de la France avaient été conviés à un repas dans la suite de sir Winston Churchill où le cousin avait été désigné pour le service. Il lui avait raconté que s'il avait divulgué ce qui était écrit sur le bout de papier, cela aurait pu changer le cours de l'histoire. Mon ami, jeunot à cette époque, avait demandé ce qu'il y avait d'écrit et son cousin lui avait répliqué : « C'est un secret trop grave. Mais tu te souviendras d'une chose, mon jeune : que ton cousin était bien plus capable de garder un secret que de changer le cours de l'histoire. »

— Et tu n'as jamais su ? demandai-je curieux.

— Non. Mais quinze ans plus tard, j'ai revu mon cousin qui m'a avoué que c'est au moment où il allait me confier son secret qu'il en avait réalisé l'ampleur. De plus, il m'a dit avoir vu dans mes yeux que je n'aurais eu aucune hésitation à vendre l'information.

— Tu aurais fait ça, toi ? dis-je à moitié surpris.

— À neuf ans, j'étais déjà un petit salaud en puissance. Bien sûrrr que je l'aurais vendue. Mon histoire préférée, dans la Bible, est celle de Judas. On ne peut pas me faire confiance. Même toi, Claude, tu dois te méfier de moi.

— Que tu te méfies de toi-même, c'est une bonne chose. Personnellement, je n'ai pas envie d'entretenir de méfiance à ton égard. La méfiance comporte des risques maladifs qui empoisonnent la vie, je préfère la confiance.

— C'est beau ce que tu dis. J'aimerais être aussi pur que toi.

— Tu te moques de moi ?

— Non, je t'envie.

Même si mon ami possédait les pires défauts, qu'il était sans scrupule, qu'il agissait maladroitement en amitié, je n'arrivais pas à le juger ou à m'en méfier. J'étais très conscient de mon attachement, et mon amitié pour lui était non négociable. Je l'aimais, inconditionnellement.

Cet été-là, il entreprit une cure de limonade qui dura soixante-sept jours. J'avais tenté, en cours de route, de le raisonner, lui rappelant l'importance de l'équilibre, mais il était convaincu que cette cure régénérait tout son système. Excessif comme toujours, il nageait deux heures tous les matins, marchait une heure pour se rendre en réunion dans la Basse-Ville et remontait ensuite faire deux heures de patin à roues alignées en après-midi. Il retrouvait le corps de ses vingt ans, était pétant de santé et plus bel homme que jamais.

Il avait bien remarqué que les jeunes nageuses et patineuses commençaient à lui jeter des petits regards, qu'il rendait poliment. Mais les maillots et les shorts moulants ne tardèrent pas à le titiller un brin. Chaque jour, il trouvait ces demoiselles de plus en plus appétissantes. Il dut redoubler d'effort pour ne pas retomber dans la luxure, en se répétant: «Apprécie la beauté, mais sans te soûler du regard.» Il ne voulait pas rechuter. Une simple masturbation, dans son cas, pouvait signifier le début d'une débâcle, qu'il comparait à l'effet que produirait un premier verre d'alcool. Pouvait-il commencer à croire que son passé tumultueux était loin derrière et ne le rattraperait plus, maintenant qu'il était heureux de sa vie consacrée entièrement à l'entraide?

Depuis peu, il accompagnait même quelques jeunes fondant un groupe de soutien pour narcomanes. Maintenant, lorsque je me promenais à ses côtés dans les rues de Québec, plusieurs le saluaient chaleureusement: un bon mot, une poignée de main, une accolade. Parfois certains d'entre eux, que ma présence ne gênait pas, s'arrêtaient pour se confier. Tous avaient en commun cette joie de le rencontrer.

— C'est incroyable de voir à quel point tu es devenu populaire.

— Si ça continue comme ça, pour ne pas être dérangés, nous allons devoir aller prendre nos marches ailleurs, dit-il en souriant.

— Ça ne me dérange pas du tout. Au contraire, cela me réjouit. Tu sais que j'aime observer ta façon unique de faire sentir à l'autre qu'il est la personne la plus importante au monde et que ce qu'il vit est de la plus haute importance, prioritaire. Tu es un instigateur de changements significatifs chez plusieurs.

— Ta façon de me décrire me fait bien paraître, c'est gentil de ta part, mais ne beurre pas trop épais. Mon ego malade se compare déjà à l'abbé Pierre et à mère Teresa, répliqua-t-il en faisant le geste de me bénir de la main.

— Tu disais tantôt que nous devrions marcher ailleurs. Une idée vient de me traverser l'esprit. Juste pour le plaisir, rêvons un instant. Imaginons que nous marchons dans d'autres villes du monde. Par laquelle commençons-nous ?

— Paris !

— J'adorerais parcourir les rues de Paris à tes côtés. Nous pourrions rendre visite aux gens de la fraternité, assister à des congrès…

— Ah ! Ça serait formidable, mais… mais je ne vois pas comment je pourrais voyager avec le maigre chèque que je touche !

— Ce projet pourrait te servir de motivation pour trouver un boulot, à temps partiel.

— Tu ne vas pas me rabâcher les oreilles avec ça ? On n'est pas fait pareils. J'angoisse rien qu'à penser de m'éloigner de mon environnement habituel. Je me sens plus vulnérable à la tentation. Je ne suis même pas certain d'être capable de voyager.

— Pour apprivoiser l'angoisse, tu peux pratiquer la visualisation. Par exemple : tu rêves que nous sommes à Paris, que nous marchons, tu portes ton attention sur la sensation d'avancer qui est emmagasinée dans ta mémoire sensorielle. Tu es en lien à ce moment avec une référence réelle qui, elle, calmera ton angoisse et te gardera vigilant. Ajoute que tu as les poches pleines d'argent.

— Ah! Là, tu parles. Paris, ce serait trop beau.

— Pratique cette visualisation, je suis convaincu que cela va se réaliser.

— Si tu le dis, je te crois. Je te fais entière confiance.

— Quoi? Ai-je bien entendu? Toi, faire entièrement confiance à une autre personne?

— Bien oui, qu'est-ce qui m'a pris de dire ça? Est-ce bon signe, docteur? Suis-je sur la voie de la guérison?

— Il est encore trop tôt pour se prononcer.

Cette fois-ci, j'avais trouvé une idée qui ne l'incitait pas à retravailler, mais du moins à rêver.

Beaucoup d'eau devait passer sous les ponts et faire dévier le rêve.

Il était long le chemin de la contrition.

L'aveu d'un fantasme

De mon côté, depuis quelque temps, j'entretenais une relation d'affectueuse tendresse avec Monique, une amie sexologue. Seule depuis plusieurs années, elle était devenue une présence réconfortante dans ma solitude. Une inspiration aussi. Nous avions à peu près le même âge. Ce qui me plaisait bien chez elle était sa longue chevelure blonde et soyeuse qui lui descendait jusqu'au bas des fesses et qu'elle me laissait brosser. Je trouvais, dans ce geste, quelque chose de réconfortant et de sensuel à la fois. Monique avait eu aussi son lot de souffrances. Depuis un tragique accident de voiture où elle avait vu son amoureux décapité par une poutrelle de garde-fou et mourir sur le coup, elle portait ce deuil dans tout son corps qui affichait désormais les affres de la douleur. Elle-même en avait gardé des séquelles à la hanche et aux genoux. Pour contrer cette affliction du corps et du cœur, elle se donnait entièrement à son travail et à ses différentes actions communautaires. Je la suivais à l'occasion dans ses activités bénévoles pour la prévention des MTS : la distribution de préservatifs et de dépliants d'information.

Un jour, Monique m'emmena à l'Hôtel-Dieu assister à une réunion de soutien moral pour les personnes atteintes du sida. Je fus stupéfait de retrouver là un de mes anciens clients. Il était très amaigri, dans une phase avancée de cette terrible maladie. C'est lui qui m'a reconnu le premier. Quel choc de le voir ainsi. Mon cœur en fut aussi dévasté que l'était son corps. Un peu plus tard, alors que nous étions tous deux dans sa chambre, il me raconta comment, pour une histoire d'un soir qui n'avait même pas été satisfaisante, il faisait maintenant face à une mort certaine.

Jeune homme, au début de la vingtaine, il avait quitté la ferme familiale pour venir étudier dans la métropole. C'était un bibliophile. Il était devenu bibliothécaire. Assez solitaire, homosexuel non affiché, il m'avait consulté afin de surmonter une timidité maladive. Il me faisait penser à un nounours, prisonnier dans un corps de cultivateur. Un homme attachant, mais farouche, difficilement approchable. Ses seuls amis jusqu'alors avaient été les livres. D'ailleurs, lors de cette rencontre à l'hôpital, en m'en indiquant une pile sur sa table de chevet, il m'avait dit: «Vous voyez, docteur, mes amis sont toujours là.» Lorsque je lui ai demandé comment sa famille avait réagi à la nouvelle de sa maladie, s'ils venaient lui rendre visite, son regard s'est assombri. Il a tourné la tête, son menton tremblait. Il me confia qu'au moment de faire son entrée à l'hôpital, son médecin, apprenant qu'il n'avait prévenu aucun proche, avait fait venir ses parents, pour leur annoncer la triste nouvelle. Sa mère, dévastée, était demeurée assise dans le bureau, tandis que son père s'était levé pour quitter la pièce. À ce moment du récit, il éclata en sanglots. Je me suis assis sur le bord du lit et je l'ai invité à se tourner sur le côté. Pour lui apporter un peu de réconfort, je lui ai délicatement frotté le dos. C'est la gorge nouée qu'il a réussi à poursuivre son histoire: «... Mon père s'est arrêté sur le seuil de la porte. Il était furieux! Les yeux lui sortaient de la tête. Avec rage et violence, il m'a lancé: "Pourquoi tu nous as fait ça ? Pourquoi ? Tu vas faire mourir ta mère. T'es plus notre fils". Depuis, ils ne veulent plus entendre parler de moi. » Compatissant, je lui ai dit : « C'est dommage de voir à quel point l'ignorance et la peur éloignent la compassion et l'amour. Je suis certain que tes parents t'aiment et souffrent de ne pouvoir surmonter leur terreur. » Il n'a pas voulu que j'essaie d'intervenir auprès de son médecin, afin de proposer que mon amie sexologue rencontre ses parents pour les aider à comprendre. Il préféra leur dire, par la voix de son médecin : « Je vous demande pardon. Je vous aime. »

Je lui rendis ensuite visite plusieurs fois par semaine. Il apprécia beaucoup. Je lui faisais la lecture, lui massais les pieds, les jambes, les bras, les mains, la nuque. Il disait : « Que vous me touchiez, me réconcilie avec la bonté du monde. Vous aurez été le seul être humain capable de tendresse à mon égard. » Ce jour-là, sa voix était très douce, son corps semblait baigner dans la béatitude. J'ai cru qu'il allait nous quitter, mais ce n'était là qu'un apaisement, une réconciliation avec lui-même que mes mains lui procuraient. Je savais que je lui prodiguais un bien-être, une revalorisation, que je lui transmettais un peu d'humanité. Je ne me doutais pas alors à quel point cela me procurait à moi aussi un grand bienfait.

Monique m'avait guidé dans mon intervention auprès de celui que j'avais surnommé Nounours. C'est elle qui m'avait enseigné les gestes de massage appropriés. Elle disait que notre corps a besoin d'être nourri. Que le toucher, la sensualité ne sont pas au service exclusif de la sexualité. Lorsque nous massons le corps de l'autre, notre propre corps reçoit autant de bienfait. Parfois, nous faisions, elle et moi, une soirée d'échange où nous

nous massions l'un l'autre. Elle m'amenait à dépasser mon désir charnel. Cela pouvait ressembler à des caresses, mais sans plus. Il est vrai que cela était extrêmement nourrissant, non seulement pour le corps, mais aussi pour le cœur.

Pendant presque un an, jusqu'à sa mort, j'ai massé Nounours dont le corps cadavérique ne me rappelait plus rien de l'agriculteur qu'il avait été. Une semaine avant de s'éteindre, il avait eu trente et un ans.

———

Pour mon quarantième anniversaire, mon père voulut organiser une fête qui regrouperait mes amis de jeunesse, ceux de l'université et quelques habitués de l'hôtel. J'ai décliné. Mon père, tenant tout de même à me faire plaisir, m'invita au restaurant avec Pénélope, sa jeune compagne âgée de vingt-huit ans, lui qui en avait maintenant soixante-huit. Il l'avait rencontrée par l'intermédiaire de l'agence d'escortes qui, mensuellement depuis quinze ans, lui avait permis de connaître les différents paysages de la beauté féminine. Lorsque mon père l'avait accueillie à la garçonnière, m'avait-il dit, elle était restée un long moment sur le seuil à l'observer. Ébahie et sincère, elle tenait entre ses mains le grigri, suspendu à son cou, et écoutait l'oracle. Il l'avait trouvée très coquine, les mains jointes ainsi sur sa poitrine, et très belle, avec ses grands yeux noirs qui scintillaient dans son visage de chocolat pur.

Ils sont ensemble depuis ce jour. Sur le mur de la garçonnière, il y a une photo d'elle. Elle porte un pantalon moulant à larges rayures blanches et brunes, une courte tunique en lanières de cuir fauve, reliées par des lisières en similifourrure. Sous la tunique, une blouse de soie blanche transparente échancrée et nouée au-dessus du nombril. Plusieurs colliers autour du cou, dont le grigri, et sur la tête, une coiffe africaine. Mon père adore cette photo parce que, dit-il, Pénélope incarne la femme originelle.

L'amour de cette jeune femme a été pour mon père une source de motivation lui permettant de réduire sa consommation d'alcool. Maintenant, il ne boit que du vin et avec modération. Mon père est maintenant un homme…

À ce moment de mon récit, je suis obligé d'avouer quelque chose qu'il ne m'est pas facile d'admettre. Tout ce que je viens de raconter au sujet de mon père est pur fantasme. Pénélope et toutes les autres femmes, le contrôle de sa consommation d'alcool tout comme son bonheur sont une pure création de mon imaginaire. J'ai voulu idéaliser mon père, car la vérité est pathé-tique et sombre. En réalité, il termine sa vie tout seul, stationné derrière son bar à boire des journées entières.

Voilà la véritable raison de mon éloignement, pourquoi je ne fréquente plus depuis longtemps son commerce où s'étiolent des vies imbibées d'alcool. Il n'a visité qu'une seule fois la garçonnière et c'était avant l'offre d'achat. Il n'a jamais voulu y remettre les pieds. J'aurais souhaité lui venir en aide, mais il ne m'a jamais ouvert la porte. Nos rencontres se sont limitées à des sorties occasionnelles au restaurant où c'était surtout moi qui prenais la parole.

Quant à cette trop belle histoire de Pénélope, elle est née de mon propre fantasme: de mon désir d'avoir une

CYBERSEXE

Une nouvelle ère était à notre porte : celle de l'informatique. Elle allait changer le monde et aurait des incidences sur la vie future de mon ami.

Charlie reçut en cadeau un ordinateur usagé. Il se brancha sur Internet et ce que je redoutais arriva. Cette nouvelle autoroute le conduisit dans les entrailles du cybersexe. Le sexe virtuel est comparable à une pieuvre dont les centaines de tentacules peuvent vous retenir prisonnier.

Tout a commencé de manière anodine, simplement pour m'imiter. Il apprenait à naviguer, en quête d'informations pertinentes sur tous les sujets qui l'intéressaient : les dépendances, la nutrition, etc. Lorsqu'on commence à naviguer, il faut contrôler sa curiosité. Dès ses premières découvertes, mon ami fut attiré par les sites de clavardage, de parties de cartes en temps réel et les sites de support des diverses fraternités. Il disposait de tout son temps et pouvait tout découvrir, tout apprendre, rattraper le temps perdu, disait-il. Il trouvait magique cette possibilité de clavarder, en français ou en anglais, avec des gens habitant aux quatre coins de la planète. Il était fasciné par cette gigantesque ouverture sur le monde que procurait la Toile. Tout cela était tout nouveau, tout beau, mais n'allait pas durer.

Graduellement, il mit de côté ses habitudes d'aller en réunion. Quand il y allait, plutôt que de s'attarder en prenant un café après la réunion, il était pressé de revenir chez lui, pour jouer une partie de cartes virtuelle. En solitaire. Très rapidement, sur le site de « La dame de pique », il s'est classé parmi les meilleurs joueurs. Pour le demeurer, il devait jouer quotidiennement. L'accro-compulsif en lui a ainsi refait surface. Un jour, il cliqua sur l'une de ces fenêtres publicitaires XXX, qui offrent gratuitement une visite sur un site pour adultes. Instantanément, ce fut le vacuum. Il fut aspiré dans ce vide. En l'espace de quelques semaines, il était accro aux sites pornos. Le Malin était de retour, venu le hanter, sous une nouvelle forme. Cette fois-ci, protégé des regards extérieurs, isolé dans le secret de son appartement, il se gavait d'images de toutes sortes, de fantaisies et déviations sexuelles qui semblent inimaginables pour un néophyte.

Encore capable d'honnêteté à ce moment-là, il m'en avait parlé. Je l'avais encouragé à retourner au groupe pour sexoliques qu'il avait cessé de fréquenter, mais son orgueil l'en empêchait. Il avait aidé à démarrer ce groupe et s'était appliqué à prêcher par l'exemple pendant tant d'années que cela le mortifiait au plus haut point d'avouer devant les autres qu'il était en pleine rechute. Il se sentait coupable, imposteur.

Il accepta finalement que je l'accompagne à une réunion. Il lui fut pénible de se retrouver en vaincu parmi ses amis. Il n'était plus cette figure d'autorité qu'il aimait représenter aux yeux de tous. Il ne fut tout simplement pas capable, en toute humilité, de partager l'expérience de sa déroute. Il n'était pas encore prêt, malgré sa profonde détresse, à s'avouer vaincu et à mettre un terme à sa luxure.

Il se mit alors à fréquenter des sites Internet de plus en plus sordides. Terminé les jeunes filles en jupette d'écolière, c'était maintenant le site sadomaso présentant des femmes dominatrices bardées de cuir. Très rapidement, il sombra dans l'isolement. Il s'était coupé du monde. Je dus user de stratégie pour qu'il accepte de me rencontrer. Je prétextai avoir besoin de son aide pour faire un bilan. Quand je suis arrivé chez lui, il était amorphe et désespéré. Je lui rappelai le battant qu'il était et comment il avait toujours réussi à se relever. Cet après-midi-là, il voulut que je visionne avec lui ce qui le retenait prisonnier. Il espérait que je trouve le moyen de l'aider à s'en libérer.

Ce que j'ai vu sur son écran me fit l'effet d'un véritable cauchemar. Dans un état de transe, les yeux hagards, je le voyais voyager d'un site à l'autre, toujours à l'affût. Lorsqu'il s'attarda sur des images de viol : une jeune femme baise avec deux hommes et soudain quatre autres hommes s'ajoutent et... Répugnant ! C'est ce que j'ai dit et il a cliqué pour revenir à la longue liste de choix. Il sélectionna le thème : animal. Entendre dire que ces dépravations existent est une chose, mais en être le témoin virtuel m'avait dérangé, bousculé, choqué. Elles étaient désormais gravées dans ma mémoire et classées avec les scènes d'épouvantes et celles qui dépassent mon entendement. Je comprenais mieux maintenant le dégoût de soi qu'éprouvait mon ami et pourquoi il lui suffisait de voir une jeune fille en mini-jupe ou une femme aux formes rondes sur une affiche publicitaire pour que son obsession se déclenche. Sa pensée était complètement parasitée par ces sites suggestifs qui carburaient à la dépravation et à la dégradation. J'en avais froid dans le dos et je ne voyais plus comment l'aider à sortir de ce nouvel enfer.

L'effet du sexe virtuel chez Charlie pourrait être comparé à celui d'une montagne de drogue pour un cocaïnomane. Devant pareille abondance, il se croit d'abord au paradis et, très vite, réalise qu'il va en crever. On dit du cybersexe qu'il est comparable au crack. On l'essaie, on l'adopte.

Pendant deux longues années, le cerveau de mon ami marina dans cet univers. Il m'était devenu pratiquement impossible de communiquer avec lui et j'en éprouvais beaucoup de tristesse. Nos marches se firent rares et nos rêves de voyages furent abandonnés loin derrière. Il n'était plus présent, vivait ailleurs, dans sa tête peuplée de fantasmes. Sa vision du monde était maculée par la stimulation obsessive du désir sexuel. Tout était propre à le titiller. Il en était indécent. Chaque fois que je désirais aller lui rendre visite, je devais insister avec délicatesse. Lors de l'un de mes séjours, j'avais réussi à le sortir de chez lui. Nous prenions l'air dans la cour intérieure de son immeuble, quand je me suis risqué à lui confier :

— J'apprécie ta compagnie, mon ami. Dans les moments insupportables, comme dans les autres. Est-ce que je peux te dire comment je te perçois ces temps-ci ?

— Ta perception est certainement plus belle que la mienne.

— Tu es comme un soldat au front, sur la ligne de tir, un de ces lundis matins où l'enthousiasme au travail est plutôt faible. Il avance au travers des rafales avec un manque de détermination qui pourrait laisser croire qu'il cherche à croiser la trajectoire d'une balle perdue. Même la mort, en ce lundi matin, ne veut pas lui faire ce cadeau.

— Ça n'est vraiment pas sa journée…

— Effectivement. Quoique, pendant son avancée vers l'ennemi, soudainement il saute par-dessus un bosquet et atterrit, face première, dans une mare boueuse. Il se tourne sur le dos, fixe le ciel où passent les obus et, à ce moment, un cri du cœur monte…

— Chienne de vie! Chienne de vie sale! cria-t-il en grimaçant de douleur.

Crier l'avait soulagé un peu. Nous sommes rentrés. De toute évidence, le cybersexe lui pompait toute énergie, laissant son corps vide et son esprit en loques. Son cri l'avait réanimé momentanément. La fureur, qui traversa ses yeux, brisa ce regard vitreux et figé de ceux qui sont accros du sexe. Une fois chez lui, une tempête de colère suivit et il s'en fallut de peu qu'il ne lance l'écran de son ordinateur par la fenêtre, j'avais crié: « Y'a le feu dans la bâtisse. Ça sent la fumée, vite, vite, sortons d'ici. » Je l'avais déstabilisé et lui avais retiré brusquement des mains l'écran de l'ordinateur. J'ai ramassé nos manteaux et l'ai entraîné à ma suite. Dans le corridor, je marchais d'un bon pas répétant: « Ça sent le brûlé! Ça sent le brûlé! » Surpris, il m'a suivi comme un petit chien de poche jusque sur le trottoir. Nous avons fait le tour de l'immeuble et comme il ne se passait rien, j'ai conclu en disant que c'était probablement sa voisine qui avait dû faire brûler ses rôties, ce qui déclencha une nouvelle furie. Je n'avais pas choisi le bon prétexte, car il éprouvait une haine quasi démoniaque envers elle. Plutôt que de retourner à son appartement, je l'invitai à marcher. Il m'avait rarement parlé d'elle lors de mes visites précédentes, si ce n'est pour médire à son sujet. Il passa aux aveux.

Sa voisine! Tout un sujet! Qu'il ne l'aimait pas parce qu'elle lui rappelait sa mère, c'était peu dire, il la détestait plutôt. C'était réciproque depuis le premier jour. Elle s'était pointée dans l'entrebâillement de sa porte, sans y avoir été invitée, et son petit ton aigu pour se présenter comme étant une *mademoiselle* avait suffi pour qu'elle lui soit antipathique sur-le-champ. Elle avait ajouté: « Le concierge m'a dit que vous avez le même nom que monsieur votre voisin d'en face. » Au lieu d'être courtois, de lui tendre la main, il lui avait lancé, en tournant les talons: « Pis? » Pourtant, pour se faire accepter et aimer dans un nouveau milieu, mon ami était capable d'être avenant ou manipulateur, selon les circonstances. Cette fois-ci, il fut exécrable. Pauvre voisine! Une vieille fille tranquille, amoureuse des plantes, et qui prenait grand soin de son petit coin de jardin à la belle saison. Malheureusement, dès qu'elle fut entrée dans son champ de vision et qu'elle eut ouvert la bouche, le sort avait été jeté. Chaque fois qu'ils se croisaient dans le corridor, la cour arrière ou l'ascenseur, tous deux se raidissaient, détournaient le regard en faisant la grimace. Elle en avait peur et quant à lui, ses poils se hérissaient à la vue de celle qu'il appellait la « maudite senteuse ». Je l'ai vu bomber le torse et saliver, prêt à cracher son venin.

Arrivés à la terrasse Dufferin nous prîmes place sur notre banc habituel. Charlie était sombre et le ciel, maussade. Il n'avait pas tout dit. J'attendais. Il poursuivit.

— Il y a quelques jours, j'ai atteint l'écœurement total et j'ai eu très peur. La rage que j'éprouve s'est retournée contre moi et je suis devenu fou. Je me suis roué de coups violents, en me traitant de tous les noms. Je voulais me supprimer, envahi par l'idée de me poignarder, lorsque j'ai entendu le bruit d'une assiette fracassée sur le mur qui me sépare de ma voisine. Elle venait probablement de la lancer volontairement. Ma folie s'est alors tournée vers elle et j'ai pensé que je devrais rendre un double service à la planète; la faire disparaître d'abord et moi ensuite. Cette idée m'a complètement sidéré. Je suis tombé à genoux et j'ai versé un déluge de larmes…

— Quelle aversion!

— T'as pas idée, Chevalier, de la puissance de la rage et de la haine qui m'habitent. Je suis un monstre!

Cette remarque annonçait la fin de sa confidence. Je tentai alors de dévier la conversation vers un autre sujet.

— Tu sais, dis-je d'un ton visionnaire, la vie est quand même bien faite. On trouve souvent l'équilibre d'une chose dans son contraire: le jour et la nuit, le chaud et le froid…

— Et le contraire de monstre?

— Merveille! Tu as en toi du merveilleux pour équilibrer l'odieux, le monstrueux. En fait, mon ami, il y a une partie de toi que je trouve phénoménale!

— Je préférerais être seulement normal!

— Tu es comme tu es, c'est-à-dire parfaitement imparfait. Ton côté merveilleux est fascinant, à toi de lui redonner sa place.

— Tu réussis toujours à me reconnecter avec l'essentiel. C'est merveilleux! La vie est une merveille!

Par cette simple évocation, une magie venait de s'opérer. Désormais, il s'accrocherait à cette maxime,

EN SURSIS

Ce soir-là, après l'évènement « voisine », il n'avait nulle envie de retourner chez lui. Alors je l'invitai à dormir à cette petite auberge où je descendais maintenant, rue Sainte-Geneviève près du Château Frontenac. Je téléphonai et, pas de problème, il y avait une chambre pour mon ami.

Au déjeuner, il afficha une sérénité que je ne lui avais pas vue depuis longtemps. Il semblait même disposé à se reprendre en mains, à accepter mon aide. Il était à nouveau capable d'écouter.

— Marcher, respirer, partager avec quelqu'un, n'est-ce pas ça le paradis ? entamai-je.

— C'est quand même incroyable, j'arrive toujours à me chasser moi-même du paradis, dit-il ironiquement. Crois-tu qu'un jour j'arriverai à ne plus tomber ?

— C'est toi-même qui disais : l'important c'est de se relever.

— Mais comment se fait-il que je succombe ?

Comme je ne disais rien, il ajouta :

— Allez, Claude, dis-moi ce que tu penses et ne mets pas de gants blancs.

— D'accord. Si tu arrivais à déloger ce fatalisme qui frôle la complaisance et qui te déresponsabilise, si tu pouvais cesser d'entretenir cette pauvre estime de toi, qui te fait croire que tu as les pires défauts, que tu es indigne d'être aimé, peut-être réussirais-tu à briser le lien entre le sursis et la rechute. Mais qu'est-ce que j'en sais? Sois assuré, mon ami, que si j'avais la solution miracle, tu serais le premier auquel je la refilerais.

— Merci de me donner l'heure juste!

Devant sa réceptivité m'est venue l'idée de relancer notre rêve de voyage.

— Que dirais-tu si nous planifiions un voyage?

— Intéressant comme sujet. O.K. on *blow*, dit-il conscient que je cherchais à l'encourager à se tourner une fois de plus vers l'avenir.

« On *blow* » est l'expression qu'il utilisait au lieu d'avoir un *brainstorming* ou un remue-méninges, c'est-à-dire d'exprimer toutes nos idées sans nous censurer et sans que cela ne nous oblige en rien. Comme je le savais enclin aux crises d'angoisse soudaines, je proposai que, dans trois mois, après la période de sevrage dans laquelle il venait de s'engager, nous commencions par un petit voyage de courte durée, pas très loin. D'emblée, il suggéra d'aller au prochain congrès où se réuniraient des dépendants, toutes fraternités confondues.

Ce premier mois de sevrage de sexe ne fut pas de tout repos. Il recommença à manger compulsivement et cela entraîna des inconforts majeurs avec sa digestion et surtout avec la qualité de son sommeil. Heureusement, il ne passait plus ses insomnies devant son écran d'ordinateur. L'ami qui le lui avait prêté vint le rechercher et, du même coup, Charlie en profita pour se débarrasser de sa télévision et de son magnétoscope. Il voulut me faire cadeau de ses vidéos, ce que je refusai évidemment. Il se résigna, non sans peine, à les jeter.

Dans la rue, il arrivait à baisser les yeux devant une femme aguichante, à tourner la tête pour ne pas regarder les vitrines remplies de couvertures de magazines toutes plus attirantes les unes que les autres. Il prenait une longue douche froide au saut du lit si la nuit l'avait harcelé de rêves érotiques. Selon ses dires, c'était une manière de se laver le cerveau. Au deuxième mois, n'en pouvant plus, il décida de se prendre en main et joignit les *Weight Watchers*. Il allait aussi régulièrement assister aux réunions des Outre-mangeurs. Il commença à perdre rapidement du poids, se sentit une nouvelle jeunesse et dormit mieux.

Finalement, au troisième mois, le meilleur de lui avait refait surface. Il était conscient qu'il devait rester très vigilant durant cette période où la liberté semblait acquise, car il était encore fragile devant de nombreuses tentations. De fait, il fut éprouvé une nouvelle fois lorsqu'une jeune femme de vingt-quatre ans, à qui il avait tendu la main pour lui offrir de l'aide, s'est littéralement accrochée à lui. Elle avait le profil parfait pour l'entraîner dans la rechute : minijupe en jean, T-shirt moulant, bottes de cow-boy, crinière blond platine. Il me raconta que lorsqu'ils marchaient ensemble dans la rue, elle s'accrochait à son bras et de manière anodine pressait son sein contre lui. Il avait aimé ça, beaucoup, et tentait de provoquer cette situation de plus en plus souvent. Ensuite, elle commença à s'asseoir sur ses genoux tout en le câlinant et en l'appelant son Toutou. Il s'agissait, disait-il, d'une belle tendresse, qu'il recevait non pas comme un père incestueux, mais comme un ami protecteur. Tentait-il de se convaincre ? Ce fut une tout autre histoire lorsqu'elle lui offrit d'être gentille avec lui. Il en fut ébranlé, déstabilisé. Cette fois-là, heureusement, il eut le courage de m'appeler, sinon « ma bite y passait et tout le tralala », m'avait-il déclaré au téléphone avec sa verve habituelle. À partir de cette expérience, il ne prit jamais plus à la légère quelque manifestation de tendresse qu'une femme pouvait lui prodiguer.

Au bout de quatre-vingt-dix jours, il avait retrouvé son équilibre grâce à son abstinence sexuelle et à une alimentation stable. Il allait mieux parce qu'il pratiquait l'accueil de ses désirs. Nous avions convenu que l'abnégation donnait du pouvoir à la convoitise. Désirer était chose normale, il devait donc, alors, reconnaître que ses désirs étaient réels et éviter de se juger, car le jugement l'empêchait de rester libre. C'est ainsi que nous avons entamé une nouvelle étape où les voyages furent nombreux. Une source inépuisable d'approfondissement pour continuer d'avancer sur le chemin de la liberté. Mon ami vivait avec enthousiasme cette réalité, comme une nouvelle vie qui s'offrait à lui. Nos deux premières sorties : le congrès de Rimouski en train, et celui de Sept-Îles en autobus. Dans les deux cas, il n'a pas eu de crise d'angoisse.

Pour la plupart des autres voyages que nous avons faits par la suite, il a assumé la totalité de ses frais. Chaque fois, il trouvait à nous loger dans une communauté religieuse, où le coût minime de l'hébergement incluait les trois repas. Chaque mois ou presque, il planifiait un petit voyage. Pour économiser l'argent nécessaire, il allait à la soupe populaire. Le soir, il était frugal et mangeait des salades avec du fromage cottage ou des sardines en boîte qu'il achetait par caisses.

Sa vie à nouveau était remplie et utile. Avec, en priorité, les réunions. Il était un homme entouré et apprécié. Ainsi, de réunion en réunion, de congrès en congrès, de ville en ville et bientôt de pays en pays, il transmettait l'espoir que les dépendances peuvent être surmontées par l'entraide.

Pour le Nouvel An, il décida de venir à Montréal pour vivre ce moment comme bénévole au réveillon des itinérants de la Maison du Père. Il avait prévu ensuite de se rendre au pied de l'oratoire Saint-Joseph, afin de servir le café au groupe qui serait là toute la nuit de Noël. Il espérait y revoir des personnes qu'il avait croisées au début de ses premières tentatives de sobriété. Il s'amusa beaucoup en dansant jusqu'aux petites heures du matin avec quelques amis retrouvés.

Cette année-là, même s'il accompagnait plusieurs personnes au sein de quatre fraternités, mon ami continua de me rendre visite à Montréal et renoua avec certains vieux copains de cheminement. Lorsque je m'aperçus qu'il tenait un agenda, je lui fis la remarque :

— Tu es devenu une personne trèèès sollicitée : un professionnel du relèvement.

— Tu exagères, mais j'aime beaucoup le titre que tu m'attribues.

— Prends-le, il te va comme un gant. J'ai remarqué aussi que tu attires à toi de belles personnes.

— Parlant de belles personnes, la prochaine fois que tu viens à Québec, je veux te présenter un beau couple justement, qui a trois enfants adorables. Tous deux se sont joints récemment au mouvement, problème d'alcool et de cocaïne. Je suis certain que tu vas les aimer et bien t'entendre avec eux. Depuis trois mois, je m'occupe surtout de lui. Je le vois tous les jours et je commence à faire partie de la famille. Ils ont une belle grande fille de vingt ans qui ressemble beaucoup à sa mère, très jolie, et les deux jeunes ados ont le profil artistique du père. Tu verras. Une petite famille assez spéciale. Je les aime beaucoup.

Je les ai finalement rencontrés peu avant que nous partions pour le congrès des Îles-de-la-Madeleine. J'ai tout de suite aimé ce couple. Je ne sais trop si c'est leur souffrance ou leur désir de s'en sortir qui m'a rapproché d'eux, mais ce qui est certain, c'est que la communication entre nous passait très bien.

Lui était un grand et bel homme, début quarantaine, nommé Théo parce que sa mère, une fervente admiratrice d'Édith Piaf, lui avait donné le prénom du dernier amant d'Édith. Théo n'avait pas consommé depuis bientôt quatre mois. À la fois farouche et vulnérable, quelque chose le rendait distant et le maintenant constamment en mouvement. Le calme et la paix d'esprit lui semblaient difficiles à trouver. Charlie avait su comment lui transmettre le courage de persévérer. En partageant avec lui sa démesure, il avait permis à Théo de reconnaître et d'accueillir la sienne. Notre rencontre eut lieu au Saint-Gérard. Dès que mon ami me l'a présenté, j'ai reconnu, derrière son costume trois pièces de professionnel, l'enfant fuyard que la peur de tout perdre avait ramené au bercail.

Théo nous invita chez lui pour souper. Sa femme, au prénom adorable de Stella, nous accueillit chaleureusement. En la voyant, j'ai été ébloui par la limpidité de son regard et le bleu de ses yeux. Une remarquable beauté, attrayante. Il était facile de comprendre que Théo n'avait pu lui résister. La rencontre fut très conviviale. Leurs enfants, dotés de la même gentillesse que leurs parents, vinrent à tour de rôle nous saluer. Pendant le repas, Stella utilisa tout son franc-parler pour raconter dans quels bas-fonds leur consommation excessive d'alcool et de drogue les avait entraînés. Leur dynamique de couple laissait paraître la trace des nombreuses tempêtes qu'ils avaient eues à traverser. La guérison des blessures était amorcée, ils étaient bien entourés pour réussir.

De retour à l'auberge, autour d'un dernier café, je fis part à Charlie de mes impressions :

— Je ressens déjà beaucoup d'affection pour eux.

— Je te comprends, pour moi c'est pareil. Ça n'est pas évident ce qu'ils ont à surmonter, mais j'ai confiance.

— Stella est vraiment douée pour la franchise.

— Et Théo pour grimper dans les rideaux, ajouta Charlie avec humour.

Quelques semaines plus tard, Stella nous a réinvités, pour un souper en famille. Elle nous accueillit comme si c'était le soir du réveillon, toute pomponnée et pimpante, Théo également, très élégant dans des vêtements décontractés. Dégageant une grande liberté dans sa manière d'être, Stella avait l'art de nous mettre à l'aise en un rien de temps. Elle avait déjà pratiqué avec tact et doigté le métier de serveuse, il lui était naturel de voir à ce que personne ne manque de rien. Elle aimait recevoir avec abondance. Pour l'occasion, un succulent buffet froid et chaud s'étalait sur la table de la salle à manger ainsi que sur le comptoir attenant à la cuisine. Théo, ayant grandi dans une famille fortunée, aimait imiter son père et offrir à ses invités ce qu'il y avait de mieux. Comblé par cette atmosphère de fête, il régnait tel un pacha, confortablement assis dans sa berceuse en cuir, et suivait le rythme de la musique dans un va-et-vient accéléré. Ce mouvement de la berceuse le caractérisait bien : et ressemblait au *oui… non… peut-être* de Charlie, devant la difficulté de prendre une décision.

Stella nous avait prévenus qu'Isabelle, sa meilleure amie, se joindrait à nous. Elle arriva avec un léger retard et s'en excusa de façon charmante. Je remarquai tout de suite sa gentillesse et sa gaieté naturelle, ainsi que son physique attrayant. La féminité qui se dégageait de toute sa personne m'ébranla. J'avais tout juste réussi à balbutier mon nom que le sien continuait de faire écho dans ma tête : Isabelle Bouvier, Bouvier… Stella lui désigna la place en face de moi. Elle portait un délicat bracelet de pierres précieuses et une fine chaîne en or garnie d'une perle rosée. Elle me sembla appartenir à une classe à part, celle des bien nantis, ou à une certaine bourgeoisie, tellement ses manières étaient empreintes de raffinement. Plutôt que de rester dans mon malaise, je lui demandai comment elle et Stella s'étaient connues. C'était lors d'une croisière en Grèce, il y avait dix ans. J'écoutais, obnubilé par sa voix caressante, et je crus capter dans le regard de notre hôtesse la joie de constater l'effet d'Isabelle sur moi. Charlie, me connaissant bien, s'était aperçu lui aussi de mon trouble.

Moi qui d'habitude suis plutôt réservé en groupe, je me montrai soudainement fin causeur. Probablement pour la séduire. Je racontai ma rencontre avec Charlie, cette amitié qui nous liait depuis vingt ans. S'adressant à Isabelle, mon ami déclara :

— Claude est quelqu'un de loyal, de dévoué, qui honore ses amitiés. Chaque fois que j'en ai eu besoin, il a été là pour moi.

— J'aurais parfois aimé passer mon tour, ajoutai-je avec ironie.

Sortis de table, Théo installa le jeu de karaoké sur son écran géant. Quel plaisir nous avons eu ! Et lorsque Isabelle chanta d'une voix sensuelle :

Quand il me prend dans ses bras
Il me parle tout bas
Je vois la vie en rose
Il me dit des mots d'amour
Des mots de tous les jours
Et ça m'fait quelque chose…

Elle se tourna pour plonger son regard en moi. Submergé, je me noyais d'amour et, sous l'effet de son charme, à mon tour je me laissai aller à faire une imitation de Charlie : « Isabelle Bouvier, vous êtes une merrrveille ! Voulez-vous m'épouser ? » L'éclat de rire fut général et Charlie enchaîna :

— Trèèès trèèès bonne imitation, monsieur Chevalier, cela va certainement jouer en votre faveur.

— Je l'espère, de tout mon cœur !

Le repas et la soirée avaient été des plus agréables.

Au moment de partir, Isabelle, qui savait déjà par Stella que j'étais célibataire, m'invita à la raccompagner.

L'héritage

La nymphe des Îles

La vie m'avait préparé à cette rencontre. Isabelle avait tout de suite reconnu la place que je lui avais inconsciemment gardée. Je m'étais réservé, pour un amour à venir, sans m'éparpiller, en cultivant, en mon for intérieur, un espace amoureux. J'étais prêt à vivre l'intimité d'une relation.

Jusqu'aux petites heures du matin, dans le climat feutré de son salon, confortablement meublé d'un canapé blanc, moelleux, et entourés de tableaux évoquant des scènes et paysages champêtres, nous nous sommes racontés aisément, librement. Isabelle avait vécu une enfance heureuse entre Montréal, Paris et New York. Son père, biochimiste, dirigeait des recherches pharmaceutiques, ce qui l'avait amené à vivre dans ces métropoles. Ses parents s'étaient rencontrés à l'Université de Montréal, tous deux étudiants au doctorat. Dix années de grand bonheur partagé entre Isabelle et leur passion pour leur métier de chercheurs, écourté malheureusement par le décès de sa mère emportée par un cancer du sein à quarante-deux ans. L'âge qu'Isabelle avait aujourd'hui. À la suite du décès prématuré de sa femme, son père s'était tourné vers une nouvelle passion : la recherche dans le domaine de la parfumerie. Il devint un parfumeur réputé et toucha des redevances importantes pour ses découvertes.

Contrairement à ses parents, Isabelle avait étudié dans le domaine des arts : la musique, le chant et le piano. Sa maîtrise obtenue, elle avait choisi l'enseignement. Elle s'était mariée à deux reprises. Le premier, un coup de foudre qui n'avait pas tenu ses promesses et le deuxième, un ami de son père, beaucoup plus âgé qu'elle, était pharmacien diplômé. Sans trop me donner de détails, elle m'avoua qu'elle et lui n'avaient pas réussi à trouver l'harmonie. Ils avaient divorcé. Puis son père était mort d'un cancer de la prostate dans la même année et lui avait légué en héritage toutes ses redevances. Orpheline et jeune divorcée à trente-neuf ans, elle s'était sentie terriblement seule. Elle avait pris l'habitude de se confier à sa nouvelle amie Stella et avait même acheté une maison tout près de chez elle. Depuis deux ans, elle était propriétaire d'une parfumerie, rue du Petit-Champlain dans le Vieux-Québec.

Lorsque Isabelle eut fini de me raconter son histoire, je lui fis part de ce que Charlie m'avait dit avant de partir de chez Stella : « Au premier regard, vos âmes se sont lovées l'une dans l'autre. » J'ajoutai qu'à présent je souhaitais que nos corps fassent de même. En réponse, son visage s'illumina. Elle m'indiqua la chambre et se retira pour faire sa toilette. Je me déshabillai et me glissai sous les couvertures. Elle revint de la salle de bain, arborant un pyjama en satin turquoise et éteignit la lumière. Seule une petite lampe en forme de coquillage sur la table de chevet veillait sur notre amour naissant. Lorsque son corps se moula au mien, une sensation de pure félicité nous enveloppa, jusqu'aux petits heures…

Le lendemain, après cette nuit de la découverte amoureuse, je devais aller retrouver Charlie au restaurant *L'Antiquaire* pour conclure les arrangements de notre voyage aux Îles-de-la-Madeleine. Mais, avant de me laisser franchir la porte, Isabelle laissa glisser sa robe de chambre et, se pressant contre moi, murmura : « Reviens-moi vite, je t'aime. » J'allais me contenter d'un bisou, mais ne pouvant résister, je m'attardai. Une demi-heure plus tard, toujours enivré par son parfum, je l'ai quittée en frémissant encore de plaisir. Au volant de sa voiture, j'eus cette étrange impression d'être devenu sourd aux bruits ambiants. Un air d'accordéon de bal-musette jouait dans ma tête et me faisait voir une ville en fête.

À la vue de mon ami avec son sourire à la Fernandel me vint l'image de ce bon vieux Bonhomme Carnaval qui, chaque hiver, fait danser et chanter la Vieille Capitale. J'étais heureux de retrouver Charlie et de lui raconter cette première nuit d'amour, comme si j'étais redevenu un adolescent après sa première relation sexuelle. Mais je me suis souvenu que je devais lui en parler de manière à éviter de le stimuler. Le coquin m'a devancé :

— Face de crasse, si tu me parles de ta nuit, s'il te plaît, épargne-moi les détails, O.K.

— Cette femme est tout simplement femme ! Jamais je n'aurais pu imaginer une telle rencontre.

— C'est merrrveilleux ! s'exclama-t-il. Tu es amoureux ! J'en étais sûr. C'est la première fois que je te vois dans un tel état.

— Est-ce que cela me va bien ?

— Oui, trèèès bien. Tu as le même air que ceux à qui cela arrive…

— C'est-à-dire ?

— Gaga ! T'es un vrai gaga ! Mon p'tit gaga !

Il se payait ma tête.

— Je suis rempli d'elle. Je ne suis plus seul sous ma peau. Maintenant, il y a Isabelle.

— Torrieux de chanceux! On dirait que tu viens de gagner le premier prix. Hier soir, après votre départ, Stella m'a dit qu'elle n'avait jamais vu Isabelle regarder un homme comme elle l'a fait hier. Elle est convaincue que vous êtes destinés l'un à l'autre et que c'est pour la vie.

— Dans ce cas, acceptes-tu d'être témoin à mes noces? avais-je lancé à la blague.

— Avec grand plaisir, mais il ne faudrait pas que tu tardes, ajouta-t-il sur un ton d'avertissement.

— Laisse-moi quand même un peu de temps, ça fait à peine vingt-quatre heures que je la connais.

— Je te ferai remarquer que, si l'amour est éternel, la vie ne l'est pas.

— Essaies-tu de me dire que tu sens la mort rôder?

— Oui, elle rôde depuis longtemps!

———

C'est en compagnie de Stella et Théo, Charlie ainsi que d'Isabelle que nous nous sommes retrouvés aux Îles-de-la-Madeleine. Le rêve de voyager auprès de mon ami se poursuivait. L'accueil des Madelinots, leur si bel accent, la beauté des îles avec ses falaises, ses collines, ses dunes et ses lagunes firent de notre séjour un moment enchanteur.

Pour la première fois Isabelle se retrouvait dans un congrès d'alcoolos. Elle fut impressionnée par la camaraderie. Le soir de l'ouverture, nous avons eu la chance d'entendre une femme raconter son histoire. Un film de fiction, tant certains passages paraissaient invraisemblables: trois divorces, deux accidents de voiture majeurs en état d'ébriété qui avaient réduit sa mobilité. Différents emplois comme barmaid, serveuse, vendeuse l'avaient forcé à de multiples déménagements. Elle avait eu un garçon, qu'elle avait trimbalé et négligé. Il était devenu prostitué gai dès l'âge de seize ans et, aux dernières nouvelles, il était aujourd'hui revendeur de drogue. À sa dernière cuite, cette femme s'était retrouvée derrière les barreaux. Le juge l'avait remise en liberté avec deux ans de probation, une obligation d'assister à des réunions et même de faire signer une feuille attestant de sa présence. Son permis de conduire lui avait été retiré pour un an. La deuxième année, on avait installé sur sa voiture un appareil analysant son haleine et empêchant le démarrage à la moindre trace d'alcool. Mais depuis six ans, avec l'aide des amis de la fraternité, elle avait repris sa vie en mains et réussi à demeurer abstinente une journée à la fois. Son récit avait touché Isabelle. Profondément émue, elle avait dit à Stella : « J'ai l'impression de mieux saisir la souffrance que tu as traversée. » De toute évidence, cela la rapprocha de son amie.

Durant les jours qui suivirent, elles prenaient plaisir à profiter de la beauté de ces îles, de leurs plages dorées. Les observer marcher bras dessus, bras dessous me rappelait toutes ces amitiés qui font se reconnaître deux âmes sœurs. Habillées de paréos multicolores, coiffées de chapeaux de paille à grands rebords, leurs corps ne faisaient qu'un à marcher en confidence. Charlie et moi devions leurs ressembler en quittant le bungalow ce matin-là. Me tenant par le bras, mon ami venait de me faire part de l'angoisse qui l'avait saisi à son réveil. Il s'en était fallu de peu, m'avoua-t-il, que la paranoïa ne le gagne complètement. Je l'avais d'ailleurs pressenti quand j'avais vu la porte de sa chambre fermée, lui qui la laissait toujours entrouverte parce qu'il souffrait de claustrophobie. Patiemment, une heure de palabres plus tard, il avait enfin ouvert la porte et accepté de venir se promener avec moi.

Au détour de cette balade, dans la douce brise de ce matin lumineux du mois d'août, une surprise attendait mon ami. Il me remerciait de l'avoir aidé à surmonter son angoisse et me confiait à quel point il était heureux d'être en voyage. Nous en étions là lorsque nous vîmes dans la mer, se dirigeant en droite ligne vers nous, une femme joliment dodue et nue. Charlie se figea d'admiration. Il la regardait comme s'il s'agissait d'une apparition. À mi-chemin, il lui cria le plus sérieusement du monde : « Êtes-vous la sirène de mes rêves venue pour me chercher ? » Elle le regarda en souriant et lui fit signe que oui. Il poursuivit : « Je me suis perdu. Je me fais vieux. Mais dans vos bras je suis certain de retrouver ma jeunesse. » Avançant alors vers elle, il entra dans la mer, les bras ouverts. Médusé par cette scène, j'avais l'impression de me trouver au milieu d'un rêve.

Sans gêne aucune, cette sirène, la mi-quarantaine, les seins généreux et le pubis touffu, vint se blottir tout naturellement contre le ventre plutôt proéminent de mon ami. À ce contact, il grogna de plaisir : « Gromme grè gron ! La grie è grellement grelle », ce qui voulait dire : Comme c'est bon ! La vie est tellement belle ! Ils restèrent ainsi quelques minutes à ronronner, l'un contre l'autre, en se dandinant sur place. Un film se déroulait sous mes yeux, devant cette mer scintillante, avec le vent qui se faisait complice de leurs chevelures emmêlées et le roulis des vagues qui chantait un alléluia… Dans les bras de Charlie, la nymphe brune des Îles avait ravivé sa jeunesse. Elle jouait le jeu, il en était comblé. Ils affichaient à présent cette complicité heureuse qui confirme que l'autre est devenu un intime. Cela suffisait pour que Charlie éclate d'amour. Elle quitta son étreinte pour danser autour de lui, les bras comme des ailes déployées. Mais elle continua de tourner tout en se dirigeant vers son sac de plage et son paréo, qui gisait comme une fleur orangée sur le sable. Devant tant de grâce, Charlie demeura immobile, tout étourdi. Je m'approchai pour lui servir d'appui, pendant que la belle devenue papillon, s'éloignait en agitant les bras pour disparaître derrière les dunes.

— Dis-moi que je n'ai pas rêvé? Dis-le moi, supplia-t-il.

— Ce n'était pas un rêve. Mais, cela lui ressemblait!

— J'ai dansé avec une nymphe qui s'est envolée. J'aurais telllllllement aimé lui caresser les ailes…

Les trois jours de congrès furent mémorables, tout comme le reste de la semaine. Nous avons été comblés par les promenades sur la plage, le partage avec les amis, l'infinie beauté de l'archipel madelinot. Et ce vent omniprésent, son murmure aux fenêtres, puis la danse des cordes à linge, sans oublier les paréos qui s'entrouvraient, la caresse fraîche sur des peaux ensoleillées… Le soir, les amis se retrouvaient entre eux pour manger et aller en réunion, nous laissant profiter de notre statut de nouveaux amoureux seuls au monde. L'avenir nous mariait déjà. Quel séjour inoubliable! Même que Charlie avait réussi à lâcher prise, après deux jours à chercher sa nymphe sur les plages. Il devint tout à coup fier de décrocher de son obsession.

Le jour de notre départ, j'aurais souhaité que la tempête se lève plus tôt et que soit annulée la traversée.

Le bateau a tellement tangué qu'à simplement l'écrire la tête me tourne. En quittant le port, il faisait pourtant un soleil radieux et notre trio s'est installé sur le pont arrière. J'enviais Stella et Théo qui, eux, avaient fait le voyage en avion. Charlie en retrait, accoudé à la rambarde, nous avait laissés vivre ce moment en amoureux. Nous avions trouvé à nous nicher sur un caisson du bastingage. Mes bras entouraient ses épaules et je lui murmurais au creux de l'oreille mon appréciation de ce merveilleux séjour. Elle avait si bien orchestré nos moments romantiques, si bien composé également avec la présence de mon ami. Les harmonies, elle connaissait. À son tour, elle m'avait confié que ce séjour lui avait permis de comprendre davantage ce que traversent les gens qui veulent surmonter leur dépendance.

Au moment où disparaissait à l'horizon la dernière de ces îles de rêve, Charlie vint nous rejoindre. Le bateau tanguait certes, mais à ce moment, c'était encore supportable. Pressentant que mon ami voulait s'entretenir avec moi, Isabelle nous laissa seuls. Tout en marchant sur la passerelle, je voyais mon ami replonger dans le souvenir de sa voluptueuse sirène.

Au lendemain de cette apparition, je m'étais joint à lui et Théo pour la chercher sur cette plage. La tête tirée en avant, hors du corps, lui donnait l'allure d'un chasseur aux aguets. Il l'avait cherchée dans les vagues ou sur les dunes, scrutant l'ouverture des sentiers menant à la mer. Ce jour-là, il avait d'ailleurs l'écoute distraite, préoccupée. Il s'était immobilisé pour réfléchir, comme maintenant encore, sur la passerelle. J'en profitai pour lui demander de me parler de la femme de ses rêves.

— Disons, mon très cher Chevalier, qu'il y en a plusieurs ! Les femmes, dans mes rêves, m'ont toutes dominé, fait prisonnier en répondant à tous mes fantasmes. À mon âge avancé, la femme de mes rêves éveillés, je l'imagine rayonnante de beauté aux traits sillonnés de douceur et de gentillesse. À mes yeux, elle n'a pas d'âge. Elle est suffisamment dépendante affectivement pour rechercher ma présence, mais assez indépendante pour me laisser libre. Mais le truand en moi, qui a maltraité ses histoires d'amour, a toujours rêvé d'une femme riche qui lui en ferait baver. Qu'elle soit reine ou geisha, j'ai, en définitive, toujours recherché la domination de ma mère. Ma croissance affective s'est arrêtée au petit garçon qui espère l'amour de sa maman, à n'importe quel prix, même celui de la souffrance. Qu'en pensez-vous, cher docteur ?

— Quand tu as ouvert les bras à cette baigneuse naturiste, tu invitais l'enfant à venir se blottir.

— Pur, n'est-ce pas ? Il n'y avait ni voyeur ni pervers, ce jour-là.

— En effet, il n'y avait rien de menaçant pour cette femme, ce qui a permis à la petite candide en elle d'en profiter.

— Au fond, dans mon rêve amoureux, je recherche la tendresse maternelle. Le petit que j'étais aurait voulu rester caché sous les jupes de sa maman au lieu de se retrouver les culottes baissées devant un frère des écoles chrétiennes à négocier pour ne pas être puni d'avoir été impoli, dissipé.

— La domination de ta mère a été remplacée par une tendresse déviée et déguisée pour obtenir des faveurs sexuelles.

— Avouons, docteur, qu'après ça, c'est normal de rêver tout croche, non?

— Oui, tout comme il est normal de vouloir retrouver des rêves sains pour renouer avec le sens moral, la dignité…

— Je ne sais pas jusqu'à quel point j'ai réussi à pardonner à ma mère… à ces curés… mais au moment où on se parle, je me souhaite de connaître la vraie tendresse.

— Disons que la femme de tes rêves s'appellerait: Tendresse.

— C'est beau, ça! Moi qui touche mon chèque de pension de vieillesse, un chausson de tendresse avec ça? C'est merrrveilleux!

La sirène n'est pas réapparue, sous l'onde turquoise, mais son souvenir a refait surface à plusieurs reprises dans les soupirs de mon ami, alors qu'il fixait la mer:

— Cette femme ne sait pas à quel point elle m'a permis de reconnaître que, quel que soit notre âge, la tendresse est un fruit vermeil, la seule nourriture terrestre qui prépare à la céleste.

— Amen!

Au vieux pays

Quand j'ai revu Charlie pour la première fois depuis notre retour des Îles, j'avais une bonne nouvelle à lui annoncer.

Je suis allé le rejoindre au *Petit Quartier*. Il m'attendait à notre table habituelle au milieu du passage central de ce minuscule centre commercial, rue Cartier à Québec. Maintes fois, nous y avions déjeuné ensemble pour discuter de choses très personnelles. Malgré le va-et-vient autour de nous, nos vies privées pouvaient, sans problème, s'aérer en public. En m'apercevant, il se leva et m'accueillit avec le sourire sincère, les bras ouverts :

— Bonnnjourrr, Claude !

— Bonjour, mon ami ! lui répondis-je avec beaucoup de tendresse dans la voix et m'abandonnant sans gêne à cette accolade.

— Comment ça va ?

— J'ai pris la décision de ne pas revoir Monique, mon amie sexologue, pas même pour un massage.

— Pourquoi te priverais-tu de ce qui est si bon pour toi ?

— Par délicatesse envers Isabelle.

— Tu es vraiment un noble chevalier. Mais je ne crois pas que tu doives t'en faire. Isabelle peut comprendre. Je l'entends te répondre : « Il est essentiel que chacun prenne soin de son jardin intérieur et se réserve du temps, de l'espace pour ses amitiés, ses activités… »

— Tu as raison. Elle a toujours manifesté de la joie à me voir passer du temps avec toi. Elle me trouve rayonnant après chacune de nos rencontres.

— N'est-ce pas une femme extrrraordinaire ?

— Parlant d'extraordinaire, j'ai une nouvelle « extra, extraordinaire » à t'apprendre. Et pour l'occasion, je t'invite à célébrer au buffet du Château Bonne Entente qui est tout aussi pantagruélique que ton appétit.

— Mais c'est merveilleux ! Que ta volonté soit faite, Seigneur ! Une seule parole, un seul geste, et je serai ébloui ! En état de grâce à jamais ! dit-il sarcastique. Impatient, il me lança : Accouche, bourreau !

— Tu ne veux pas attendre d'être au restaurant ?

— Non. Accouche tout de suite.

— Alors voilà ! Isabelle a une amie qui a un mas en Provence et une autre, un petit logis sur l'île Saint-Louis, en plein cœur de Paris, à deux pas de l'église Notre-Dame.

— Et alors ?

— Eh bien ! hier je lui disais que j'aimerais beaucoup t'offrir un cadeau significatif pour souligner nos vingt-cinq ans d'amitié le printemps prochain. C'est elle qui a eu l'idée : « Pourquoi n'offres-tu pas à Charlie ce voyage dont vous rêvez ? »

— Mais c'est une fée !

— Elle a même ajouté : « Je vous vois tous deux marcher côte à côte sur les quais de la Seine, dans les rues de Paris… et dans l'oliveraie de mon amie en Provence, vous aurez probablement la visite des anges. »

— Arrête, c'est trop beau. Ça me fout presque la panique, la crise d'angoisse.

Il prit alors une profonde respiration et gonfla la poitrine pour se ressaisir. Dominant son émoi, il ajouta :

— Non, pas de panique ! De la gratitude seulement !
Le petit garçon en moi saute déjà de joie !

— Est-ce que ça veut dire que tu acceptes ?

— Même si je suis mort de peur, j'accepte !

— C'est formidable !

— Oui ! Nous sommes bénis. Alléluia ! Alléluia ! Pour
Isabelle la Sainte Femme, cria-t-il de joie.

Et c'est en coup de vent qu'il m'entraîna vers le stationnement pour monter en voiture et nous rendre au
Château Bonne Entente.

Charlie n'était encore jamais allé dans les vieux pays
et m'avait déjà confié espérer s'y rendre avant de mourir.
Son souhait serait exaucé.

Les mois suivants, l'effervescence fut à son comble.
Pour Charlie que le voyage excitait, et pour moi, alors
que la présence de ce nouvel amour dans ma vie venait
changer beaucoup de choses. Nous ne voulions rien
précipiter, mais nous faisions tout pour passer ensemble
le plus de temps possible. J'avais réduit à trois jours
ma disponibilité pour mes rendez-vous afin de filer la
rejoindre à Charlesbourg. Par le fait même, je voyais
mon ami plus souvent. Fréquemment, Isabelle revenait
avec moi à Montréal et restait une ou deux journées.
Lorsque je suis allé lui présenter mon père, elle a tout
compris. En sortant de l'hôtel, ce jour-là, elle m'a dit
qu'elle avait pu imaginer le bel homme sympathique
qu'il avait été avant d'avoir ces traits tirés et ce teint
grisâtre.

Charlie eut à suivre une nouvelle procédure pour
obtenir le passeport qu'il avait négligé de renouveler.
Ce genre de formalité l'agaçait et le stressait. Il s'en est
fallu de peu pour qu'il n'aille pas jusqu'au bout. À trois
reprises, au bureau de l'état civil, il avait eu à faire la

queue pour obtenir le certificat qui remplaçait désormais le baptistère. Chaque fois, il devait revenir avec des documents additionnels. Au bureau des passeports, quand on l'informa qu'il devait revenir pour compléter sa demande avec une autre photo, celle présentée n'étant pas conforme, il a sauté les plombs. Il avait fait trembler les murs en insultant le gouvernement du Canada. C'est à partir de ce moment-là qu'il fut nécessaire que je l'accompagne. Je compris qu'une grande partie de son stress venait des documents de son passé. Son identité était revisitée par tous ces formulaires et questionnaires à remplir. Il avait vécu cet exercice comme un bilan de vie imposé. Devant la case « Occupation », il avait longuement hésité, déprimé. J'ai eu à lui rappeler : Intervenant social.

Le jour où il reçut son nouveau passeport, il se sentit revivre. Il était fier et heureux d'avoir finalement en main les papiers nécessaires pour traverser la planète. Ce jour-là, nous sommes allés ensemble à l'agence de voyages.

Le lendemain, il angoissa et me téléphona chez Isabelle :

— Claude, je ne pars plus. Ne t'inquiète pas, je vais te rembourser.

— Comment ça me rembourser ? Tu oublies que c'est un cadeau. Tu en fais ce que tu veux, Charlie, c'est à toi.

— Ah oui, c'est vrai, répondit-il confus.

— Tu es libre. Et je respecte ça. Comme tu le dis si bien : « On est libre de changer d'idée aussi souvent qu'on le veut, aux quinze secondes même. »

— C'est vrai, merci de me le rappeler.

Quelques jours plus tard, il était revenu sur sa décision. Je le rassurai, si au cours du voyage, à n'importe quel moment, il préférait revenir, il n'y aurait pas de problème.

La veille de notre départ, je téléphonai à l'hôtel pour informer papa de mon voyage et lui laisser le numéro d'Isabelle, qui saurait où me trouver, s'il avait besoin de me joindre. Les adieux à l'aéroport furent brefs. Charlie fit la bise à Isabelle en lui promettant de prendre soin de moi. J'embrassai mon amoureuse en lui déclarant qu'à mon retour nous allions vivre ensemble. J'avais besoin d'elle désormais, pour parfumer ma vie.

Mon ami, avec l'inconfort que lui causait le ménisque du genou droit, ce qui l'obligeait à voyager avec une canne, avait trouvé le vol un peu long. Mais en débarquant il était heureux. À lui Saint-Germain-des-Prés, Montmartre, la place de la Concorde, il voulait tout voir, il était excité comme un gamin de se savoir en pays de France, à Paris! Enfin!

Isabelle avait fait les arrangements nécessaires pour l'hébergement à Paris et en Provence. Elle nous avait réservé la voiture taxi de Kamel, un sympathique Algérien, ami de longue date. Elle savait que sa présence, dès notre arrivée, rassurerait Charlie. Elle avait vu juste. Dès la prise en charge par Kamel, Charlie un peu anxieux s'exclama: «N'est-ce pas merrrveilleux, un chauffeur à la porte? Hé qu'ça commence bien!»

L'appartement était situé entre la célèbre crèmerie Bertillon et l'église Saint-Louis-en-l'Île. Kamel, au moment de nous saluer, me donna le numéro de son portable et précisa qu'il demeurait à notre entière disposition, tout au long de notre séjour. Les poignées de mains échangées et les remerciements faits, je sonnai au numéro de la concierge, prévenue de notre arrivée. Ravie de faire notre connaissance, cette dame âgée, plutôt frêle, un foulard de cachemire enroulé autour du cou, prit le temps de nous observer de la tête aux pieds. Deux fois plutôt qu'une pour mon ami, qui, appuyé sur sa canne, lui souriait poliment, attendant la suite. En lui remettant les clés du logement, elle dit : « C'est bien que vous soyez aussi costaud car à voir vos bagages, ça n'est pas moi qui pourrais vous être utile. Le logis est au quatrième et l'escalier est très étroit. Je crains qu'avec votre canne… Peut-être serait-il plus sage de demander à votre ami de les monter à votre place. » Il n'en fallait pas plus à Charlie pour me donner les clés, lui embrasser la main et l'encenser : « Quelle sage et admirable prévoyance ! Madame ? » Un peu troublée par cette éloquence et changeant sa voix maternelle pour une plus coquette, elle répondit : « Madame Simone. » Je fis trois allers-retours pour monter les bagages pendant que Monsieur prenait le thé et des petits biscuits au beurre cuisinés par madame Simone elle-même. Vingt minutes plus tard, par la porte entrouverte de la concierge, je lançai : « Les bagages de Monsieur sont montés. » Venant me rejoindre, elle le devança pour me remercier et lui en fit tout autant pour ses biscuits. Pas un mot pour les bagages. Décidément. Et plutôt que de prendre l'escalier vers le logis, il se dirigea vers la sortie.

— Où vas-tu ? demandai-je incrédule.

— Nous allons tout de go à la Permanence, dit-il tout ragaillardi, sans nulle trace de fatigue.

— Tu ne veux pas voir le logis et prendre le temps de te rafraîchir ?

— Plus tard.

Il était déjà sur le trottoir.

Pressé comme un gamin qui venait d'entendre la cloche de la récréation, il avançait à grands pas. Heureusement, la Permanence de la Fratrie des alcoolos rue Frédéric Sauton, se trouvait non loin. À l'aide du guide *L'Indispensable*, nous avons traversé le pont de la Tournelle, faisant une halte au milieu, pour admirer l'arrière de l'église Notre-Dame.

Les bureaux de la Permanence se trouvaient au rez-de-chaussée d'un vieil immeuble de quatre étages. Au-dessus de la vitrine, sous la couche de peinture défraîchie, transparaissait l'enseigne : *Les Douceurs de Germaine – Chocolaterie*. Au moment où mon ami sonna à la porte, je lui dis :

— C'est la première fois que j'entre dans une boutique de sobriété !

— Une boutique… cela fait très chic !

Le déclic de la porte se fit entendre, mon ami adopta une attitude solennelle, comme pour marquer ses premiers pas en territoire du soutien français, et pénétra à l'intérieur d'un tout petit local, où l'on trouvait quelques chaises et une machine à café. Un rideau occultant privatisait le lieu, sa teinte jaunie était la même que celle des murs défraîchis. D'une pièce adjacente, la voix d'une femme à l'accent parigot lança : « Bienvenue à la Permanence. On termine nos appels et on s'occupe de vous. » Ils étaient deux pour répondre aux appels à l'aide. Lorsqu'ils nous invitèrent à les rejoindre, mon ami se présenta d'une voix tout heureuse comme si c'était Noël : « Bonnnjourrr, mes amis, je suis

Charlie et voici Claude, mon pote, avait-il ajouté pour faire son Français, nous sommes Québécois. » Tous deux nous regardaient en souriant et l'homme de nous dire : « Pas besoin de le préciser, chers cousins, ça s'entend ! »

Lui, c'était Florent, un marin retraité, au visage épaissi par les grands vents. Il avait bu la mer, sombré quelques fois jusqu'au fond et était sobre maintenant depuis cinq ans. Elle, Josette, avait picolé pour meubler sa solitude de veuve. Elle avait posé le verre depuis maintenant neuf ans. Plutôt bien mise, blouse blanche en dentelle, couverte de bijoux dorés, sa tenue jurait aux côtés de ce capitaine dans ce décor misérable, mais très accueillant. Josette avait une poitrine généreuse que mon ami n'avait pas manqué de reluquer discrètement.

Quand ce fut notre tour, Charlie commença par souligner nos vingt-cinq ans de cheminement et d'amitié que nous étions venus célébrer ici. Ensuite, il énuméra une succession de chiffres pour tracer le parcours de sa vie : « J'ai connu la fraternité en 1960 et pendant dix-sept ans j'ai rechuté. Je suis passé par l'hôpital psychiatrique et le sanatorium pour vingt et une cures de désintoxication. J'ai abandonné une femme, trois enfants. Depuis vingt-cinq ans, sept mois et onze jours, je n'ai pas été condamné à boire. Mais cela ne m'a pas empêché pour autant de connaître l'obsession de la bouffe, le yo-yo des petites pilules et les affres du sexe. Quel calvaire ! Grâce à ma tête dure, j'ai quand même réussi à ne pas boire ! » Josette et Florent avaient les yeux ronds après cette cascade d'aveux.

Charlie posa plein de questions. Il voulait savoir s'il y avait beaucoup de réunions à Paris, à travers la France, s'il y avait beaucoup de membres… Il resta quelque peu surpris d'entendre qu'il y avait beaucoup moins d'adhérents et de réunions qu'en Amérique. Il s'exclama : « Avec tout le vin qui se boit ici, y'a certainement plus d'alcooliques que ça ? » À mon tour, je demandai si ce n'était pas dû au fait que le programme préconise de croire en une Puissance supérieure et que cette « idée de Dieu » éloignait les Français de ce programme de rétablissement ? Josette nous donna son opinion sur le sujet. Elle avait remarqué que cela en rebutait quelques-uns, mais qu'en général l'idée d'une conception libre pour chacun, selon ses croyances et ses besoins, était bien accueillie. Il lui était arrivé d'assister à des discussions animées entre croyants et athées. Elle trouvait enrichissant d'entendre parler de différentes conceptions de Dieu, d'une Puissance supérieure, de la Vie, qui aidaient à surmonter ce que cela implique d'être dépendant et d'entendre aussi s'exprimer ceux pour qui il n'y avait rien. Pour elle, au bout du compte, l'important était que chacun arrive à ne pas consommer et à se responsabiliser, chaque jour. Sur ce dernier point, Charlie acquiesça et s'adressant particulièrement à Josette, il lui servit ses deux petites phrases préférées : « L'important c'est de ne pas boire pour aujourd'hui ! Un alcoolique qui n'a pas bu aujourd'hui est un alcoolique qui va trèèès trèèès bien ! »

Nous sommes restés là à bavarder avec eux pendant presque une heure. La conversation fut parfois entrecoupée de quelques appels ou de visiteurs qui venaient prendre un café, chercher un peu de réconfort. Au moment de quitter la Permanence, nous avions tous deux l'impression d'être venus saluer la famille. Josette remit à Charlie la liste, qui n'était pas à jour, des réunions en France, l'avisant qu'il nous arriverait peut-être de buter sur une porte fermée.

En quittant la rue Frédéric Sauton, mon ami se sentit une soudaine connivence avec la Ville Lumière.

— As-tu remarqué, Claude, comment, du fait d'avoir tout de suite pris contact avec nos amis, de simples touristes nous sommes passés au sentiment de faire partie de la famille de France. C'est la magie de la fraternité qui vient d'opérer. On n'a qu'à franchir cette porte et on n'est plus jamais seul.

Il se voyait déjà habitant une petite chambre mansardée, empruntant les quais de la Seine, franchissant les jolis ponts, traversant les parcs, pour se rendre en réunion, tous les jours.

— Je t'imagine sans problème. À te regarder avec ton béret, on jurerait que tu es français. Et depuis longtemps ! Car le béret, Charlie, n'est même plus tellement à la mode aujourd'hui.

— L'important à mon âge, c'est de ne pas passer inaperçu. Je ne voudrais pas priver une jolie jeune fille du plaisir de m'aider à traverser la rue.

Nous en retournant au logis, nous avons traversé cette fois-ci le pont de l'Archevêché et le pont Saint-Louis et avons emprunté les quais d'Orléans et de Béthune où un couple d'amoureux nous devançait. J'ai pensé à Isabelle et à notre projet de vivre ensemble. En s'engageant dans la rue Bretonvilliers, surpris, mon ami reconnut, venant vers nous, la grande dame du cinéma français, Michelle Morgan. Fallait s'y attendre, Charlie n'allait pas se faire discret : « Bonnnjourrr, madame ! s'exclama-t-il ému et sincère : Dites-moi que je ne rêve pas, vous êtes bien la belle Michelle Morgan, n'est-ce pas ? » Elle et la dame qui l'accompagnait continuaient d'avancer affichant un sourire. À peine nous avaient-elles dépassés, que madame Morgan se retourna pour s'adresser à mon ami : « Et vous, monsieur, vous êtes canadien ! » Elles allaient disparaître au coin de la rue lorsque Charlie lui lança de sa voix de ténor : « Enfin, je peux vous le dire : je vous ai toujours aimée ! » Soulagé par cette déclaration, il marchait d'un pas joyeux. Je l'entendis murmurer : « Elle a souri, elle a souri… la vie est une merrrveille ! »

Avant de monter à l'appartement, nous sommes passés par la boutique du pâtissier, celle du boucher et celle du fromager. Rencontrer les commerçants fut une expérience qui rappela à Charlie son enfance et les films de Gabin dont il raffolait. Pendant que d'une boutique à l'autre les messieurs nous servaient, il reluquait les patronnes derrière les comptoirs-caisses. Il n'a pas cessé de les complimenter, tout particulièrement la très jolie femme du boucher. Discrètement, je lui fis signe de regarder le couteau que le boucher avait à la main, ce qui eut pour effet de le faire taire.

Ce n'est pas sans peine ni douleur qu'il réussit à gravir l'escalier qui menait à notre logis. Heureusement le nid était douillet. Il préféra me laisser la chambre et s'installer sur le canapé-lit du salon, attenant à la salle à manger. Ainsi il avait un accès direct aux W.C. Il était très content du logement, content de la présence de madame Simone, prévoyant de prendre le thé chez elle. Son plus grand ravissement était d'habiter face à la pâtisserie, qu'il venait de décréter la meilleure au monde, alors qu'il se délectait d'une pointe de tatin, cette fameuse tarte aux pommes caramélisées. Je ne sais pas si c'est l'effet de la pâtisserie, mais mon ami sembla soudain se renfermer sur lui-même. Une contrariété certainement. J'allai au devant.

— Quelque chose ne va pas ?

— On ne peut rien te cacher, maugréa-t-il.

— Peut-être, mais je ne devine pas pour autant. De quoi s'agit-il ? lui demandai-je calmement.

— La proximité pendant un mois, ça me fait peur. Pas toi ?

— Non. Chacun prendra son espace, fera les activités qu'il souhaite et je suis certain que nous saurons nous adapter l'un à l'autre. Ici, chacun a sa chambre, sur la route il en sera de même.

— Ça me rassure de savoir qu'on ne sera pas tout le temps collé-collé.

— Je ne t'imposerai tout de même pas les escaliers de Montmartre pour monter au Sacré-Cœur, tu prendras le funiculaire…

— Et moi, je ne t'imposerai pas les biscuits de madame Simone… dit-il, souriant.

Quant à ce que nous aimerions voir, visiter, il exprima le désir de faire coïncider nos excursions avec les réunions. Il souhaitait y assister quotidiennement. C'est ainsi que, munis de *L'Indispensable* dans une main et de la liste des réunions dans l'autre, nous avons pris la soirée pour repérer les lieux en leur apposant de petites fléchettes autocollantes, sur lesquelles j'inscrivais l'adresse, le jour et l'heure des réunions. Ensuite nous avons démêlé les plans du métro, du RER et des bus pour nos déplacements.

Avant de m'endormir, j'appelai Isabelle. Je lui racontai le gamin qui voulait tout voir, tout faire, tout goûter tout de suite, l'accueil de madame Simone et la

Permanence. En terminant, des *je t'aime* qui n'en finissaient plus.

Le lendemain, par ce beau samedi après-midi parisien, nous nous sommes rendus à notre première réunion, près de la gare d'Austerlitz. Nous avons emprunté le pont Sully et longé la Seine. Il boitait plus qu'à l'accoutumée. Cette douleur jouait sur son humeur. Il me fallait être attentif et proposer des pauses fréquentes. Un dernier escalier et nous y étions. En entrant, comme il le faisait au Saint-Gérard, Charlie fit le tour de l'assistance pour se présenter et serrer la main à chacun. À sa suite, je faisais de même.

L'animateur de la réunion se présenta et s'identifia comme Marc, alcoolo-pharmaco-toxico dépendant. Mon ami me regarda, souriant. Il se sentait chez lui, dans la grande Fratrie comme ils disaient là. Après l'ouverture d'usage, Marc passa la parole à Sarah qui s'adressa plus particulièrement aux personnes qui venaient pour la première fois ou qui revenaient à la suite d'une rechute : «L'envie de boire a toujours eu raison de mes bonnes intentions. J'étais dépendante de la bibine, mais refusais de le voir. Je pensais que mon problème avec l'alcool était dû aux circonstances difficiles que je traversais. J'ai essayé de me contrôler, de ne pas boire avant le soir, mais j'y pensais toute la journée. J'ai essayé le calendrier avec permission tous les deux jours. J'ai échoué et déprimé. De plus en plus paumée, les choses autour de moi ne se sont pas arrangées, mais alors là, pas du tout. Je n'arrivais plus à garder un emploi très longtemps, et en ce qui concerne les amours, on repassera. Je menais un combat dont je sais, aujourd'hui, qu'on ne le livre pas seul. Ici en réunion, nous unissons nos efforts et partageons nos expériences. Enfin, picoler, pour moi c'est terminé. Je me fais de nouveaux potes et copines sobres, y'a même un mec qui me tourne autour. »

Ensuite, il y eut un tour de table où chacun était libre de prendre la parole. Charlie en profita pour exprimer sa gratitude de visiter la Fratrie française pour la première fois. Celui qui parla ensuite commença par s'exclamer : « Ah! j'adore votre accent! » Les gens étaient ravis de notre visite.

En quittant la salle, Charlie se dirigea tout de go vers Sylvie, grande blonde, du genre un peu nerveuse et stressée. Il apprit qu'elle était une angoissée comme lui, sobre depuis cinq ans. Rien qu'à les regarder bavarder, je pouvais deviner qu'ils avaient déjà établi un lien de confiance. Ils se saluèrent chaleureusement. Chemin faisant, Charlie et moi échangeâmes nos impressions de cette première réunion à Paris.

— La souffrance est partout pareille, elle n'épargne personne. Les Français sont très articulés pour nommer leur combat, leur tourment. Même le simple travailleur de rue s'est exprimé avec beaucoup d'éloquence. J'aimerais donc ça m'exprimer comme lui! pas comme l'intello qui a pris la parole après lui : Alors là! il m'a fait chier ce monsieur à la rationalité de merde. Par contre j'ai beaucoup aimé le modérateur qui a utilisé la comparaison avec le parachute : « L'esprit c'est comme des parachutes, c'est fait pour être ouvert. »

— L'accent et certaines expressions m'ont transporté, dis-je, comme dans ces vieux films français que j'aime : « Alors là, mon vieux, ça suffit de picoler… Tu vois où ça mène, espèce de connard… Putain d'alcool… Le gros rouge m'accompagnait tous les jours… Avec mes potes, je déconnais… »

— Moi aussi j'ai adoré entendre celui qui s'est présenté en disant: «Je suis Thomas, malade alcoolique, stabilisé.» Stabilisé, n'est-ce pas extraordinaire ça, Claude?

— Pourtant c'est très juste d'employer ce terme, je n'y aurais pas pensé.

— Et celui qui a dit: «Quand je suis arrivé en réunion, j'étais sans domicile, sans travail, sans ami et maintenant que je vis sans alcool, j'ai tout retrouvé. Et en beaucoup mieux.» Ils sont adorables, ces Français!

— Il parlait avec son cœur.

— Il m'a dit avoir vécu longtemps comme un SDF. C'est comme ça qu'ils appellent les clochards maintenant, Sans Domicile Fixe.

Ainsi, presque chaque jour, nous sommes allés en réunion, les jumelant à nos visites touristiques. Par exemple, après la réunion du dimanche matin où nous avions reçu un accueil chaleureux et beaucoup apprécié l'atmosphère du groupe, nous sommes allés visiter le musée d'Orsay, situé juste à côté. Lors de cette visite, nous nous sommes laissé imprégner par la beauté des lieux et des œuvres. Charlie, à son rythme, trouvait à s'asseoir dans chacune des salles. Il appuyait les deux mains sur le pommeau de sa canne, caressait du regard les tableaux, émerveillé. Je m'attardais davantage devant les sculptures. Ce jour-là, nous avons mangé dans un bistrot, où de notre table on apercevait le pont Royal.

La journée du lendemain fut toute spéciale. Elle débuta par l'exclamation de Charlie à son réveil: «Un autre beau vingt-quatre heures qui commence!» Il amorçait toujours sa journée avec la lecture de ses livres de réflexions. Ce matin-là, il m'en fit la lecture. Il était question du lâcher-prise ou en un mot de cesser de vouloir résoudre les problèmes des autres.

Muni de sa canne et coiffé de son béret, un panier d'osier sous le bras, il décréta qu'il irait faire les courses du petit-déjeuner. Il avait l'air d'un gros chaperon rouge avec sa veste à carreaux. Je l'entendis causer quelques instants à la porte de madame Simone, avant de filer en chantonnant. Pendant ce temps, je préparai le café.

À table, il me fit rire en s'exclamant : « Mais qu'est-ce qu'elles ont de plus, ces vaches françaises, pour que le lait, le yaourt, la crème, le beurre et les fromages goûtent si bon ? » Mon ami devait faire de gros efforts pour ne pas outre-manger.

Dès dix heures, nous étions sur la lancée de notre journée dédiée à Édith Piaf. À travers les rues et escaliers de Montmartre, dans l'église du Sacré-Cœur et au cimetière du Père-Lachaise, nous avons suivi les traces d'Édith. Nous sommes même allés nous recueillir sur sa tombe. Chacun y est allé de ses souvenirs. De toute évidence, elle nous avait profondément marqués.

— Aimerais-tu être enterré ici ? me demanda Charlie.

— C'est un peu loin. Mais toi, je t'y vois très bien. Une pierre tombale en forme de banc, à l'ombre, entre Voltaire et Jim Morrison.

— Pourquoi en forme de banc ?

— Pour le confort de tous ceux qui, comme moi, viendraient s'y recueillir, pour s'inspirer de ton souvenir et continuer de se confier.

— Quoi ? Même après ma mort, pas de repos ! Tu es vraiment un beau salaud, Claude, de me souhaiter ça.

— Eh oui ! C'est comme ça pour les êtres exceptionnels.

— C'est gentil, mais je me sens plutôt de la race de ceux qu'on est content de voir débarrasser la planète.

En quittant le cimetière du Père-Lachaise, Charlie ressentit une fringale de tarte Tatin. Il s'empressa de proposer une halte gourmande. Justement, au coin de la rue du Repos et du boulevard Ménilmontant, une vitrine de pâtisserie vous décrochait la mâchoire avec ses gâteaux, biscuits, tartes et flans. Devant un tel spectacle, Charlie devenait aveugle et sourd au reste du monde, il n'était plus que deux babines pressées d'engouffrer les délices qui s'offraient à ses yeux exorbités de gourmandise. Un fait cocasse survenait chaque fois qu'il mangeait sa tarte Tatin, il en oubliait sa canne. Cette fois-ci ne fit pas exception.

Nous avons pris le métro jusqu'au bas de la colline de Montmartre. De là, Charlie prit le funiculaire qui le mena non loin de l'église du Sacré-Cœur, tandis que moi, j'empruntais les célèbres escaliers du quartier de Ménilmontant. Dans l'église, mon ami demanda à une sœur de lui indiquer où s'agenouillait Édith quand elle venait prier la bonne Sainte Vierge. Et il alla se recueillir. Je le laissai seul. Dehors, une artiste de rue chantait admirablement les chansons de la môme Piaf, avec ce quelque chose dans la voix qui fait résonner la douleur d'aimer. Après, nous avons emprunté les rues derrière le Sacré-Cœur pour nous rendre à la réunion Marcadet-Montmartre. Un quartier cosmopolite et très coloré où déambulait une faune bigarrée.

Devant le local de la réunion, une maison paroissiale, nous fûmes accueillis par des membres qui ont tout de suite repéré que nous étions des amis visiteurs. Dans cette foule africaine, algérienne, nous étions la minorité visible. Nous sommes montés à l'étage, où se tenait la réunion. Une clientèle particulièrement écorchée fréquentait ce groupe comparable à celui du Saint-Gérard à Québec. À la différence que celui-ci était composé de gens de plusieurs nationalités. Certains bossaient probablement encore dans la rue, des prostituées, des revendeurs…

Nous étions une vingtaine, dont la moitié fumait. Ce désagrément fut vite estompé par l'arrivée, quelques minutes après le début de la réunion, d'un personnage inoubliable. C'était une femme d'âge mur, de petite taille, habillée dans le look très boîte à gogo des années soixante : jean blanc, veste e n cuirette très épaulée, blanche, une casquette blanche et à son cou, un foulard bleu comme le ciel de Provence. Dès son arrivée, elle s'adressa à l'assemblée : « Je m'excuse, mes p'tits chéris, de mon retard. C't'à cause du désespoir au coin d'la rue, y'avait besoin d'un peu de réconfort. J'vous l'ai amené : Moustafa. » Pendant que quelqu'un offrait une place et un café au nouvel arrivant, elle demanda quel était le sujet du jour : « Comment tenir et ne pas boire ? » S'adressant à son protégé, elle lui dit : « Alors là, tu tombes bien, mon p'tit gars. Tu vas certainement apprécier ce que les amis vont raconter. Ce qu'ils ont fait pour sortir de cet enfer de merde et surtout pour ne pas y retourner. »

L'animateur invita la petite dame à raconter son histoire. De sa voix éraillée, elle dressa un portrait de sa misère dans la rue, son désespoir, ses peines et ses souffrances d'amour… et termina sur ce qu'il faut pour se battre et tenir le coup…

Elle parlait tout en marchant autour de la grande table, touchant les gens au passage, comme une tendre maman.

— Parce que je n'ai pas bu, aujourd'hui, je n'ai pas été condamnée à ramer la galère et la vie m'a fait le cadeau de rencontrer Moustafa. Ici, mon pote, t'es entouré de gens qui ont connu le même foutu bordel que toi, les mêmes emmerdes à cause de l'alcool. T'es pas tout seul. Ensemble, on s'en sort. L'important, c'est de rester *clean*. Il ne faut pas flancher, il faut tenir, d'accord les nanas? D'accord les mecs? On en a assez bavé, non? Je suis née à Pigalle, un peu avant la guerre. Je n'ai pas connu mon père, mais la misère avec ma mère, ça oui! J'avais seize ans, boulevard Clichy, quand j'ai connu les hommes et la bouteille. Ensuite, pendant quinze ans pour mon Jules, j'étais sa Marie-couche-toi-là, je bossais bien… On picolait à deux, heureux, mais un jour monsieur le salaud a trouvé ailleurs une pétasse… Des années dans la rue pour un enfoiré. Conasse. Les vingt-cinq ans qui ont suivi, j'ai bossé sans conard et j'ai biberonné, putain! à m'en faire éclater tous les boyaux. J'aurais bu la mer, si j'avais pu… et j'aurais fumé tout le *shit* de la terre. La rue… mes chéris, c'est cinquante années de ma vie que j'y ai passé, surtout la nuit, et c'est encore chez moi. Mais les plus belles années, je les vis depuis cinq ans avec vous, sans Jules, sans *shit* et sans goulot à mes lèvres. Vois mon p'tit, on ne meurt pas, à ne pas consommer. Les efforts en valent vraiment la peine. Pour tenir le coup, il faut se soutenir. Tout seul c'est trop difficile, impossible. Aujourd'hui, ma vie n'est peut-être pas le paradis, mais merci! mes amis, je ne suis plus l'esclave de l'alcool.

C'était la première fois que j'entendais une môme parisienne se raconter dans tous les recoins sombres de son être. Impressionnant! Elle avait réussi à nous transmettre le monde palpitant de la nuit et dans ses yeux se dévoilaient les bévues, les souillures, les déchéances, les menaces... En totale admiration, Charlie, à la fin de la réunion, se précipita sur elle. En l'embrassant, j'ai entendu la môme lui dire : « Merci, toi. J'ai adoré quand t'as parlé de la chienne de vie sale et de la chaise longue en enfer réservée aux alcoolos-accros... avec ton accent en plus, j't'adore, mon pote. » Comme ils continuaient de discuter, je suis allé l'attendre dans la petite cour intérieure. L'effet de cette môme continuait de tourner en moi comme un carrousel. Quelles leçons de courage ! Et quel accueil envers ce gosse de rue, ce Moustafa ! Extraordinaire !

Je ne sais pas si c'était parce que j'étais en voyage, mais fréquenter ces réunions, y entendre ces leçons de courage et tant de témoignages de transformations, me ramenait soudainement à l'impuissance que j'éprouvais face à mon père. Voir avec quel amour on accueille celui qui arrive, malgré ses bévues, ses ratés, ses ingratitudes ou ses crimes, me faisait comprendre encore davantage l'importance de l'entraide. La déchéance de Moustafa avait trouvé refuge dans les bras et l'aveu de la môme en blanc.

Après une semaine intense, pas moins d'une dizaine de réunions que nous nous étions organisés, tant bien que mal, à faire coïncider avec nos promenades touristiques – visite d'un musée, d'une seule église, un tour en bateau-mouche et un autre en Touring-Bus –, de nombreux déplacements en métro et allers-retours en ascenseur jusqu'en haut de la tour Eiffel... nous étions des visiteurs fatigués.

Charlie avait un peu souffert à la vue des mignonnes Parisiennes aux jambes longues et à la jupe très courte. Un soir, il avait lancé de manière faussement anodine :

« J'ai lu dans le guide touristique que le célèbre *Crazy Horse* avec ses danseuses nues, habillées par les éclairages, est un *must*, pour qui veut vraiment connaître les charmes de la Ville Lumière ! » Heureusement que le coût de la soirée lui avait fait changer d'idée, car il était préférable qu'il ne se retrouve pas en situation de tentation. Toutefois, ce soir-là, en réunion, il avait revu la blonde angoissée que nous avions déjà croisée. Elle l'avait émoustillé et, de toute évidence, il ne lui était pas indifférent. Il n'avait pas eu à déployer tout l'arsenal de son charme pour recevoir une invitation à passer la nuit chez elle. Il était dans un état plutôt altéré lorsqu'il est venu m'annoncer que je devrais rentrer seul : « Je sens qu'avec cette femme, ça va être terrible ! » Que lui répondre ? Comment lui dire qu'il était déjà obsédé, soûl d'elle ? Je n'ai pas eu le temps. Il avait tourné les talons, et disparu comme un éclair. À peine deux minutes plus tard, il me rejoignait, haletant, l'air terrifié :

— On a eu peur tous les deux. On s'est dit que ce serait l'enfer. Elle m'a avoué que sa dernière relation avait été si fusionnelle, qu'elle avait failli en crever. Je lui ai confié que j'avais connu ça, moi aussi, et qu'on était mieux d'en rester là.

— Vous l'avez échappé belle !

— Pour cette fois, oui. Ça ne sera pas évident de ne plus y penser ! Cette femme est équipée comme moi.

— Vous deux, dans le même lit, on ne vous retrouve pas indemnes au matin, c'est certain ! dis-je pour le faire sourire.

— Depuis le début du voyage, je me sens plus vulnérable. J'ai aussi sérieusement dérogé de mon cadre alimentaire et du regard. Trop de sucreries et de jolies demoiselles à reluquer m'ont déstabilisé. Je suis vraiment un obsédé.

— Le sexolique n'est jamais loin.

— Qu'est-ce que tu crois? C'est certain que toute ma gang de sous-personnalités malades est venue en vacances avec moi.

Après cet épisode, il fit des efforts pour gérer son obsession à l'égard de cette blondinette. Mais il m'en parla tous les jours, pour ne pas rester seul avec ses pensées et ne pas succomber. Concernant la bouffe, il compensa, mais, disait-il, « au moins je n'ai pas soif, même si je trouve écœurant qu'un grand verre de vin coûte moins cher qu'un café ».

Je souhaitais, pour la suite de notre séjour, être plus libre, ne pas être constamment programmé par l'horaire des réunions. Cela commençait à s'avérer exigeant, monopolisant. Pour sa part, Charlie vivait un renouveau au sein de la Fratrie. La formule de partage en table ronde lui plaisait. Voulant en profiter au maximum, il parla d'y assister midi et soir.

— C'est ce qui m'intéresse dans la vie, avait-il affirmé.

— Je trouve ça bien, mais j'ai aussi d'autres choses à voir. Quand je voyage, j'aime visiter les sites historiques, culturels, découvrir les particularités culinaires, assister à des spectacles, rencontrer des gens certes, mais pas uniquement en réunion.

— Tu n'es pas obligé de m'accompagner tout le temps, je pense être en mesure de me débrouiller sans toi.

— O.K. Tu vas seul à la prochaine réunion, et on voit comment ça se passe.

Il est vrai qu'en lui donnant ce cadeau, c'est à moi aussi que je faisais plaisir. Je souhaitais lui offrir ce rêve de voir Paris. Il est vrai qu'en acceptant, il avait bien spécifié vouloir aller en réunion chaque jour. J'étais donc devant les faits et je devais m'adapter.

En cette deuxième semaine de voyage, comme il connaissait déjà le circuit des réunions, qu'il y avait fait plusieurs rencontres, il s'y rendit seul. *L'Indispensable* en main, il pouvait se rendre où il voulait en métro, en RER et en autobus. De mon côté, pour satisfaire mes intérêts, j'irais visiter le Salon du livre, quelques biblio-thèques et certains musées. Quand je l'ai laissé à l'entrée du métro, seul pour la première fois, j'ai tout de même éprouvé une inquiétude : sa douleur au genou, sa démarche chancelante, ses étourdissements occa-sionnels, sans oublier qu'il pouvait faire une crise d'an-goisse ou, pire encore, se retrouver avec une pute, je pouvais m'attendre à tout. Je suis allé bouquiner à la Fnac, casser la croûte et lire sur un banc place des Vosges. À plusieurs reprises, j'ai pensé à lui. Chaque fois, je formulais le souhait que tout se passe bien, qu'il arrive à profiter de ce cadeau que la vie lui offrait. En déambulant dans le quartier du Marais, j'ai imaginé Isabelle à mon bras. Les mains dans les poches, j'avais le cœur amoureux. Je suis entré dans une boutique lui acheter un châle en dentelle. Au milieu de la soirée, il était temps de rentrer. J'avais hâte de retrouver Charlie, de savoir comment sa journée s'était passée et de lui raconter la mienne.

Les retrouvailles eurent la saveur d'une dinde oubliée au four. À peine un pied dans l'appartement, le sac à bandoulière lancé par terre, il tenta de me harponner en me lançant des reproches. Il fallait réagir habile-ment, sinon c'était le conflit et je l'expédiais par express au Québec.

— Maudit beau cadeau empoisonné que tu m'as donné là, *mon chum*, cracha-t-il.

— Oh, je vois que monsieur a aimé sa journée, dis-je évitant le premier crachat, mais attisant sa colère.

— Fais-moi pas chier ! J'aurais dû m'en douter. Un cadeau qui t'ouvre une porte, ça attise la convoitise pis ça te met devant des faits auxquels toi, tu n'as pas accès. Méchant poison sale, *mon chum*.

Quand Charlie est en colère, lever le ton n'est pas la meilleure solution. Il faut attirer son attention et vite, car son ressentiment est un volcan. Sur un ton doux et ferme, je l'interpellai :

— C'est un très beau cadeau que tu as accepté. C'est trop facile de blâmer les autres, de les tenir responsables pour ce qui nous arrive ou n'arrive pas, pour nos désirs comblés ou pas. Ta colère exprime clairement que tu adores ça ici, que tu apprécies grandement tes vacances et que tu seras à jamais reconnaissant d'avoir reçu un tel présent.

— Câlisse ! Mets-en pas trop.

— Non, mais c'est vrai, tu ne penses pas ?

— Oui, oui, j'ai compris, ça va faire.

Nous nous sommes assis à la table, je nous ai servi une tisane et calmement nous avons repris la conversation. Il m'a raconté qu'effectivement il avait adoré sa journée, qu'au retour dans le métro il avait fait l'inventaire du merveilleux qu'il avait vécu ici depuis notre arrivée. Il était devant le constat d'un grand bonheur précisa-t-il, lorsque a émergé cette image :

— J'ai pensé que c'était comme un sapin de Noël et que les lumières allaient bientôt s'éteindre. Déprimé, j'ai désiré que ça ne s'arrête pas. Amer, j'ai pensé que je ne pourrais jamais revenir. Frustré, j'ai envié ceux qui, comme toi, ont de l'argent pour voyager. Dans l'escalier, j'ai commencé à faire du ressentiment envers toi.

— Et maintenant?

— Maintenant, je suis fatigué. Je saute immédiatement dans mon lit.

— Derrière tout ça, j'entends que tu aimerais revenir à Paris, voyager à ta guise. Nous pourrions, une autre fois, explorer ensemble les moyens pour répondre à ton désir. Je suis certain qu'on peut y arriver, trouver quelque chose.

— Tu piques ma curiosité.

— Quand tu voudras, fais-moi signe.

Je suis allé faire ma toilette et, quand je suis sorti de la salle de bain, il était déjà sous les couvertures. Souriant, il me dit: «T'es un moyen moineau, Chevalier.»

Il s'organisa pour aller en réunion deux fois par jour. Je l'accompagnai à quelques reprises.

———

À la veille de quitter Paris, l'angoisse vint le visiter. Elle l'avait surpris aux petites heures du matin, après un mauvais rêve. Quand je suis entré dans la pièce, il marchait de long en large et affichait un air de paranoïaque.

— Je manque d'air.

— Je m'habille et nous sortons.

Pour capter son attention, je le rassurai sur nos préparatifs: la voiture était louée, les gîtes réservés. Nous avons emprunté le boulevard Saint-Germain, et bifurqué pour nous promener au jardin du Luxembourg. Trois heures plus tard, Charlie avait retrouvé son calme, l'angoisse s'était dissipée. Au lieu de revenir à l'appartement, nous nous sommes rendus à une réunion, rue Madame.

Devant le petit groupe de gens réunis, Charlie prit la parole et partagea avec eux ce qu'il venait de traverser. D'abord le réveil en sursaut, la crainte d'une catastrophe imminente comme un orage qui gronde et l'angoisse qui s'était sitôt abattue sur lui, avait-il dit en grimaçant. Un malaise général, physique et psychique était venu le paralyser, l'oppresser, l'étouffer, comme si la mort s'était faufilée en lui. Peur, détresse, palpitations, sueurs froides, suffocations… un cauchemar! Comme un animal en cage, faire les cent pas et, pendant tout ce temps, tenir à bout de bras les émotions pour ne pas basculer dans la folie… l'ennnferrr! avait-il fini par dire péniblement avec la gorge serrée d'un supplicié. À la suite de son témoignage, la douzaine de personnes présentes étaient venues lui dire leur sympathie et leurs encouragements.

La réunion était terminée depuis un bon moment, tous étaient partis, sauf une femme qui semblait avoir été touchée plus personnellement par le témoignage de mon ami. Je le soupçonnai de s'être entiché de cette belle angoissée, une femme au début de la cinquantaine, sobre depuis trois ans et en sevrage de médication depuis peu. Mais cette fois-ci, je restai près de lui. Sur le trottoir, depuis quinze minutes, il continuait de lui communiquer, avec verve et enthousiasme, tout son savoir. Il se voulait rassurant, mais peut-être essayait-il de se rassurer lui-même. Pourquoi? Je savais que la souffrance des autres l'intéressait, elle lui donnait vie, disait-il. Il la recevait comme un honneur, une marque de confiance qui enrichissait le sens de sa vie. Dans le métro, il m'avoua :

— J'aurais bien aimé avoir rencontré cette femme au début de notre séjour, plutôt que la blondinette. Qui sait, j'aurais peut-être pu l'épouser et, à deux, nous nous serions guéris de cette angoisse maudite.

— Je n'en doute pas, mais vous auriez pu aussi sombrer enlacés.

— Cela aurait été affreux ! Et merveilleux !

Le lendemain, à la première heure, Kamel nous a conduits au bureau de location de voitures. Pendant le trajet, il a demandé à Charlie ses impressions sur son séjour et ce dernier lui confirma : « Je vais revenir deux fois par année, au printemps et à l'automne. » Il me jeta un regard complice.

Un tour de France

Muni du bottin des réunions en province et du calepin des tracés routiers CAA, nous avons mis le cap vers la Normandie. Je découvris rapidement que Charlie n'était pas détendu en voiture. Il aurait souhaité prendre le volant, mais l'expérience était trop risquée : la vitesse des automobilistes, les nombreux panneaux de signalisation et de direction que nous avions peine à déchiffrer, les décisions à prendre rapidement… même dans son rôle de copilote, mon ami n'était pas cool. À la première occasion où il me somma, en hurlant, de réagir promptement à sa commande, je suis sorti à la halte suivante. Une fois de plus, besoin de faire le point. J'ai parlé calmement : « Pas question d'élever la voix. Si on se trompe de route, on fait demi-tour. Fin de la conversation. »

Arrivés dans l'après-midi, nous avons marché sur les plages du débarquement, visité le musée de la guerre et les cimetières où reposent les jeunes soldats canadiens. Là, au milieu de ce jardin mortuaire, où chaque pierre tombale avait son arrangement floral, si respectueusement entretenu, nous avons été submergés par une forte émotion. Chacun de notre côté, empreints de toutes ces images d'horreur, nous avons versé des larmes.

Sur la route, nous avons roulé en silence jusqu'à Caen.

En début de soirée, j'ai accompagné Charlie à la réunion. Nous aurions préféré manger avant d'y aller, mais il était trop tôt pour dîner. Tout en marchant, encore ébranlé par notre visite au cimetière militaire, il a voulu en reparler:

— Ce n'étaient que des enfants, la plupart n'avaient pas vingt ans.

— Ils sont morts pour la liberté. Je peux te demander à quoi tu réfléchissais lorsque tu t'es assis au pied du monument commémoratif? Ton visage reflétait une telle sérénité!

— J'éprouvais de la gratitude de ne pas être mort sur le champ de bataille de mes dépendances. J'étais reconnaissant à la vie de me permettre de consacrer mon temps à faire en sorte que d'autres n'y laissent pas leur peau, trop tôt.

Pour trouver l'endroit où se tenait la réunion, il fallut demander à trois personnes. Ce genre de situation allait se reproduire et chaque fois créer un stress. En arrivant, la porte était fermée. Il y avait matière à douter et à rebrousser chemin. Mon ami ne se montra pas contrarié, cela me surprit. Au contraire, en toute sérénité, il regarda sa montre: « Il reste cinq minutes avant l'heure inscrite au bottin, attendons. L'important, c'est que nous soyons là. »

Le responsable arriva et s'excusa de son retard. La réunion allait débuter lorsque se joignit à nous un jeune homme, début trentaine. Il prit place et s'effondra en larmes. Mon ami alla s'asseoir à côté de lui et d'une voix sincère lui dit: « Merci d'être là! » Après quelques minutes, il sécha son visage du revers de la manche, prit une profonde inspiration, suivie d'une longue expiration pleine de soulagement. D'une voix sympathisante, Charlie lui demanda: « Ta souffrance nous intéresse, voudrais-tu nous en faire part? »

Courageusement, ce dernier réussit à nous dire qu'il venait de rendre visite à sa femme à l'hôpital, que celle-ci était dans le coma. Tous deux ne consommaient plus depuis un an. Ils avaient deux petits, l'un de deux ans et l'autre de quatre mois. Ce jour-là, il avait pourtant remarqué, avant de partir pour le boulot, que quelque chose ne tournait pas rond avec sa femme. Elle l'avait rassuré, lui disant que ça n'était qu'un petit nuage d'angoisse passager, un coup de cafard quoi! Un peu d'air avec les petits et le ciel serait dégagé. Mais il en fut autrement. Elle est sortie pour acheter du vin chez l'épicier du coin. Ce dernier était loin de se douter que, deux heures plus tard, les pompiers, les gendarmes et les ambulanciers seraient chez elle. Elle avait bu et perdu la carte, paniquée sans doute, et, dans un moment de folie, elle avait sauté du balcon de leur appartement du quatrième.

Mon ami, bouleversé, s'exclama: « Pauvre petite! La vie est tellement cruelle! » Entourant les épaules du mari défait, il dit: « Tu n'as pas à t'en vouloir, mon vieux. Aucun de nous n'est à l'abri. Ta femme était plus vulnérable… son rétablissement récent, son accouchement, son blues, la fatigue… c'est humain de craquer. Je comprends cette détresse insoutenable qui l'a fait basculer et la folie démentielle qui l'y a poussée. »

Un long moment de silence suivit et chacun eut quelques mots d'encouragement pour ce jeune homme. Charlie avait conclu: « Tu as une raison de plus pour ne pas flancher: être là pour ta femme et tes enfants. »

———

Nous avons pris la route très tôt pour aller visiter le saisissant Mont-Saint-Michel et sa merveille d'église abbatiale. Malgré cette douleur au genou, mon ami tenait à gravir les marches jusqu'au sommet, afin d'obtenir une faveur pour cette petite famille de Caen. En redescendant par le chemin de ronde des remparts, Charlie me demanda :

— Crois-tu que ce jeune homme a ce qu'il faut pour tenir le coup ?

— Il a l'essentiel : l'amour.

— Est-ce suffisant pour résister aux tyrans de la dépendance, dis-moi ?

— L'amour est un adversaire insaisissable !

Avant que la journée ne se termine, nous nous sommes rendus dans le village de Nouaille-Maupertuis, près de Poitiers. Cette fois-ci j'avais réservé un hébergement, pour deux jours, dans cette abbaye magnifique, avec son imposant clocher-donjon aux allures médiévales. Les pèlerins de Saint-Jacques-de-Compostelle s'y arrêtent pour passer la nuit. En arrivant, on nous assigna à chacun une cellule. Charlie m'annonça :

— Je vais jeûner et faire silence.

— Y a-t-il une raison particulière que je devrais connaître ?

— Non. À part que j'ai besoin de me retrouver seul.

— Très bien, je te souhaite bonne quiétude.

Il se retira immédiatement dans sa cellule, il était un peu morose. Il semblait traîner Paris dans ses valises. Je fus surpris qu'il mette de côté les réunions.

Je profitai de ces deux jours de solitude pour noter mes impressions sur ce voyage, écrire une lettre à Isabelle ainsi qu'à papa. Me promenant seul dans la campagne environnante, j'ai laissé libre cours à ma réflexion sur l'amitié. Où en étais-je avec mon ami ?

Que nous réservait l'avenir? Au village voisin, j'ai déniché une très bonne table où le proprio fut presque malheureux que je ne puisse savourer l'excellent vin qui accompagnait le gigot d'agneau braisé à même le feu dans l'âtre. Il m'avait demandé : « Est-ce à cause de votre religion ? » J'ai éclaté de rire et lui ai répondu : « Servez-vous à ma santé. »

Je n'ai revu Charlie qu'au matin du départ. Taciturne, il avait l'allure d'un vieillard. Sans répondre à mon bonjour, il prit sa posture solennelle et, inquisiteur, il scruta mon regard. Que cherchait-il ? Je restai impassible jusqu'à ce qu'il me pose cette question un peu embarrassante :

— Crois-tu que si je faisais le pèlerinage de Compostelle, cela suffirait à expier tous mes péchés ?

— Je ne m'y connais pas en matière d'expiation, par contre, je crois que deux mille kilomètres seraient suffisants pour en faire la liste.

Ma réponse eut pour effet de le dérider un peu. Comme par magie, le vieil homme céda la place de nouveau à mon ami Charlie.

———

Au milieu de l'après-midi, nous déambulions dans La Rochelle, dont, vingt-cinq ans auparavant, nous avions rêvé d'arpenter les rues pavées de pierres provenant de la Nouvelle-France.

— Je suis content que nous réalisions ce rêve. Sans toi… il s'arrêta, songeur.

— Sans toi, mon ami, je n'aurais pas connu tous ces chemins captivants, en quête d'équilibre.

— Ma vie n'aura pas été un exemple d'équilibre.

— Mais de persévérance.

— Je demeure un dépendant qui, même stabilisé, perd pied assez facilement.

— Il est vrai que ta barque prend un peu l'eau et qu'elle tangue au moindre soubresaut.

— Champlain, paraît-il, était soupe au lait lui aussi, jusqu'à ce qu'il épouse la jeune Hélène. Elle n'avait que douze ans et lui trois fois son âge. Peut-être est-ce là le remède, docteur?

— Ce n'est pas celui que je recommanderais.

Nous avons pris la direction des quais où de magnifiques bateaux à voiles étaient amarrés.

À un moment, j'ai senti qu'il était fatigué, je lui proposai de s'asseoir et le laissai seul. Ce voyage remuait beaucoup de choses en lui, mais je savais qu'il goûtait également à cette vie qu'il aurait souhaité vivre. J'espérais qu'il en profite pour élargir ses champs d'intérêt, en dehors des réunions. Malgré son âge, il pouvait continuer de suivre son programme tout en faisant de la place pour exploiter ses ressources insoupçonnées.

J'ai continué ma promenade, laissant de côté mes réflexions à son sujet. Une bonne heure plus tard, il était toujours assis sur le même banc. Les deux mains appuyées au pommeau de sa canne, la tête légèrement inclinée de côté, il fixait le haut des mâts du bateau en face de lui. Dans sa rêverie, il s'imaginait sans doute grand navigateur, complice des vents et filant vers des horizons prometteurs.

— Je veux que tu saches que j'ai repensé à l'offre que tu m'as faite d'explorer les possibilités que je puisse venir séjourner de nouveau à Paris.

— Les oreilles t'ont sillé. Pendant que je marchais, moi aussi j'y ai repensé.

— Nous en reparlerons, mais pas maintenant, nous avons tout juste le temps de passer à l'hôtel avant la réunion qui est à 17 h 30. Est-ce que tu m'y accompagnes ?

— Je pensais me reposer un peu avant de parcourir le centre de La Rochelle. C'est vrai qu'il est trop tôt pour manger, alors je t'accompagne. Nous prendrons un taxi, cela nous évitera de stresser pour dénicher l'endroit.

— Bonne idée.

Même le taxi ne savait de quel côté nous déposer à ce centre communautaire. Nous avons eu à en faire le tour à pied avant de trouver la bonne porte. Charlie s'exclama : « Câlisse, que c'est compliqué ! Y font-tu exprès pour se cacher, ciboire ? » Lorsque nous nous sommes présentés, il y avait pour nous accueillir un jeune homme en jean et blouson de cuir et une dame âgée toute en beauté, un châle brodé sur les épaules. Deux mondes réunis par la même souffrance. Pour nous guider à l'intérieur, la jolie Mémé s'accrocha au bras de Charlie tout en lui parlant de ses quatre petits-enfants qu'elle chérissait. Lui, pensait-il parfois à ses enfants et petits-enfants ?

La table autour de laquelle nous étions réunis était garnie de plats de bonbons. Mémé fit asseoir Charlie près d'elle au bout de la table. Une main posée sur la sienne, elle lui demanda de prendre la parole sur un thème de son choix. Ébahi, il aurait dansé à la claquette, jonglé, fait n'importe quoi pour elle. Il parla de gratitude, lentement. Charlie, d'habitude inconfortable lorsqu'il prenait la parole, avait maintenant le visage et la voix sanctifiés. Décidément, ses passages en abbaye lui faisaient de l'effet. Il discourut en nous regardant comme s'il s'adressait à chacun en particulier. Il insista sur l'importance d'accueillir la sobriété comme une grâce, précisant qu'elle est un cadeau non mérité. Il termina en soulignant toute la reconnaissance qu'il éprouvait à l'égard de ce mouvement qui lui avait maintes fois sauvé la vie.

Mémé nous invita chez elle pour le repas du soir. Mon ami jubilait. J'ai poliment décliné l'invitation, voulant les laisser en tête-à-tête.

À mon réveil, j'ai trouvé un message sur le seuil de ma porte : « Étant donné notre âge. Stop. Pas de temps à perdre. Stop. Nous n'avons pas pris le temps de manger. Stop. Sommes partis en voyage de noces à l'île de Ré. Stop. Viens m'y rejoindre : Hôtel La Jetée, Saint-Martin-de-Ré. Stop. »

Sous un soleil splendide, j'ai traversé le pont qui mène à cette île aux marais salants, aux maisons roses, bleues et jaunes entourées de murets fleuris de roses trémières. Arrivé à l'hôtel, situé au cœur d'un pittoresque port de pêche et de plaisance, j'étais prêt à toutes les éventualités. Même de continuer ma route sans lui. Je l'ai retrouvé dans la cour intérieure, assis seul à une table, devant un plateau garni de pâtisseries. Sur son visage, aucun signe de la transcendance de la veille. Il avait l'air songeur. L'absence de Mémé m'inquiéta.

— Pendant que Madame fait sa toilette, le fiancé reprend des forces ? dis-je en m'approchant sur un ton humoristique.

Il se leva aussitôt :

— Alors là, mec, tu n'y es pas du tout. Présentement, j'essaie de me remonter le moral.

— Il est arrivé quelque chose à Mémé ?

— J'aurais souhaité, après une nuit aussi charnelle, qu'elle me supplie de la laisser paresser... mais pour votre information, monsieur Chevalier, Madame, qui a récemment fêté ses quatre-vingt-quatre ans, est sortie faire son jogging… son jogging sur les remparts de la citadelle !

— Non ? Mais c'est épatant !

Imitant le Français ronchonnant :

— Épatant, dis-tu ? Alors là, mon pote, le mot n'est pas assez fort, car la barre est trrrès haute. Cette femme au lit… c'est une note parrrfaite. Quelle énergie ! Autant de talent et de vitalité, c'est décourageant pour les autres.

— Une femme exceptionnelle, quoi ! dis-je à la française.

Pendant cet échange, il m'avait conduit vers la sortie. Sur le trottoir, il ajouta :

— Hier, son rayonnement m'a envoûté. Mais, aujourd'hui… s'il te plaît, ramène-moi, la lune de miel est terminée ! Je n'ai pas envie qu'on me rappelle tous les jours que je suis un handicapé. Partons tout de suite.

— Comme ça, sans lui dire au revoir ?

— Oui, avant que son charme ne m'ensorcelle.

Il entra de nouveau pour régler la note et nous sommes partis.

À peine avions-nous commencé à rouler que Charlie, bien calé sur la banquette arrière, s'endormit. Une bonne heure plus tard, son sommeil devint agité, et, après quelques soubresauts, apparurent sur son visage les dernières lueurs de plaisir que cette Mémé lui avait procuré.

Nous fîmes une halte à Périgueux pour y manger des truffes et du foie gras. Il en profita pour me faire cet aveu :

— Cela faisait longtemps que je n'avais pas fait l'amour et ce fut divin ! Jamais je n'aurais imaginé vivre ça un jour; je me suis abandonné à la tendresse du cœur de cette femme qui a réussi à toucher le mien, peux-tu le croire? J'ai vu se déployer toute la beauté de nos corps, de notre enfance jusqu'à notre vieillesse. Nous étions sans âge. J'imagine que c'est ça voir avec les yeux du cœur!

— Tu l'as trouvée belle!

— D'une telle magnificence! J'aurai au moins connu ça une fois avant de mourir.

— Peut-être est-elle venue retirer ton armure, pour te révéler ta tendresse?

— Peut-être… répondit-il dubitatif.

— Pourquoi ne réponds-tu pas avec espérance? Et pourquoi ne profites-tu pas de cette porte ouverte?

Ma remarque l'avait piqué.

— On meurt comme on a vécu. Tu souhaites mon bien, mais au risque de te décevoir, même mal dans mon armure, on va m'enterrer avec. Y'a rien à faire avec moi, Claude Chevalier.

— Je comprends ta peur, mais je vais continuer d'entretenir le souhait que tu connaisses, un jour, en plus de la liberté de ne pas boire, celle d'être un homme libre, pardonné, avec un esprit tranquille, guidé par l'amour pour t'acheminer vers une mort paisible.

— Tu projettes sur moi ce que tu souhaites pour toi-même. C'est trèèès bien!

Il avait pris position, moi aussi.

En route vers la prochaine destination, il s'était replongé dans le Guide Bleu. À un moment, il me fit cette réflexion:

— À une certaine époque, nous aurions certaine-ment emprunté la route des prestigieux vignobles de

Bordeaux, plutôt que celle du Périgord. Ceci dit, la réunion de ce soir est à Gourdon.

Pour nous y rendre, nous avons traversé de magnifiques campagnes vallonnées et emprunté des routes sinueuses quelque peu dangereuses. Gourdon repose sur une colline jonchée d'une butte, comme l'aréole d'un sein sur laquelle se dressent les deux tours de son église. Laissant Charlie à la terrasse d'un café, je suis parti en repérage. C'est au fond d'une impasse que j'ai déniché l'emplacement de la réunion. La porte vitrée était fermée à clé. J'y avais le nez collé pour regarder, quand, à trois portes de là, sortit un curieux petit homme, trapu, mi-quarantaine, qui ressemblait à Quasimodo, le bossu de Notre-Dame. Il braqua un œil sur moi et, la bouche entrouverte, sans me quitter du regard, referma sa porte et avança dans ma direction. Sa tête cherchait à se défaire de son cou et ses yeux vitreux, sortis de leurs orbites, lui donnaient un visage sinistre. Il me fit signe de le suivre et retourna chez lui. En entrant, il marmonna quelque chose. « Ente… ente… » Ce que je fis. L'endroit demeurait obscur, malgré la porte que j'avais laissée ouverte derrière moi. Une cuisine minuscule avec une table qui occupait toute la place et sur cette dernière un énorme cendrier débordant de mégots et quelques bouteilles de vin et de Ricard. Vides. À gauche, le comptoir était couvert de vaisselle sale, tout comme l'évier. Derrière le rideau de couleur sombre, à demi tiré, on pouvait entrevoir un lit aux couvertures pêle-mêle et crasseuses. Une odeur forte de malpropreté et de désespoir régnait dans la place. Sur le mur, à côté d'un calendrier et d'une photo représentant un militaire sur une moto, le petit homme décolla une feuille d'un vieux calepin jauni. Il s'approcha pour me montrer ce qui y était inscrit. Il s'agissait du nom et du numéro de téléphone de la responsable de la réunion à laquelle nous voulions assister. Je réussis à comprendre qu'ici il n'y avait plus de réunion depuis un certain temps. Je l'invitai à m'accompagner au café.

Charlie fut ravi de ma trouvaille. Nous avons vécu là un moment à la fois rempli d'espoir et de tristesse. Alors que nous avions convié notre bonhomme à manger avec nous, il s'empressa sans gêne d'aller au comptoir commander au patron un double pastis. Ce dernier ressemblait tellement à mon père, j'en fis la remarque à Charlie :

— C'est incroyable cette ressemblance avec mon père ! La même tête, la même posture debout derrière le bar, son sourire sympathique avec aux coins des yeux les mêmes rides qui laissent de plus en plus paraître la tristesse, le désespoir, ajoutai-je la larme à l'œil.

— Holà, mon p'tit Claude, on s'ennuie de son père ?

Notre petit monsieur est venu se rasseoir et Charlie le fit parler. Nous avons appris qu'il avait fréquenté, pendant six mois, la réunion hebdomadaire en compagnie des deux ou trois membres qui venaient de Cahors chaque semaine. Il avait réussi, à ce moment-là, à ne pas boire une journée par-ci par-là. Récemment, il avait perdu son emploi chez le boucher et n'avait plus de quoi manger. Il me demanda de lui payer un autre verre parce qu'il avait soif, me dit-il, et dans un regain d'espoir il chercha à s'accrocher à nous. Il nous promettait que demain, oui demain, si on venait le chercher il arrêterait de boire. Charlie allait réagir, mais sachant trop bien qu'il n'y avait rien à faire de plus pour lui, il se leva pour signaler notre départ : « Bonne chance, mon vieux ! » Je suis allé régler la note, en lui payant un dernier verre, et nous avons quitté les lieux.

À Cahors, nous logions pour deux nuits dans un très bel hôtel situé sur la place Henri IV. Au petit-déjeuner, Charlie fut incapable de résister à toutes les pâtisseries, viandes froides et fromages. La sobriété alimentaire des derniers jours venait de prendre le bord. Sa nuit charnelle avec Mémé avait certainement contribué à ouvrir les écluses. Son avidité dénotait qu'il était à nouveau embarqué dans le manège des montagnes russes, à la merci de ses sens. L'ogre était de retour !

J'avais le sentiment de retourner à la case départ. Je commençais à m'essouffler à vouloir son bien. Mais je me suis gardé de ne faire aucun commentaire sur son assiette.

Pour digérer ce copieux repas, nous avons déambulé dans les petites rues médiévales. Devant une affiche de la coupe du monde de foot, Charlie s'immobilisa. Il prit sa posture et son ton solennels :

— En juillet prochain aura lieu à Toronto le congrès international de la fraternité qui fêtera son soixante-dixième anniversaire. Si tu es libre et que cela ne dérange pas tes plans avec Isabelle, j'aimerais beaucoup que tu m'accompagnes.

— Merci de l'invitation. Nous verrons.

Je crus comprendre par cette demande qu'il avait probablement décelé mon essoufflement et craignait un éloignement de ma part. Je n'étais pas certain d'accepter.

Le mas provençal

Charlie se réjouissait à l'idée que nous passerions la dernière partie de notre voyage au mas de l'amie d'Isabelle. Être en déplacements continuels l'avait fatigué. C'est sous un soleil radieux que nous fîmes une dernière halte avant d'arriver à destination. Nous avons cassé la croûte dans le petit village de Roussillon, juché sur un piton rocheux, avec ses maisons d'un ocre rouge, d'une beauté surprenante. La région est surnommée le Colorado provençal. Attablés à la terrasse d'un restaurant d'où l'on profitait de la magnificence du paysage de la vallée, je fixais à l'horizon le mont Ventoux, envahi par une tristesse soudaine. Je n'ai pas cherché à l'expliquer, mais comme Charlie me demandait ce que je ressentais, j'ai tout simplement dit: «J'imagine que le paradis doit ressembler à ça!»

Pendant les quelques kilomètres qui restaient, il me parla avec enthousiasme de ce livre qui l'avait tant fait rêver: *Une année en Provence*. J'écoutais, mais n'arrivais pas à chasser mon vague à l'âme. Nous avons trouvé l'endroit sans peine en suivant le plan qu'Isabelle nous avait tracé. Au bout d'une allée de cyprès, la coquette maison jaune aux volets bleus, juchée à flanc de colline au milieu d'une oliveraie, nous attendait. Au loin, on apercevait la ville de Manosque, au cœur même de la Provence de Giono. Mon ami s'exclama: «Mais c'est merrrveilleux!» Moi, j'étais hors champ.

Aussitôt la voiture immobilisée, Lili de Mirambaud, en propriétaire avenante, sortit du bâtiment voisin de sa maison pour venir nous accueillir. Isabelle m'avait beaucoup parlé de son amie, une artiste sculptrice qui travaille la pierre. Une femme au visage épanoui et au regard franc, qui nous manifesta sa joie de nous savoir enfin arrivés. Charlie se dandinait sur place et se faisait grandiloquent : « Madame, vous nous voyez très honorés d'être accueillis en ce lieu qui semble béni des dieux. » Elle lui avait souri en lui serrant la main.

Les présentations faites, nous avons sorti nos bagages et pénétré à l'intérieur directement dans la cuisine, un espace ouvert et lumineux avec en son centre un comptoir évier et des tabourets. Pas de table. Plusieurs sculptures en pierre s'étalaient ici et là. Des chaudrons étaient suspendus au-dessus de la cuisinière au gaz et une vieille armoire sans porte servait de vaisselier. Un âtre ouvert sur quatre côtés séparait cette pièce du salon qui faisait suite. L'escalier longeait le mur et Lili, aidée par Charlie, tira son énorme valise marche par marche, jusqu'à l'étage. « BonnE mÈre, que vous Êtes fortE, madamE Lili, lui lança-t-il imitant l'accent du Sud. » Elle lui montra sa chambre, spacieuse, avec deux fenêtres grandes ouvertes. Il ne put dissimuler son excitation et s'approchant de l'une d'elles, il s'exclama : « Je vois l'étendue de l'oliveraie, Claude, c'est merrrveilleux ! Ah, comme je vais bien respirer ici. Merci, merci, merci ! » avait-il piaillé comme un gamin fou de joie. Lili était contente que la chambre lui plaise.

Elle me guida à mon tour vers ma chambre à l'autre extrémité du couloir. Elle me laissa entrer, referma la porte et murmura : « Je préférais être seule pour vous dire qu'Isabelle a téléphoné, il y a une heure à peine, elle veut que vous la rappeliez de toute urgence. C'est au sujet de votre père, on l'a conduit à l'hôpital. » C'était donc ça le vague à l'âme ressenti plus tôt. J'ai suivi Lili jusqu'au bâtiment voisin, son atelier, pour téléphoner. Au passage, j'ai avisé Charlie de la nouvelle.

« Mon tendre amour… je suis désolée… ton père a fait un infarctus… il est décédé avant d'arriver à l'hôpital. C'est son employé Conrad qui m'a prévenue. Je suis si attristée », me dit-elle avec tendresse. J'étais en état de choc. La douleur ressentie lorsqu'on m'avait annoncé la mort de grand-papa a ressurgi et j'ai éclaté en sanglots. « J'aimerais être à tes côtés pour te consoler, te serrer contre mon cœur. Je t'aime, Claude, je partage ta peine… » Elle pleurait avec moi. « Merci, Isabelle… » Soudain, j'ai pensé aux habitués de l'hôtel : « Voudrais-tu demander à Conrad de garder l'hôtel ouvert et d'offrir aux clients et amis la dernière tournée du patron, à volonté ? » Cette demande me fit du bien. Je venais, par ce geste, de sympathiser à nouveau avec ceux qui avaient été ses proches. Isabelle acquiesça, c'était une très belle façon de manifester mon amour et mon respect à l'égard de ce qu'avait été sa vie.

J'étais toujours au téléphone quand Charlie est venu nous rejoindre dans l'atelier. Il s'approcha de Lili qui essuyait ses larmes. Il avait tout compris et murmura : « Marcel s'est envolé, il est libre maintenant. » Il mit sa main sur l'épaule de Lili. J'ai vu dans ce geste un félin posant sa patte…

Je me suis retourné pour poursuivre ma conversation avec Isabelle. Toutes sortes de pensées se bousculaient dans ma tête, mes émotions et ma raison essayaient de se faire entendre en même temps. J'éprouvais de la peine, mais je m'efforçais de prendre la situation en main. Isabelle le perçut et enchaîna : « Pour l'instant, laisse vivre ta peine en toi. Je vais parler à Lili et voir à organiser ton retour. Demande à Charlie s'il écourte aussi son voyage. On se reparle plus tard, mon amour. Je t'aime. » Plus que jamais j'ai ressenti à quel point sa présence était importante dans ma vie. Je l'ai remerciée et j'ai passé le combiné à Lili.

Mon ami est resté planté là. J'aurais souhaité qu'il fasse un pas vers moi, qu'il me prenne dans ses bras. Je me suis senti terriblement seul. Abandonné. La voix éraillée, je lui ai dit : « Je dois retourner à Montréal, mais toi reste, profites-en… » et je suis sorti.

Je me suis retiré dans ma chambre. À la fenêtre, j'ai suivi le dernier rayon de soleil qui glissait lentement sur le mur de l'atelier, jusqu'à l'eau de la fontaine, comme pour s'y abreuver. Je levai la tête pour me perdre au loin dans la vallée, vers La Durance et les amandiers en fleurs. Mon père venait de mourir et plein de souvenirs inondaient le ciel. Je me rappelai un voyage de pêche que nous avions fait un jour et à nouveau j'eus le visage noyé de pleurs. Charlie passa et s'adressa à moi :

— La mort… la mort… dit-il en secouant la tête et il ajouta : tu ne préférerais pas que je t'accompagne ?

— Ce n'est pas nécessaire.

Lili avait téléphoné pour changer mon vol, elle attendait la confirmation.

En soirée, installé devant le feu, j'ai raconté ma vie auprès de mon père. Charlie s'était assis près d'elle. J'aurais souhaité être seul avec lui, mais peut-être était-ce mieux ainsi. Il semblait davantage préoccupé par la présence de notre hôtesse que par ma tristesse. Je sentais aussi que le sujet de la mort le dérangeait, tout comme elle venait changer nos plans, et cela le contrariait. Pré-textant la fatigue, j'ai abrégé mon épanchement pour les laisser seuls au salon. Je suis monté me coucher.

Cette nuit-là, j'ai peu dormi.

Vers deux heures, je suis descendu à la cuisine. Dehors, le pays dormait sous un ciel sans lune. Je me suis fait un café pour tenter de clarifier tout ce fouillis dans ma tête. C'était curieux de terminer ainsi le voyage. J'étais assailli par les préoccupations à venir : le notaire, le comptable, les funérailles. J'étais aussi envahi par toutes sortes de souvenirs reliés à mon enfance, ma vie d'homme. J'ai pleuré en réalisant que je n'enten-drais plus la voix calme de mon père, son rire qui faisait de lui un bon public, que je ne le reverrais plus derrière son bar dans sa posture fière et accueillante… J'ai pensé que j'aurais aimé lui tendre la main. Mon souhait de lui venir en aide, je l'avais projeté sur mon ami. Je réa-lisai le parallèle entre lui et mon père : presque le même âge, tous deux ancrés dans leurs habitudes, l'un les groupes de soutien et l'autre son hôtel. Cette ressem-blance me permettait de mieux saisir le choix et le besoin que tous deux avaient eu d'être entourés de leurs pairs. Pour ne plus être seul, aux prises avec leurs tourments.

Accablé, je suis sorti pour alléger le fardeau de ma peine. La nuit étoilée de cette campagne provençale se faisait accueillante. Je me suis engagé dans l'oliveraie. À voix haute, je l'ai remercié. Je lui ai raconté ce qui m'avait rendu heureux et ce qui m'avait désolé, ce que j'avais apprécié et ce qui m'avait manqué, ce que j'avais eu plaisir à faire en sa compagnie et ce que j'aurais souhaité. Je lui ai exprimé la tristesse et l'impuissance que j'ai éprouvées à le voir prisonnier de la bouteille.

J'ai terminé mon chuchotement assis sous l'amandier près de la maison : « Papa, je t'ai toujours aimé. J'ai hérité de ton calme, de ton allure fière, il me sera facile de te faire apparaître dans mon miroir. J'imagine qu'au moment où la douleur fatale s'est annoncée, conscient de ce qui t'arrivait, tu n'as pas paniqué et tu as pris le temps de me dire : "Je t'aime, mon fils. Adieu." Je t'imagine, et à mon tour je te dis : "Je t'aime, papa. Adieu." »

Je me suis réveillé, couché en chien de fusil sur le banc près de la maison, ma veste de laine remontée jusqu'aux oreilles. Le jour était levé, le mistral aussi, bousculant quelques nuages dans le bleu du ciel.

Charlie ouvrit les volets de sa chambre. Il apparut à la fenêtre et s'exclama, avec l'accent chantant provençal : « Bonne mère de bonne mère, un autre beau vingt-quatre heures qui commence ! » Il ajouta, en ouvrant les bras vers le ciel : « Hé toi, là-haut, le bon Dieu, prends bien soin de Marcel. Assure-toi que son âme repose bien en paix et que celle de Claude, son fils, ici-bas se laisse accompagner par notre présence aimante. Voilà, Seigneur, je te le demande personnellement. » Il se tourna ensuite vers moi : « Bonjourrr, Claude ! » Quel réconfort de l'entendre !

Lili sortit de l'ancienne borie à moutons qui lui servait d'atelier, les mains garnies d'un plateau regorgeant de brioches toutes chaudes. Elle était vêtue d'un ample pantalon de coton, orangé, et d'une camisole blanche légère, sans manches, qui rendait grâce et beauté à sa poitrine bien proportionnée, ses larges épaules et ses bras forts. Son allure et sa démarche énergique éclipsaient son âge mûr. Mon ami, en apercevant les brioches et la camisole, chantonna sur l'air de *Gigi l'Amoroso* de Dalida : « Lili la brioche, quelle beauté, quelle merveille, quelle gentillesse ! » Pendant le petit-déjeuner, ils échangèrent plusieurs regards complices. Nous allions quitter la table lorsque la sonnerie du téléphone se fit entendre : « C'est sûrement la confirmation pour ton vol... » dit Lili en se précipitant pour aller répondre.

— Je suis content de te voir si serein, me dit Charlie.

— J'ai passé une partie de la nuit en conversation avec mon père, ce fut apaisant. De savoir que tu termineras le voyage en cet éden provençal me réjouit.

J'allais le taquiner au sujet de Lili quand elle est revenue avec la confirmation que je partais de Paris le lendemain. Elle me proposa de prendre le TGV en fin d'après-midi à Marseille, d'y laisser la voiture au bureau de location de la gare et de dormir à l'hôtel de l'aéroport. Je l'ai remercié pour la réservation et ses délicieuses brioches.

Je les ai laissés dans leur regard complice et je suis monté à ma chambre fermer ma valise. De la tanière de Lili, les Holala ! Ohhh ! Ahhh ! s'élevèrent au-dessus des toits accompagnés de rires et de joyeuses souffrances. Grâce à la complicité du vent, certains voisins avaient certainement partagé, tout comme moi, leurs ébats.

Au moment où je fermais le coffre de la voiture, Charlie est sorti de la borie en caleçon, sans canne, et d'un bon pas est venu me rejoindre. Il ne boitait plus. Un miracle s'était-il produit ?

— Claude, prononça-t-il gravement.

— Oui, mon ami.

— Je veux épouser Lili !

— Tu es en amour ?

— Euh, ouiii ! Euh, non, non. Je suis mort de peur ! Ne me laisse pas ici, dit-il, d'une voix suppliante.

Une nouvelle flamme

Dans l'avion qui nous ramenait, mes pensées allaient dans tous les sens : formalités à remplir, décisions à prendre, démarches à suivre… puis le visage d'Isabelle se superposa aux tracas. Elle me rassurait, me disant de ne pas m'en faire, elle me seconderait et m'attendait impatiemment. Je me suis alors imaginé papa quelque part dans les nuages qui veillait sur notre futur amoureux.

Avec l'aide d'Isabelle la planification et le déroulement des funérailles se passèrent dans la sérénité. Beaucoup de gens étaient venus au salon pour me témoigner leur sympathie, dont plusieurs clients de l'hôtel que je n'avais pas revus depuis longtemps. Une odeur de houblon ou de bourbon les précédait. Des souvenirs avaient été évoqués et parmi les témoignages revenait souvent la mention que papa avait été un homme bon, juste et généreux.

J'étais content que Charlie, après avoir fait un saut chez lui à Québec, soit venu assister aux obsèques. Au cimetière Côte-des-Neiges, à l'écart de la cinquantaine de personnes qui formaient notre cortège, je pris le temps de faire quelques pas seul avec lui. Notre bref échange éveilla en moi une tristesse que je n'arrivais pas à saisir. Elle n'était pas due à la peine liée au deuil que je traversais. Non, plutôt quelque chose dans l'attitude de mon ami, qui trahissait un éloignement.

— Tu penses toujours à Lili ?

— Un peu, mais je sais que c'est beaucoup mieux d'être revenu ici.

Et il s'empressa de changer de sujet.

Il s'était immobilisé, prenant comme toujours appui sur sa canne, et il fixait le sol, pensif, probablement en audience privée avec sa propre mort, pensai-je. Quand cette dernière rôdait, je la reconnaissais à cette tension qui marquait son front et à son regard qui se perdait dans le vide. J'allais lui demander: « Te prépares-tu à partir? », mais j'ai retenu ma question. Les mots, qui me sont venus, furent:

— Tu sais que je t'aime beaucoup?

— Oui, je le sais.

Je le lui ai dit comme on s'adresse à un être cher que l'on ne reverra plus. Sans attendre une réaction de sa part, je me suis retourné pour rejoindre Isabelle. Il m'interpella:

— Claude? N'oublie pas: Dieu aussi t'aime beaucoup.

— Je sais. J'ai toujours vu son sourire en toi, lui dis-je les larmes aux yeux.

Ce court entretien m'avait inondé de chagrin. Je venais de reconnaître chez mon ami la distance qu'il venait de prendre avec lui-même et qui caractérisait si bien le dépendant à nouveau sous l'emprise de ses obsessions. Cela me priverait encore de sa présence affectueuse.

Alors que je m'approchais de mon amoureuse, l'officiant remettait une rose à chacun. Au moment de déposer la mienne sur le coffre funéraire contenant l'urne de mon père, j'ai aperçu Charlie qui filait à l'anglaise. Une pensée m'a traversé l'esprit: « Papa, prends soin de mon ami », et je jetai la rose dans la fosse mortuaire.

———

Grâce à Isabelle, si attentionnée, je surmontai le déferlement qui suivit: envoyer les cartes de remerciements, vider le logement de papa, distribuer ses effets personnels, liquider la succession, etc. J'étais retourné au bureau où m'attendait un horaire chargé. Pour l'instant, être occupé s'avérait une bonne chose. Isabelle passait beaucoup de temps auprès de moi. Ensemble nous nous préparions aux autres changements à venir.

À quelques reprises, j'aurais volontiers passé un week-end à marcher aux côtés de mon ami pour lui raconter ce que je traversais. De son côté aussi les choses avaient changé. Ce voyage lui avait donné des ailes et il allait bientôt prendre son envol vers une autre destination.

Charlie venait d'accepter l'invitation de Stella et Théo d'aller trois semaines à Acapulco. Il leur consacrait désormais beaucoup de temps. Il faisait dorénavant partie de la famille. Théo lui avait fait une place dans sa compagnie. Pour l'accommoder et lui rendre la vie plus aisée, il lui fournissait une voiture et un cellulaire à titre de commissionnaire. Tous les jours, mon ami se rendait aux bureaux de l'entreprise, adjacents à leur maison. Il avait pris l'habitude d'aller promener le chien. Stella, pour sa part, conviait régulièrement à sa table ce cher Parrain, comme elle l'appelait affectueusement. Elle lui gardait toujours une réserve de tarte au sucre et de crème glacée, son dessert préféré.

Depuis les funérailles, je n'avais pas reparlé à Charlie. C'est Théo qui m'avait donné des nouvelles et qui me racontera plus tard ce qui suit. Dès le lendemain de leur arrivée à Acapulco, mon ami avait fait une rencontre qui allait bouleverser sa vie. Après avoir assisté à une réunion en début de soirée, lui, Stella et Théo s'étaient rendus au McDo pour manger un cornet de crème glacée. Sur place, Charlie avait souri à une jeune maman qui, avec son petit garçon de quatre ans, venait de s'asseoir sur la banquette voisine. Elle lui avait rendu son sourire et avait soutenu son regard juste assez longtemps pour tisser un lien entre eux. Même s'il avait plus de deux fois son âge, les regards et l'attention qu'il avait eus pour elle confirmèrent à cette jeune femme qu'il l'appréciait grandement. La conversation en anglais lui permit d'apprendre d'emblée quel rêve elle chérissait : celui de venir vivre au Canada et plus précisément à Vancouver. Notre ami ne se possédait déjà plus. Chaque jour, il s'imposa le rituel d'aller en réunion et ensuite de la rencontrer au MacDo où ils se donnaient rendez-vous. Il devint de plus en plus irritable et même désagréable avec Stella et Théo. À partir de ce moment, il n'eut plus qu'une idée en tête, la faire venir au pays, non pas à Vancouver, mais pour vivre avec lui à Québec. C'est ainsi qu'au retour d'Acapulco il m'avait téléphoné pour m'annoncer ce que je ne savais pas encore à ce moment-là :

— Claude, je suis en amourrr !

— Quelle bonne nouvelle !

— C'est merrrveilleux !

— Je suis content pour toi.

— Merci, mais allons droit au but. Si je t'appelle, c'est pour te demander, même si cela me gêne un peu, ton aide financière. J'aimerais t'emprunter l'argent nécessaire pour retourner là-bas et la ramener avec moi.

— Quoi ? m'exclamai-je tombant des nues, et j'ajoutai : ramener Lili ?

— Non, non, ce n'est pas d'elle qu'il s'agit. Ah! j'ai oublié de te parler de mon voyage au Mexique...

— Ah bon, au Mexique! Et elle s'appelle comment la *señorita* qui semble avoir embrasé ta vie?

— Marguerita! C'est joli, n'est-ce pas? Marguerita!

Avant de procéder au déplacement de cette flamme, qui semblait déjà le consumer jour et nuit, j'encourageai mon ami à se rendre d'abord au bureau de l'immigration afin d'obtenir les informations sur les démarches à suivre. C'est ce qu'il fit, mais fut très peiné d'apprendre que son statut social et financier ne lui permettait pas, même en l'épousant, d'être son répondant. Cela aurait dû calmer ses ardeurs, mais non. Un jeune narcomane, qu'il parrainait à Québec, accepta de se porter volontaire et de servir d'époux. Tous les jours, mon ami se rendait à la bibliothèque Gabrielle-Roy pour communiquer par courrier électronique avec sa belle Marguerita et lui faire part de l'évolution de la situation. De son côté, le projet de quitter le Mexique avait causé un remous au sein de sa famille et elle le pressait de revenir à Acapulco pour expliquer la situation à sa mère.

Même si je considérais qu'il s'embarquait dans une histoire compliquée, j'étais disposé à lui apporter mon aide. C'était la seule chose que je pouvais faire, puisque tenter de le raisonner était peine perdue et ne faisait qu'attiser les foudres de sa colère. Dans un premier temps, il abandonna l'idée de s'y rendre en avion, à cause du prix élevé d'un billet de dernière minute et parce qu'il craignait de faire une crise d'angoisse. Théo lui proposa de partir avec l'auto de la compagnie, muni d'une carte de crédit et du téléphone cellulaire. Il accepta. Il prévoyait quatre jours pour se rendre à Acapulco. Seize heures après qu'il eut quitté la capitale,

Théo lui téléphona pour s'informer si tout allait bien et savoir où il pensait s'arrêter pour dormir. Cette simple question avait déclenché une insécurité telle, qu'avant même d'avoir terminé la conversation, la crise d'angoisse avait surgi et il avait fait demi-tour. Ne s'arrêtant que pour faire le plein d'essence et de café, il était revenu d'une traite. Il avait conduit pendant trente-deux heures, sans dormir ni manger.

Mais sa persévérance et son obsession ou sa soif de Marguerita allaient venir à bout de la situation. C'est finalement muni de son sac de voyage, d'un gros oreiller, de son cellulaire et d'un billet d'autobus Greyhound qu'il traversa, quarante-huit heures plus tard, la frontière du Texas au Mexique. Les vingt-quatre heures de trajet qui restaient à faire jusqu'à Acapulco, il les endura dans un autobus plus modeste et suffocant. Craintif, il n'avait pas fermé l'œil. Il communiquait régulièrement avec Théo et cela le sécurisait. C'est dans un état quelque peu défraîchi qu'il retrouva sa charmante basanée. Elle lui avait déniché une pension tout près de l'endroit où se tenaient les réunions. Soulagé de la retrouver, mais épuisé, à peine avait-elle commencé à lui expliquer que son frère et sa mère s'opposaient à son départ, qu'il tomba de fatigue. À son réveil, il trouva, sur la table, un bout de papier et un autre cellulaire avec le numéro au travail et l'adresse où la retrouver pour le lunch. Il se présenta au rendez-vous, tout ragaillardi et disposé à aider cette jeune mère monoparentale et à lui permettre de réaliser son rêve canadien. Dans un anglais approximatif, elle lui apprit que son frère aîné ne voyait pas d'un très bon œil qu'un vieillard de presque soixante-dix ans enlève sa sœur de trente-deux ans et prive son fils de quatre ans de sa mère. Charlie ne m'appelait pas. J'étais tenu au courant des développements par Théo.

Pendant les jours qui suivirent, ils s'étaient revus à la sauvette, le frère devenant menaçant. L'atmosphère ne permettait pas une rencontre avec la famille. Il aurait souhaité, avoua-t-il à Théo, qu'elle s'enfuie avec lui, mais comprenait qu'elle ne pouvait pas abandonner son fils.

En réunion, il se lia d'amitié avec un avocat, sobre depuis deux ans. Ce dernier appréciait beaucoup l'aide de Charlie et ils se voyaient tous les jours. Il lui offrit de venir habiter gratuitement la luxueuse maison de l'un de ses amis, en prison pour une affaire de pédophilie et dont il défendait la cause. Charlie trouva l'offre alléchante, mais craignit que l'endroit soit surveillé et que cela occasionne des complications. Il était déjà assez préoccupé par l'impasse dans laquelle il se trouvait avec sa Marguerita.

Les rencontres ont fini par s'espacer, ils ne se voyaient plus qu'un jour sur trois. Elle devait constamment inventer des courses à faire au centre-ville, pour pouvoir le croiser dans les allées du Cosco ou du Wal-Mart, toujours stressée par la situation. Elle était gentille, un peu aguichante et entretenait la dévotion de Charlie à son égard.

Un matin, toute cette situation commença à lui peser : la différence d'âge, la famille de Marguerita, sa situation financière qui l'empêchait de convoler. Il se sentit très malheureux et décida de rentrer au pays. Le mieux serait qu'elle vienne le rejoindre au Québec pour un premier séjour. Il avait donc repris l'autobus, seul. Mais le cœur davantage tisonné, car la veille, sa princesse inca, craignant de le perdre, avait réussi à venir le rejoindre à la pension. Quelques caresses et attouchements audacieux avaient suffi à lui faire promettre l'envoi d'un billet d'avion.

Dans l'autobus qui le ramena, pendant trois jours et demi, il ne cessa de se repasser le film de ces derniers instants en sa compagnie. C'est à partir de ce moment qu'il sombra définitivement dans l'obsession avec comme bruit de fond le nom de Marguerita.

C'est en grande partie par Théo que j'appris toutes les péripéties et les pirouettes par lesquelles mon ami était passé. Tantôt un dévoué don Quichotte ou un romantique Cyrano de Bergerac. Voulant le retrouver dès son retour au bercail, je me suis annoncé pour un week-end à Québec. Je décidai de m'y rendre seul et de loger à l'auberge. Je pressentais quelque chose.

Château Frontenac

C'est ainsi que nous nous sommes retrouvés pour ce fameux rendez-vous, dont il a été question au début de mon récit, sur la terrasse, devant le Château Frontenac. Comme je l'ai déjà mentionné, Charlie venait de fantasmer sur de mignonnes petites Chinoises et avait retrouvé son air grave, quand je lui avais demandé : « Comment ça va ? » Il m'avait répondu : « Je vais mourir. » Le ton sec qu'il avait utilisé suscita chez moi davantage de surprise que de sympathie.

Nous avons alors commencé à marcher, mais pas comme à l'accoutumée. Il se promenait davantage comme un touriste ; la tête pivotant dans toutes les directions comme pour ne rien manquer. Il m'avait tout de même raconté que son retard était dû à la visite de la mort, au saut du lit, et qu'il avait pris le temps de l'accueillir. Elle s'était manifestée par une douleur persistante au bas du ventre, du côté gauche. À ce moment, il avait vu sa vie défiler. Cette expérience l'avait laissé avec la certitude d'être arrivé au terme de sa vie. Convaincu, cette fois-ci, que c'était la bonne, il ne s'était même pas demandé s'il aurait aimé vivre plus longtemps. Il n'avait pas paniqué et était même serein à l'idée de me l'annoncer. J'ai osé lui demander : « Est-ce que tu vas consulter ton médecin pour avoir un diagnostic ? » De toute évidence, ma question lui déplut et sa réaction fut instantanée. Il s'arrêta net, hochant la tête négativement. Puis se tournant vers moi et affichant une moue au regard glacial, à en faire craquer les remparts de mon intérieur, il répliqua sur un ton sibérien, pour mettre un point final au sujet : « J'ai pas besoin de consulter… » Il fit une pause et je vis qu'il retenait l'insulte qu'il aurait pu me servir. Les dents serrées et avec hargne, il ajouta : « J't'ai dit que je vais mourir. »

Je me suis senti bâillonné, impuissant même à lui tendre la main. C'était la première fois qu'il utilisait ce ton avec moi. Venait-il de transgresser inconsciemment ce qui nous unissait, afin de créer une brèche dans notre amitié ? Pourquoi voulait-il m'éloigner ? Tout ce que nous avions accumulé en vingt-six ans de cheminement, je le sentais capable de le fracasser. Ce qui me troubla, dans le silence qui suivit, fut de réaliser la distance qu'il y avait désormais entre nous. Cet éloignement me rappela nos retrouvailles à New York. La luxure, à ce moment-là, l'avait coupé du monde. Il n'en n'était pas encore là, mais son comportement d'isolement laissait entrevoir que quelque chose se tramait.

Ce souvenir m'attrista. Je venais de comprendre que l'annonce de sa mort m'affectait, certes, mais pas autant que le constat de son éloignement. Une désolation, comme un raz-de-marée, m'emportait loin de lui avec l'avertissement qu'il ne fallait surtout pas que je tente de le sauver. J'aurais voulu crier : « Non, non ! Ne t'éloigne pas, mon ami, accroche-toi, ne laisse pas le plaisir charnel t'envoûter et te voler ton présent, accueille la mort. »

Troublé, déconcerté, je ne savais plus comment me comporter. Je me répétais sans cesse : surtout ne pas réagir pour ne pas l'éloigner davantage. Je le voyais s'enfoncer et, témoin impuissant, je ne pouvais rien faire tant qu'il ne demanderait pas de l'aide. Je brisai ce long silence, qui nous avait conduit jusqu'au bout de la terrasse, en prononçant le nom magique :

— Marguerita est-elle au courant ?

— Je te l'ai dit à toi, parce que ça fait longtemps qu'on se parle, toi et moi. Mais je n'ai pas l'intention d'en parler, à personne d'autre !

À quelques reprises, Charlie m'avait parlé comme s'il était à la veille de mourir. Chaque fois, dans le respect attribuable à quelqu'un qui se meurt, je lui faisais mes adieux. Cette fois-ci, j'en avais la certitude tout comme lui, c'était la bonne, la vraie. Savait-il de combien de temps il disposait ? Était-ce le moment de lui souligner une fois de plus mon appréciation, mon affection ? Je n'avais pas à le faire. À chacune de nos rencontres, j'en avais témoigné. Je me sentais plutôt frustré de ne pouvoir être solidaire de ce qu'il traversait. Ce qui l'intéressait et l'animait, c'était la venue prochaine de Marguerita et non sa propre mort.

Je me suis levé du banc où nous avions si souvent fait une halte, à la différence, cette fois-ci, qu'il n'y avait pas eu d'échange entre nous. Arborant mon sourire le plus sincère, en signe de résignation, je lui demandai :

— On continue de marcher ?

— Trrrès bonne idée, m'a-t-il répondu.

Sans le dire, son hochement de tête signifiait qu'il était satisfait de mon lâcher-prise.

Au moment où nous allions partir il fut soudain happé par une douleur violente à l'aine qui le fit grimacer.

— Qu'est-ce que tu as ? demandai-je en lui tenant le bras.

— Une crampe. Ça va passer, ajouta-t-il péniblement.

— Tu es sûr? Ça m'apparaît plus sérieux que ça, mon ami. On devrait peut-être se rendre à l'urgence?

— J't'ai dit que c't'une crampe. O.K. là, câlisse!

— O.K., j'ai compris.

Malgré la douche froide de son «câlisse», je l'aidai à avancer jusqu'au banc le plus proche. Nous étions, à ce moment, sur une passerelle accrochée à la falaise, qui, de la terrasse, mène sur les Plaines. C'est là que nous sommes ensuite restés assis un bon moment, en silence. Je me sentais exactement comme cette passerelle, suspendu dans les airs. Il avait tourné la tête sur sa gauche et fixait l'horizon en direction de l'île d'Orléans. Moi, je regardais en face couler le fleuve, espérant que le courant emporte sa douleur et sa froideur. Je n'avais jamais imaginé que notre amitié aboutirait à un froid semblable, même si je le savais capable d'une telle attitude. Il n'y a pas si longtemps, il m'avait pourtant prévenu de me méfier. En louchant vers lui, j'ai été horrifié de voir sur son visage les traits du mépris qui accentuaient la moue de dédain qu'il avait parfois envers la vie. Muet, il resta figé dans l'indifférence.

Cette réalité, j'aurais préféré ne pas en être témoin. Mon ami, lorsqu'il se prive de sérénité, de sensibilité, d'altruisme, n'est pas beau à voir et, en plus, il devient d'une compagnie exécrable. Il rompit enfin ce silence pour dire: «Tu peux partir, je vais rentrer seul.»

Ce soir-là, dans ma chambre à l'auberge, j'ai eu du mal à refouler toutes les pensées négatives qui m'assaillaient. Je m'en voulais de ne pas avoir rétorqué à son «O.K. là, câlisse!» sur le même ton: «Câlisse, laisse-toi donc aider!», mais cela ne me ressemblait pas de répondre ainsi. Mes pensées tumultueuses ont fini par s'apaiser et j'ai accepté sa réalité et ses choix. J'ai pensé : chacun est libre de vivre comme il l'entend et cela ne regarde que soi. Chacun assume les conséquences de ses actes. Je me suis rappelé ensuite que l'individu aux prises avec une dépendance s'organise toujours pour éloigner tout ce qui pourrait nuire à sa quête. Dans le cas de Charlie, c'était sa liaison avec sa belle mexicaine.

Allongé sur mon lit, fixant les poutres du plafond, je me suis repassé le film de la journée, en commençant par l'annonce de sa mort... sa douleur... sa peur de mourir camouflée derrière sa froideur... son indifférence. À voix haute, je me suis exclamé : « Mais voilà ! C'est ça, mon ami ressent tout simplement l'urgence de vivre. » Voilà pourquoi cette femme revêt une importance capitale !

Le lendemain midi, je me suis rendu au Saint-Gérard. Il ne m'avait pas téléphoné à l'auberge. Cela ne faisait que confirmer son éloignement. Je comprenais et je savais que si je voulais le joindre, il n'en tenait qu'à moi. Il se versait un café, lorsque je m'approchai avec mon sourire du dimanche : « Bonjour ! » Surpris de me voir, il me scruta un instant avant de répondre sans émotion : « Bonjour, Claude. » Il prit une gorgée et s'exclama : « Que c'est bonnn, du café ! Tu ne sais pas ce que tu manques, Claude. » Il avait prononcé mon prénom deux fois en l'espace de quelques secondes, et ce, sans la chaleur habituelle dans sa voix. C'était sa façon de me dire qu'il me tenait à distance, après ce qui c'était passé hier. Mon ami demeurait sur son quant-à-soi. Il acceptait ma présence, pour l'instant. Mais, le connaissant, au moindre geste ou parole contrariante, il m'enverrait paître ailleurs que dans son champ de vision.

Comme d'habitude, je me suis assis à côté de lui. La réunion allait bientôt débuter. Il buvait son café et tout en marmonnant de satisfaction, il demanda :

— Hum ! Miam ! Est-ce que je t'ai dit que j'étais en amour ?

— Oui, tu m'en as glissé un mot. C'est merveilleux !

— Est-ce que je t'ai dit qu'elle s'appelait Marguerita ?

— Oui, on ne peut pas oublier un si beau prénom.

— Elle m'a envoyé ce matin une photo d'elle par courriel.

Il la sortit de sa veste et me la montrant s'exclama :

— Dieu fait des merrrveilles !

— Elle est très jolie, la vie te gâte…

Pour la première fois je venais d'hésiter à ajouter : mon ami.

La réunion commença et se termina sans que je m'en rende compte. Bizarre sensation que celle de se sentir orphelin, près de celui qui pendant des années aura été un guide, un modèle et un père de cheminement. Je remarquai que ma spontanéité et ma confiance étaient absentes. Notre lien battait de l'aile et, sans cette complicité, le vol à deux devenait hasardeux. Comme l'oiselet, au jour de quitter le nid, apprend que c'est chacun pour soi, je me suis levé pour quitter la réunion, quitter mon ami. Soudain, il m'interpella. Mais c'était pour me parler encore de sa Marguerita :

— J'espérais que Marguerita puisse venir à la fin juin. J'aurais aimé qu'elle m'accompagne au congrès international de Toronto. Toi, serais-tu libre finalement pour m'accompagner?

— Oui. Ça me tente, j'aimerais voir ça.

J'étais un peu sonné par la tournure des évènements, moi qui pensais que le temps était venu d'aller mon chemin, sans lui. Que venait-il de se passer? Est-ce que le destin nous attrapait tous les deux par le collet comme des petits garnements? De toute évidence, une suite s'annonçait. Pour dire à quel point j'étais absorbé, je n'avais même pas remarqué la présence de Théo, arrivé en retard. Il nous proposa d'aller casser la croûte au resto *L'Antiquaire*, rue Saint-Paul. En stationnant, à l'angle de la rue Saint-Pierre, mon ami nous demanda pour la ixième fois s'il nous avait déjà dit que son père avait eu son bureau dans l'immeuble qui faisait le coin.

Attablés à l'étage, après avoir commandé le menu du jour, une soupe aux pois et le hamburger steak servi avec oignons frits, sauce et frites, Charlie raconta comment, dans les réunions en France, même le simple pâtissier s'exprime avec éloquence alors que lui, avec son niveau de langage, s'était senti comme une crotte de nez, un moins que rien, un ignare. J'ai failli lui répondre à quel point les Français rencontrés avaient tellement apprécié sa façon de dire les choses. Mais je me suis abstenu. Il aurait pensé que je cherchais à le contredire et ça n'était pas le moment. Je le savais se promener *la mèche courte*. Plus il continuait de se comparer en position d'infériorité, plus j'aurais aimé lui dire combien chacune de ses interventions avait été grandement estimée. Autant par ses expressions savoureuses et colorées que par sa sagesse et sa réflexion sur la sobriété. Mais lorsqu'il se tourna vers moi pour me demander d'abonder dans son sens, tout ce que je trouvai à dire fut de souligner qu'ils avaient adoré notre accent. Durant la suite du repas, à part une mention à Théo que lui et moi irions ensemble à Toronto, il ne fut question que de Marguerita par-ci, Marguerita par-là…

TORONTO

Pour la première fois, en vingt-six ans d'amitié et de rencontres, je quittais mon ami la mort dans l'âme. Dans le train qui me ramenait, je me suis laissé aller à l'émotion que provoquait sa mort prochaine, non confirmée mais sérieusement pressentie. Comment accepter également qu'il termine sa vie comme il l'avait commencée : en état de survie sous l'emprise des sens, de l'obsession, de la démesure et du je-m'en-foutisme. Pas facile non plus d'accepter que notre communication souffre d'un si puissant bruit de fond. Depuis qu'il m'avait proposé de l'accompagner au congrès, j'essayais d'entendre ce que mon intuition cherchait à me révéler.

Ce soir-là, dans les bras d'Isabelle, je parlai de ma rencontre avec Charlie, de sa distance et de mon intention d'aller vivre ce moment avec lui à Toronto. Sur ce dernier point, j'avais pris le ton grave du soldat qui annonce qu'il partira bientôt pour le front. J'anticipais un affrontement possible.

Deux jours avant le départ, je fis un rêve prémonitoire. Nous étions trois, lui, Marguerita à son bras et moi. Beaucoup de gens nous entouraient. Nous prenions l'ascenseur et la foule nous a soudainement refoulés au fond. Marguerita s'est retrouvée contre moi et Charlie collé dans son dos. Je souriais devant la situation, mais mon ami en était contrarié. J'étais sur son terrain de chasse et la jalousie dans ses yeux avait allumé sa mèche… Je me suis réveillé avant que tout explose.

Isabelle est venue me déposer devant la Gare centrale. En m'embrassant, elle a dit : « N'oublie pas mon tendre et cher amour… je t'aime ! Mon cœur reste blotti contre le tien. »

Le train en provenance de Québec était arrivé depuis une heure. Charlie m'attendait sur un banc, près de la porte quatorze, où était affiché l'heure du départ pour Toronto et le numéro du quai. Parce que quatorze est mon chiffre chanceux, j'ai été tenté d'imaginer que mon ami avait retrouvé la sérénité et qu'il était redevenu un homme libre, tourné vers le merveilleux du monde. En me voyant, il ne se leva même pas pour me faire l'accolade. Il m'a dit bonjour en me présentant la main. Je la lui serrai et, me penchant vers lui, je l'entourai de mon autre bras. D'emblée il me dit :

— Après Toronto, je vais voir Marguerita à Acapulco, sa mère a finalement accepté de me rencontrer, me dit-il arborant un sourire forcé. Ce genre de sourire m'avertissait qu'il n'était pas question, ici, de se moquer de quoi que ce soit concernant Marguerita.

Durant la première des cinq heures que dure le trajet, j'ai parlé. Charlie m'a écouté. J'étais surpris de le voir s'intéresser, à nouveau, à ce que j'avais à raconter. Par intervalles, je lui demandais s'il ne préférait pas se reposer et, chaque fois, il manifestait son intérêt et m'invitait à poursuivre.

Je lui ai donc fait part de ce qui s'était déroulé dans ma vie depuis la mort de mon père, que j'allais procéder à certains changements professionnels. Après la vente de l'hôtel, je prévoyais de fermer mon cabinet et songeais à prendre un congé sabbatique. Peut-être pour retourner en Provence. Je vivais maintenant avec Isabelle… Je lui parlais et au lieu d'être dans l'attente d'une reconnaissance de sa part, mes paroles résonnaient en moi. J'ai aimé l'expérience. L'écoute était devenue transparente, docile. Par le passé, nos échanges, visant l'entraide, avaient besoin d'être épaulés. Aujourd'hui, ce n'était plus nécessaire.

J'ai cru, un moment, qu'il me faisait cadeau de sa vieille écoute, parce que lui-même n'en aurait plus besoin. Lorsqu'il sentit la fatigue le gagner, il me dit :

— C'est merveilleux ce qui t'arrive, je suis content pour toi, Chevalier. Prends bien soin de ton Isabelle.

— J'y compte bien.

Il cala sa tête dans l'oreiller et s'assoupit rapidement. Je suis resté un bon moment à savourer cette heure d'accalmie que nous venions de vivre. Comme une bénédiction. Puis j'ai pensé au mal qui le rongeait, qui sapait son énergie. Un cancer quelconque ? Fort probablement. Cette vie qui lui avait été prêtée, depuis qu'il ne buvait plus, comme il disait, semblait lui être graduellement reprise. En supposant qu'il existe un Grand Créancier, ce dernier lui avait certainement fait grâce à quelques reprises au cours de la traversée tumultueuse de sa vie.

Il dormit deux bonnes heures. Dès son réveil, il regarda l'heure à sa montre. Puis comme inquiet, il fouilla dans son sac pour en sortir la carte brochure du centre-ville de Toronto que nous avions reçue par la poste avec notre trousse de congressistes. Malgré ses grandes lunettes qui lui donnaient l'allure d'un hibou, il se colla le nez à la carte. À l'aide de son doigt, il pointa ce qu'il y avait déjà encerclé : la gare, le pavillon Saint-Joseph de l'université où nous allions loger, l'angle des rues où se trouvait la réunion la plus proche qui avait lieu ce soir-là. Après s'être assuré d'avoir bien fait le repérage et avoir regardé sa montre à plusieurs reprises, il se tourna vers moi :

— J'ai une proposition. En débarquant, si on prend un taxi jusqu'au pavillon, qu'on dépose nos bagages et qu'on file aussitôt, on devrait arriver avant que la réunion commence.

Il était comme un enfant dont le bonheur est suspendu à la réponse qui se doit d'être un oui.

— C'est parfait, j'aime beaucoup aller en réunion avec toi, lui répondis-je enthousiaste.

Aller en réunion tous les jours était pour lui comparable à la messe des gens pieux. Tout animé, il sortit de sa valise des vêtements et s'en alla illico aux toilettes. Lorsqu'il revint à sa place, il portait une chemise à carreaux, rose et turquoise, une cravate rouge, une veste bleu marine et un pantalon vert foncé. La canne et les verres fumés lui donnaient un air british, démenti par la casquette pare-soleil. Charlie a toujours eu une grande originalité, ce charme fou, irrésistible. Il semblait porté par une énergie nouvelle, déjà dans l'esprit festif du congrès qui représentait pour lui : un trèèès gros party du jour de l'An.

Mais, voilà qu'au pavillon de l'université où nous avions réservé, tout son plan faillit basculer. Avant d'autoriser le dépôt de nos bagages et de procéder à notre inscription, l'étudiant à l'accueil annonça, après une troisième vérification, que mon nom apparaissait sur la liste, mais pas le sien. Charlie, qui avait pourtant réservé depuis des mois, haussa le ton. Ce fut facile de lire sur le visage de l'étudiant son regret d'avoir obtenu cet emploi d'été. Je ne sais comment Charlie a pu prononcer chaque mot aussi lentement, pour obtenir une sonorité si juste de la langue anglaise, impeccable, et ce, les dents serrées. Il lui avait dit ceci : « *Lesssonnn tooo meee, Buddy, b'cause I w'ont reeepettted...* » En québécois cela aurait donné : « Écouuute-moé ben, monnn chum, parce que je ne le répéterai pas deux fois. Tu nous donnes nos clés de chambre tout de suite, pis après tu te démêles dans tes papiers. O.K. ? »

Le jeune homme, cloué sur sa chaise, était blanc comme un drap. Ce qu'il réussit à nous dire transfigura le visage de mon ami, comme si sa face était devenue une bûche de Noël, fendue de travers. Le pauvre étudiant avait murmuré, en tremblotant, qu'il n'avait que la clé de ma chambre, que toutes les autres étaient louées. Catastrophe mondiale ! La terre trembla ! Charlie le somma, en criant, d'aller chercher « *Nowww*, im-mé-di-a-te-ment » la bonne sœur responsable, ce qu'il fit en courant pour sauver sa peau.

Afin de détourner l'attention de mon ami et de le détendre un peu, je commençai par lui dire : « Je pense qu'il a compris, qu'il va bien faire le message et que tout va s'arranger, assez vite et pour le mieux. » J'allais ajouter qu'au besoin, comme solution, je lui laisserais ma chambre et irais à l'hôtel au coin de la rue. Mais je n'en eus pas le temps, l'étudiant réapparut au bout du corridor avec, devant lui, la bonne sœur. Mon ami fulminait encore, comme un fer rougi. La religieuse le remarqua, car de loin elle commença à s'excuser du contretemps et, d'une voix angélique, elle le rassura en affirmant que tout allait s'arranger. Il aima beaucoup ce qu'il venait d'entendre car, mielleusement, il dit, en lui serrant la main : « Vous devez être, ma sœur, une personne très influente pour que Dieu opère si rapidement ? » Elle avait ri de bon cœur et l'avait regardé d'un œil fasciné, inquisiteur. C'est effectivement intriguant, la première fois, de se retrouver devant un tel personnage, qui un instant rugit en menaçant votre vie et, l'instant d'après, vous charme comme une flûte enchantée.

Soulagée que le pavillon n'ait pas été détruit par l'explosion de mon ami, c'est avec une politesse de tapis rouge et une gentillesse de bonne gérante de dortoir qu'elle lui offrit la chambre réservée au monseigneur ou au curé de passage. En lui remettant la clé, elle lui demanda presque l'absolution, l'implorant de leur pardonner cette malencontreuse erreur. Je ne suis pas sûr d'avoir entendu un merci de la part de mon ami. Disons qu'il n'était pas enclin aux remerciements. Il avait la générosité du compliment pour obtenir, mais, une fois la chose acquise, un nouveau besoin ou une nouvelle envie prenait déjà place et laissait entrevoir son ingratitude. Je pense que c'était plutôt chez lui une réaction de gêne et d'orgueil. Mais, comme son estime de soi était souffrante et comme il ne voulait pas se sentir continuellement redevable aux autres, l'ingratitude prenait le dessus.

Toute cette aventure nous avait fait rater la réunion. En entrant dans sa chambre, avec au front les dernières lueurs de sa colère, il dit, comme un lion satisfait : « Tu vois, Claude, quand on brasse la cage, le steak arrive. » Et nous prîmes congé pour le reste de la soirée.

Le lendemain, comme nous avions convenu que je cognerais à sa porte et que nous irions ensemble à la cafétéria pour le déjeuner, en m'ouvrant, il me servit son traditionnel : « Un autre beau vingt-quatre heures qui commence ! » Il avait bien dormi grâce au ventilateur du plafond et à un autre qu'il avait placé sur une table devant la fenêtre laissée toute grande ouverte pour la nuit. Nous étions en pleine canicule. Il avait fait sa toilette dans sa salle de bain privée, complété ses lectures de pensées quotidiennes confortablement installé dans une chaise berçante. Chambre de monseigneur oblige. Moi, dans ma chambre garde-robe avec lavabo, sans ventilo, j'avais suffoqué toute la nuit. Pour la douche, j'avais attendu mon tour au bout du corridor. Sur la liste des choses à faire ce jour-là, j'inscrivis : ventilo à la quincaillerie.

Il remerciait donc la vie pour les erreurs administratives : « La vie est pleine de cadeaux, mais parfois les emballages ne sont pas évidents, il faut bien les accepter quand même », avait-il dit sur un ton moqueur de résignation. Il y avait peu de gens à la cafétéria, mais beaucoup de nourriture. Des pots géants de confiture, des rangées de petites boîtes de céréales, un comptoir à pain, des plats chauds contenant des œufs, du jambon, du bacon, des toasts, de la soupane... Nous avons d'abord déambulé devant les longs comptoirs avant de prendre un plateau. À la vue d'une telle splendeur, mon ami s'exclama : « C'est le paradis ! »

Son plateau déjà bien garni, mon compagnon remplissait de toasts son assiette, lorsqu'une jolie cuisinière, aux traits et à l'accent des pays de l'Est, sortit des cuisines pour offrir de lui préparer une omelette de son choix. Surpris par cette apparition soudaine, il se figea, comme un enfant pris la main dans le pot de biscuits. La voix douce, il demanda : « Êtes-vous un ange ? » Elle le trouva bien bizarre, mais lui répondit : « Pourquoi ? »

Il déposa son assiette, ouvrit les bras, paumes tournées vers le ciel en montrant tout l'étalage et s'exclama : « Avec toute cette abondance, je me croyais certainement au paradis, mais avec vous, c'est définitivement le ciel ! » Par politesse, elle avait à peine souri. Son regard laissait deviner qu'elle se pensait en présence d'un hurluberlu, vu ses propos et son accoutrement. Pour contenir sa bedaine, il portait un bermuda extralarge qui lui descendait en bas du genou et faisait paraître ses jambes minuscules comme dépassant de deux tuyaux de tissu. Un débardeur blanc, extralarge lui aussi, mettait en évidence la sirène tatouée sur son biceps droit. Lorsqu'elle l'interrogea à nouveau pour l'omelette, son ton impatient confirmait qu'elle se méfiait de ce genre de charmeur : « Alors, monsieur, l'omelette ? » Elle avait parlé rapidement, en anglais évidemment, sans virgule et avec son accent, j'ai cru entendre : « So Sir Hamlet ? » Incroyable, mais il déclina l'offre pour aujourd'hui, lui promettant de se reprendre le lendemain.

Après avoir mangé avec l'appétit d'un géant, il proposa, question de digérer un peu, que nous marchions jusqu'à l'emplacement du congrès pour y rencontrer les gens affairés à la préparation. Un soleil radieux nous attendait à l'extérieur. C'est d'un pas déterminé que Charlie s'élança sur le sentier piétonnier à la sortie du pavillon. Se dirigeant avec énergie vers le trottoir, il exprima sa joie avec cette tirade : « *Coura Miiina ! Qué la vida est una merrrveille !* » et, simultanément, ne regardant pas où il posait le pied, il rata la marche. Sur la note joyeuse de *merrrveille*, qui lui avait donné des ailes, il flotta un bref moment dans les airs avant de basculer par en avant, pour atterrir de tout son poids, tête la première, contre le ciment du trottoir.

Je me penchai aussitôt pour venir à son secours. Le sang giclait de son front et j'appliquai immédiatement un mouchoir en tissu sur la plaie au-dessus de son arcade sourcilière droite. Il était allongé sur le ventre, complètement sonné, n'ayant encore aucune idée de ce qui venait de se produire. Je l'aidai à se relever lentement. Il eut peine à se mettre sur un genou. Nous étions encore dans cette position lorsqu'une dame, me remettant ses lunettes qui étaient tombées, me dit : « Il n'a pas vu la marche. » Au même moment, le policier de la guérite de l'édifice d'en face vint nous rejoindre en disant : « Il n'a pas vu la marche. » Il avait déjà signalé l'incident au 9-1-1. À nous deux, nous avons aidé mon ami à s'asseoir sur le rebord de la marche qu'il avait ratée. Au loin, la sirène d'une ambulance se fit entendre. À peine s'était-il assis qu'apparurent les gyrophares de l'auto ParaMedic. Le médecin prit promptement les choses en mains. Ne perdant pas une seconde, il demanda la cause de l'accident tout en déballant son énorme trousse de premiers soins. Il enfila des gants bleus en latex, sortit un tissu absorbant et, prenant ma relève sur la plaie qui avait saigné abondamment, nous ordonna de le laisser seul avec l'éclopé. En un rien de temps, il lui avait fait un turban qui lui couvrait en partie l'œil droit et lui avait donné un masque à oxygène en lui demandant de lui dire combien de doigts il voyait…

L'ambulance arriva. Les deux ambulanciers, sous l'ordre du médecin, sortirent la civière pour y installer le blessé, le montèrent à bord et m'invitèrent à prendre place à l'avant. Avant de partir, la conductrice demanda à Charlie comment il se sentait. Affublé de son bandage de corsaire, le gilet taché de sang, il fit l'effort d'ouvrir son œil gauche lorsqu'il entendit cette voix féminine : « Oh, une femme ambulancière, comme je suis chanceux ! » Elle rétorqua : « Ça, je ne sais pas », et lui reposa la question : « Comment vous sentez-vous ? » Il répondit : « Comme si un camion m'avait frappé. »

Beaucoup d'action en peu de temps et quel revirement de situation !

À l'hôpital du centre-ville, on nous redirigea vers un hôpital plus à l'est, où le service d'urgence était moins engorgé. Nous avons traversé une partie du Chinatown. À l'urgence, nous étions la troisième civière en ligne, chacune accompagnée par son duo d'ambulanciers. Il y avait là, également, deux duos de policiers. L'un accompagnait une psychopathe en camisole de force, elle parlait sans arrêt, en serbe, et essayait de se dévisser la tête en se tordant le cou. À ses côtés, une femme et un homme âgés, ses grands-parents sans doute, fixaient le sol, attristés. L'autre duo encadrait une autochtone, visiblement droguée. Ses gardes du corps et le personnel de l'urgence semblaient tous bien connaître cette habituée de la rue et lui parlaient avec douceur.

Pendant trois heures, le temps que l'hôpital prenne en charge mon ami et que les ambulanciers soient libérés, j'ai discuté avec ces derniers. Malgré l'achalandage qui m'impressionna, c'était selon eux une journée plutôt tranquille. Charlie eut la chance d'avoir comme médecin une ravissante Arménienne qui l'envoya d'abord passer quelques examens. Gentille, elle m'invita à la suivre dans la salle où chaque civière pouvait bénéficier d'un espace privé : « Vous serez plus tranquille ici qu'au milieu du va-et-vient de l'entrée », m'avait-elle dit en souriant. Elle estima que dans une heure mon ami serait de retour. Je l'ai remerciée pour son amabilité et la complimentai pour son parfum : « Il nous fait oublier que nous sommes dans un hôpital. » Elle a souri et, coquine, m'a chuchoté : « Je déroge à la règle, mais pourquoi pas un peu de fragrance pour adoucir la souffrance ? »

Enfin, Charlie est revenu deux heures plus tard, affichant le visage de quelqu'un qui commence à trouver la journée longue. J'ai souri, pas lui. Je n'ai rien dit, lui non plus, jusqu'à ce qu'il se plaigne de cette douleur à l'aine. J'ai demandé :

— Qu'est-ce que tu as ?

— Rien, beugla-t-il, le regard menaçant.

— Tu pourrais en profiter pour demander à la gentille docteure d'y jeter un coup d'œil ?

— Ç'était juste un gaz… O.K. ? dit-il sèchement.

Pourquoi ne voulait-il pas savoir ce que cachait son mal ? Pour sûr, c'était la mort qui rôdait. Peut-être préférait-il l'imaginer pour l'apprivoiser, comme on imagine l'amour avant de le connaître ? Entretenir la rêverie ne calme pas pour autant les peurs. Consciemment, il choisissait de laisser la mort s'approcher, plutôt que de faire les premiers pas vers elle. Toute sa vie, il avait été un tombeur de femmes, cette fois-ci, c'est la mort qui le ferait tomber. Depuis un certain temps, il fantasmait sur la mort. Et il l'avait dans la peau.

À son retour, la docteure ferma le rideau autour de nous. En la voyant, mon ami avait souri, avec l'air d'un oiselet. Elle l'ausculta tout en lui posant quelques questions avec beaucoup de douceur dans la voix. Il lui répondait tout aussi tendrement. Dans un moment de silence, pendant qu'elle écrivait des notes dans son dossier, mon ami lui demanda du bout des lèvres, la bouche un peu pâteuse : «Quel est le nom de votre parfum, dont l'effet si agréable nous fait croire que nous sommes dans une clinique privée?» La question lui fit plaisir et sa réponse fut une surprise : «C'est *Addict* de Christian Dior.» Charlie me jeta un sourire complice et s'exclama : «*It's marrrvelleous!*» On apporta le rapport d'examen et, aussitôt, elle se fit rassurante. Le temps de soigner cette blessure au front et il serait remis sur pied. Elle retira le pansement, nettoya la plaie et constata : «Bonne nouvelle pour votre joli visage, mon cher monsieur, il n'est pas nécessaire de vous faire des points de suture.» Après ces bons soins, elle me donna quelques indications pour détecter les signes d'une commotion cérébrale. Il fallait lui demander, toutes les deux heures, où il habitait, etc. Puis, une main placée sous sa nuque, elle l'aida à s'asseoir tout en le sermonnant, sur un ton maternel, et l'invitant à être plus vigilant à l'avenir. Elle l'aida à descendre de la civière, lui faisant prendre appui sur son épaule, alors qu'elle le tenait par la taille. À brûle-pourpoint, mon ami demanda : «Vous arrive-t-il, docteure, d'épouser vos malades?»

En nous reconduisant vers la sortie, la docteure me répéta qu'aux moindres signes de divagation... Je l'ai remerciée pour tout et mon ami, avec ses allures de don Quichotte, la camisole tachée, le visage tuméfié, la remercia à son tour de manière grandiloquente : «Madame, dont la beauté et le parfum peuvent ranimer des morts et guérir des malades, je vous serai toujours reconnaissant de m'avoir sauvé la vie.» Après cette déclamation, celle-ci, prenant un air sérieux, lui dit : «Oh, oh! Des signes de divagation.» C'est en riant tous trois de bon cœur que nous nous sommes quittés.

De retour au pavillon, nous avons décidé de faire une sieste avant l'heure du repas. Après, comme convenu, je suis allé cogner à sa porte. Pas de réponse. Une deuxième fois, toujours rien. Inquiet, j'entrai. Il était allongé sur le lit, sans bouger. Je m'approchai nerveux :

— Charlie ? Charlie ?

Il ouvrit un œil.

— Est-ce que ça va ?

— Je me sens comme si un autobus m'était passé sur le corps.

— Peut-être préfères-tu ne pas descendre à la cafétéria ?

— Non, non, non. Je suis peut-être tombé sur la tête, mais je n'ai pas perdu l'appétit.

Je l'aidai à se lever et à enfiler une chemise propre. Dans le couloir, même en marchant lentement et en s'appuyant sur sa canne, il était chancelant. Quand nous sommes arrivés, le comptoir allait bientôt fermer. Je l'aidai à garnir son plateau comme à l'accoutumée, à un détail près, il n'avait pris qu'un seul dessert. J'étais quand même rassuré, le choc ne l'avait pas trop changé. Mais une fois assis, les plats étalés devant lui, il n'avait pas l'entrain gourmand que je lui connaissais. L'échine courbée, les épaules molles, la tête trop lourde qui pendouillait vers l'avant, il dit :

— Je me sens un peu las. Allons, un petit effort, faisons honneur à la cuisinière.

Il allait finir sa soupe, lorsque l'étudiante de la réception se pointa à notre table l'air exaspéré, accompagnée d'une jolie châtaine, début quarantaine qui portait une robe d'été rose, en petit coton mince, échancrée et qui laissait deviner une poitrine sans soutien-gorge. Les mamelons bien dessinés avaient aussitôt capté l'attention de mon ami qui semblait déjà en pleine conversation avec eux. L'étudiante racontait qu'avec le peu de russe qu'elle connaissait, elle pensait avoir compris que Natacha… en prononçant son nom, mon ami se leva au garde-à-vous en prononçant : « Naaa-taaa-chaaa ! » et lui tendit la main. L'étudiante précisa que cette Natacha ne parlait que le russe, qu'elle était venue de Russie avec une amie pour assister au congrès, mais qu'à l'aéroport elles avaient eu, croyait-elle, une dispute et l'amie en question avait disparu. La police avait reconduit Natacha ici avec, en main, la lettre confirmant une réservation pour deux, pour trois jours. Elle termina sur le ton de quelqu'un qui voulait vraiment passer à un autre appel : « Vous êtes là pour le congrès, occupez-vous-en », et l'étudiante s'en alla en marmonnant qu'elle regrettait d'avoir choisi le russe dans ses cours de langue.

Nous étions donc maintenant flanqués d'une Natacha orpheline, au beau milieu de la cafétéria ! Charlie, envoûté, et qui semblait déjà parler russe dans sa tête, prit la situation en main : « Certainement, que nous allons nous occuper de Na-ta-cha ! »

Lorsqu'elle entendit son nom, elle se mit à parler, sur un ton hystérique, affolée. De toute évidence, elle était désemparée. Charlie poursuivit, cette fois-ci parlant comme un chef indien dans les films de cow-boy :

— Moi, Charlie. Lui, Claude. Toi Na-ta-cha.

Il le répéta plusieurs fois comme un petit manège qui tournait entre nous. Sans même utiliser sa canne, il contourna la table pour aller galamment l'inviter à s'asseoir à notre table. Pendant qu'elle le remerciait en russe et qu'elle prenait place, il posa ses mains sur ses épaules nues et reluqua sans vergogne l'échancrure de son corsage en murmurant mielleusement : « Comme ils sont beaux dans cette petite robe d'été. »

Et reprenant sa place en face d'elle, sur un ton paternaliste, il dit :

— Regarde, Chevalier, comme Natacha à l'air rassurée. Nous sommes maintenant ses deux chevaliers.

— Ce que je vois plutôt est un miraculé qui, ce matin même, était tombé sur la tête et qui, maintenant perd la tête.

— Tant mieux, comme ça je ne la sentirai plus.

Charlie partagea son repas avec elle tout en lui disant toutes sortes de petits mots gentils et cochons. Natacha souriait, mais pas nécessairement aux bons endroits.

— Regarde comme elle est belle, un vrai cadeau du ciel.

— Puisque Dieu a décidé de nous sourire à temps plein et qu'il va falloir nous débrouiller pour la traduction, j'ai remarqué une librairie, à deux coins de rue d'ici. Je vais certainement pouvoir y trouver un dictionnaire phonétique anglais-russe.

— Bonne idée ! Allons-y tout de suite.

Il se leva, contourna la table à nouveau et, toujours galamment et reluquant, il tira la chaise de la princesse nordique : « Suivez-nous, Beauté », dit-il en lui présentant son bras pour quitter les lieux.

— Charlie ? Tu oublies ta canne.

— Je n'en ai plus besoin, tu peux me l'emprunter.

Tout en marchant vers la librairie, Natacha s'était accrochée sans gêne à son bras. Celui-ci avait fière allure, et son accoutrement bermuda-baskets-casquette s'harmonisait étrangement bien avec les talons hauts, la robe moulante et les verres fumés de la princesse russe. Il était facile, en les voyant, de s'imaginer qu'elle était son escorte. Pour sûr, il dominait la situation. Pendant qu'ils se dandinaient devant, j'en profitai pour téléphoner à Isabelle. En composant son numéro sur mon portable, je réalisai à quel point elle me manquait. J'eus grand plaisir à lui raconter *grosso modo* notre voyage, notre arrivée et la journée palpitante d'aujourd'hui pour terminer avec la rencontre russe que nous venions de faire.

Un mot à la fois, aidé du petit dictionnaire, nous avons fait connaissance. Deux heures et plusieurs haltes plus tard, nous avons compris que Natacha en était à son septième mois de sobriété au moment où elle avait pris l'avion avec sa copine, sobre, elle, depuis quatre ans. « *I, not, know, how, I, drink. My, friend, angry, here, disappear. Since, yesterday, no, drink.* » Elle ne savait pas pourquoi elle avait recommencé à boire dans l'avion, mais cela avait certainement mis sa copine en colère et, en arrivant, celle-ci l'avait abandonnée. Après cette histoire, mon ami me confirma ce que je pensais moi-même : « Sa copine a probablement agi ainsi pour ne pas rechuter elle-même. Nous, les alcoolos, sommes des gens trèèès influençables, surtout lorsque nous vivons des émotions. Natacha, heureuse de réaliser qu'elle était en route pour le Canada, n'a même pas pensé qu'elle rechutait en acceptant la vodka de courtoisie offerte par la compagnie d'aviation. Maudit alcool sournois ! »

Dans les jours qui suivirent, je constatai, assez rapidement, que Natacha occupait maintenant la place que Marguerita avait eue les derniers mois, et dont il n'était plus question. Mon ami était tout ragaillardi, dévoué, plein d'humour… une nouvelle femme à son bras. Il se comportait comme un fiancé à la veille de ses noces : attentionné, tendre, respectueux et en attente de la nuit nuptiale. Même si je n'avais plus ma place pour marcher à ses côtés, je n'étais pas très loin derrière et j'étais témoin que Natacha nous était prêtée pour que nous puissions vivre pleinement ce voyage, en épaulant une autre personne qui désirait demeurer sobre.

J'étais conscient que, sans la présence, les attraits et les besoins de notre envoyée spéciale, de plus fraîchement débarquée d'une brève virée en galère qui lui avait foutu la trouille et qui nécessitait un parrainage, mon ami serait peut-être encore un simple convalescent. Se retrouver parmi la foule aurait exigé des efforts qui l'auraient fatigué et rendu plus irritable, colérique… déjà que depuis quelques mois, marcher à ses côtés équivalait à se promener sur un chemin miné.

Cette situation d'entraide avec Natacha dura quatre jours. La première préoccupation fut de lui trouver une pension, car il ne restait plus qu'une seule nuit disponible au pavillon où l'on affichait complet.

Nous avons passé des heures et des heures à chercher une solution. J'ai pensé lui avancer l'argent pour qu'elle loge à l'hôtel, mais à quatre cents dollars par jour, il n'en était pas question. Finalement, Charlie réussit à convaincre la bonne sœur responsable du pavillon de l'héberger jusqu'à son départ, avec une promesse de remboursement. Cette bonne nouvelle coïncida avec l'ouverture officielle du congrès.

L'évènement majeur au programme était la présentation des drapeaux où défilerait dans le Sky Dome un représentant de chaque pays membre de la fraternité. Durant la journée, nous avions croisé des membres de Montréal, de Québec et un petit groupe déjà rencontré

à Paris. Quelle convivialité ! Une belle et grande camaraderie au sein de cette association mondiale !

Nous avons pris place dans la section centrale du
stade, afin d'avoir une vue périphérique. Pendant la
cérémonie, chaque drapeau était annoncé, la personne
prenait place sur l'estrade pour former à la fin une
impressionnante mosaïque humaine toute en couleurs
qui témoignait de l'unité et de la force de la fraternité.
J'ai pensé aux paroles de la chanson de Raymond
Lévesque :

> *Quand les hommes vivront d'amour*
> *Il n'y aura plus de misère*
> *Les soldats seront troubadours*
> *Mais nous, nous serons morts mon frère...*

À la sortie, on pouvait lire sur tous les visages un
sentiment de fierté et d'appartenance.

En arrivant à l'extérieur, le vent du nord avait balayé
la canicule et Natacha, en robe légère, frissonna. Elle
qui, depuis quatre jours, avait toujours été au bras de
mon ami, vint se blottir contre moi et j'eus le réflexe
d'entourer ses épaules de mon bras. Bien malgré moi,
ce simple geste de délicatesse venait d'allumer la mèche
de Charlie, d'actionner le détonateur. Je m'en suis
aperçu rapidement. Je l'ai vu se raidir devant mon geste
de gentillesse et nous devancer d'un bon pas sans nous
attendre. « Ah non ! Pas vrai ! » me répétai-je dans ma
tête. Nous l'avons rejoint à la station de métro. Il se
tenait stoïque et je crois bien qu'il fit un effort sur-
humain pour ne pas me sauter à la gorge. Je savais que,
quoi que je dise ou fasse à présent, cela déclencherait
la bataille. J'étais devenu son rival, pris en otage dans
la situation. Une simple question de temps avant la

chicane finale. Natacha reprit sa place à son bras et semblait n'avoir rien vu du mur d'indifférence que mon ami venait d'ériger entre nous. Marchant derrière, je restais aux aguets, prêt pour l'affrontement.

Au pavillon, Natacha nous salua comme à l'accoutumée, avant de prendre le corridor menant aux chambres des femmes. Dans le corridor des hommes, non loin derrière lui, avant que Charlie ne pénètre dans sa chambre, je lui lançai : « À demain. » Il ne répondit rien. Ne se retourna pas.

Je dormis d'un sommeil agité et me réveillai en sursaut. Le cadran indiquait l'heure où habituellement j'allais le chercher pour nous rendre à la cafétéria. Soudain, j'ai pressenti ce qui m'attendait et je n'étais pas certain de vouloir vivre ça. Ça m'a foutu les boules. Je me suis aspergé le visage d'eau et, devant le miroir, je me suis dit : « Și tu n'es pas capable de laisser tes émotions ici dans la chambre, ne te présente pas là, mon vieux. » Je suis allé prendre ma douche et, au retour, j'ai téléphoné à Isabelle, comme tous les matins, pour lui souhaiter une bonne journée. Je lui ai fait part de l'incident et de ce que je m'apprêtais à vivre dans les prochains instants. Elle a trouvé dommage que pour un geste si naturel… et précisa qu'elle n'avait aucun doute sur les intentions qui avaient motivé ma sollicitude. Pour finir, elle ajouta : « Tu t'y attendais un peu, Claude. Sa réaction démesurée laisse présager qu'il est fort probablement affligé d'un cancer et que des métastases ont sans doute atteint son cerveau. Sois prudent, mon amour, et rappelle-moi. »

Laissant mes émotions dans la chambre, je décidai d'aller tout de suite au front, en me répétant : vigilance, vigilance…

J'ai cogné à sa porte. Pas de réponse. Peut-être était-il déjà à la cafétéria ? J'ai cogné à nouveau. Je l'entendis grommeler, je venais de le réveiller. Il apparut en boxer géant, appuyé sur sa canne, la figure tuméfiée d'orgueil, de colère et de haine, probablement suite à une nuit blanche où il m'avait assassiné vingt fois. En me voyant, il a grimacé, ajoutant à son visage, déjà déformé, une mimique de dégoût. Il allait se retourner pour me claquer la porte au nez, mais se ravisa. Une main appuyée sur la poignée de la porte, il me menaça de l'autre en brandissant sa canne. Je n'ai pas bronché. Cela le mit en furie. Rouge de rage, il fit un pas en avant et chercha à m'atteindre avec sa canne. Il me rata. Avec une extrême violence, il éclata verbalement, proférant à mon intention des insultes et des menaces pour m'intimider. Voyant qu'il ne m'ébranlait pas, il me servit, en salivant de haine, de vieilles blessures et des secrets de mon passé que je lui avais confiés. Il chiait dessus, disait-il, les expulsant avec force comme des excréments, en ajoutant qu'il se réjouissait de tout ce qui m'avait fait souffrir dans la vie. J'ai eu à faire l'effort à mon tour de ne pas lui sauter à la gorge. Quelle tirade assassine, qui me fit l'effet de coups de poignard :

« Toi, mon hostie de chien sale, d'hypocrite… Visage à deux faces… ostie de traître… Sous des allures de galant, t'es un tabarnak de voleur de femmes… »

Je ne remuai même pas un cheveu. Je n'étais pas paralysé, mais aux aguets. Il continua : « Race de psy… Pourriture… Ça joue dans la tête du monde… Charogne… Ça manipule ses clientes pour coucher avec elles… T'es vraiment un enculé de manipulateur. Sais-tu ce que le monde pense de toi, de ton p'tit sourïre en coin, pis qu'ils me disent dans ton dos? Y'ont ben vu que sous tes allures de bon gars, de généreux, d'âme charitable… t'es un imposteur. »

Il fit une pause pour respirer, moi aussi. Je m'accrochais à ma respiration. J'ai entrouvert la bouche, mais il agita à nouveau sa canne devant ma face et continua avec hargne :

« Dis pas un mot, j'veux pas t'entendre… j'ai pas fini. Ta mère a bien faite de crisser son camp… En amour, t'es aussi fucké que moi. T'as peur de te laisser aimer, j'espère qu'Isabelle va se réveiller, pis qu'elle va te planter là… »

Mon corps s'était raidi, j'allais bondir et asseoir pépé sur son cul, pour lui faire ravaler son crachat, mais j'ai plutôt inspiré à pleins poumons par le nez et je l'ai laissé terminer :

« Tu m'as gâché mon congrès. C'était notre dernier voyage, j'veux pus te voir la face. As-tu compris ça, mon chum ? J'veux pus jamais te voir ! »

Après ses dernières paroles, criées du fond de son gosier, d'une voix râpeuse, il claqua violemment la porte. Tout mon intérieur tremblait. Une épée transperçait mon âme, je saignais de toute notre amitié qu'il venait de détruire.

Ma première pensée fut : la maladie est entre nous. Malgré ma compréhension de la folie qu'il traversait, ses propos avaient réussi à m'atteindre. Je me suis retiré dans ma chambre et j'ai téléphoné à Isabelle. D'une voix souffrante, j'ai résumé la scène par : « Il m'a craché tout son venin au visage. » Elle me répondit avec empathie et beaucoup de douceur : « Pour ce genre de poison, mon chéri, l'antidote que je connais est l'amour. Cela ne t'empêchera pas de ressentir la blessure, que je sens profonde, mais l'amour t'aidera à ne pas sombrer dans les effets pernicieux du venin qui va chercher à pénétrer ton cœur, jusqu'à ton âme. N'oublie pas que tu n'as rien à te reprocher, tu n'es pas responsable de sa maladie. C'est malheureux, mais c'est ainsi. Je t'aime, Claude. Je suis avec toi. Ta réservation pour le prochain train sera faite et je serai à la gare bras et cœur ouverts pour t'accueillir, mon cher amour. »

Ah! Sa voix, ses paroles… elle venait de m'injecter une bonne dose d'*amour antidote*, mes tremblements s'apaisèrent. En quittant ma chambre, j'ai regardé en direction de celle de Charlie et une étrange sensation de deuil m'a envahi. Triste et accablé, dans mon cœur, j'ai pris un moment pour lui faire mes adieux: « J'aurais préféré, mon ami, que l'on se quitte autrement. Je t'aime. » Je me suis dirigé vers la sortie. À la réception, je me suis retrouvé devant Natacha. Elle avait l'air affolée. En peu de signes, peu d'expressions du visage et par les quelques mots qu'elle prononça: « Toi, ami, no kafétéra », j'ai compris que Charlie n'était pas descendu la rejoindre et qu'elle s'était sentie abandonnée. À mon tour, à l'aide du dictionnaire, j'arrivai à lui dire en pointant les mots: « Moi, partir, urgence, travail » et je mimai mon départ. Elle demeura un instant bouche bée, affichant un visage tristounet. Elle plaça ses deux mains sur son cœur, inclina la tête et le torse en guise de révérence, tout en répétant: « Merci, merci… » Elle ajouta quelque chose en russe que je n'ai pas compris, mais dont j'ai reçu toute la sincérité. Je n'ai rien dit de plus et n'avais plus rien à offrir. Le poison semblait m'affaiblir de plus en plus, à chaque minute. Je ne lui fis pas la bise, nous n'avions pas cette habitude. Avant de passer la porte, je me suis retourné vers elle et je me suis surpris à lui faire la révérence et à dire à voix basse : « Bonne chance ! »

L'Adieu

Dans le taxi, un mélange de chagrin et d'aigreur me submergea. Arrivé à la gare, je sentis que je ne pourrais plus retenir ma peine encore longtemps. Heureusement pour moi, en ce splendide samedi matin d'été, peu de gens voyageaient vers Montréal. Je pus m'isoler dans un wagon à moitié vide. Aussitôt assis, j'ai craqué. Tout se bousculait dans ma tête ; le cœur chaviré par les injures, blessé par les attaques, je revivais sans cesse la terrible scène. J'essayais de m'accrocher à la pensée que la maladie avait été la grande responsable de ce qui venait de se produire, mais quelque chose avait été fracassé. Un être cher m'avait piétiné et j'avais mal. Partout. L'amour empoisonné n'est-il pas la plus douloureuse des souffrances ? Difficile d'accepter d'avoir été traité de la sorte. Inadmissible. Intolérable.

Un vent de révolte commença à gronder en moi. Je levai la tête et par la fenêtre le paysage défilait comme s'il cherchait à s'éloigner de ma tempête intérieure. La colère monta, j'eus envie de frapper. Si j'avais été seul, en forêt, j'aurais crié. Crié que je ne voulais pas que notre lien soit brisé, hurlé que j'étais innocent, que je ne méritais pas ces salissures, ces mensonges et cette trahison. Hurler que je ne voulais pas que cela finisse ainsi. Et, dans mon imaginaire, sur un élan incontrôlable, mon ego guerrier quitta le train pour se retrouver à la porte de sa chambre, l'agrippant par le collet et lui criant : « O.K. là, ça va faire le malade mental ! C'est à ton tour de m'écouter. Ta paranoïa t'a fait croire que j'ai voulu te voler ta protégée désemparée ? Ferme-lui la trappe et reviens à la réalité. Là, tu vas aller te faire soigner. T'as certainement un cancer qui te gruge le cerveau pour avoir réagi comme tu l'as fait. C'est un signe que tu es sérieusement atteint. » Cela m'a fait du bien de lui avoir parlé, mentalement.

Le cours des choses était changé. J'étais en deuil de mon plus grand ami. De mon plus vieil ami. Je n'avais pas connu un tel déchirement et un tel sentiment d'abandon depuis le départ de ma mère, suivi de sa mort. Cette souffrance venait d'être ravivée. Privé de l'amour maternel ou exclu de la complicité fraternelle, c'était la même plaie ouverte.

À la gare, Isabelle m'attendait. J'eus l'impression, en la retrouvant, que j'avais été parti très, très longtemps. Son amour a pris d'une main l'enfant et de l'autre, l'homme blessé, et nous a ramenés tous deux à la maison. Sa tendresse, nos désirs manifestés, nos jouissances célébrées ont fait exploser mes joies et mes peines emmêlées. Ma tête sur son sein, sa main caressant mes cheveux, j'étais en cure d'amour.

Je suis demeuré ébranlé plusieurs jours. Parfois, je me réveillais la nuit envahi par un sentiment d'injustice et vite je m'efforçais de penser à l'*amour antidote*. Je savais mon ami aux prises avec le ressentiment, la haine, l'isolement et cette maladie…, je demandais à la vie de lui envoyer l'aide dont il avait besoin pour se laisser soigner, se laisser aimer, pour connaître la paix de l'esprit. Je me levais souvent pour écrire. L'amour comme antidote, merci, chère Isabelle !

Dans les semaines qui ont suivi, pas de nouvelles de *lui*. À plusieurs reprises, j'ai pensé me manifester, mais chaque fois… je ne l'ai pas fait. Je suis allé consulter un collègue psychologue et, dans mon processus thérapeutique, j'ai commencé à nommer mon ami : *lui*. En l'appelant ainsi, j'essayais de me détacher, de l'éloigner. Cette phase fut de courte durée. Je ne voulais en rien diminuer l'importance qu'il avait eue, le rôle de mentor qu'il avait tenu et l'admiration que je portais à celui qui, dans mon cœur, resterait toujours mon ami.

Il y a des amitiés, comme certaines histoires d'amour, qui dépassent l'entendement, elles existent c'est tout.

Les mois passèrent. Un jour, Théo me donna de brèves nouvelles. Le diagnostic était tombé avec l'annonce de la mort de mon ami dans les quatre-vingt-dix jours. J'ai pensé : mon ami a trois mois pour se préparer et s'affranchir de la haine, du ressentiment, de la culpabilité et partir en paix.

Lors de mes marches quotidiennes en solitaire, je l'imaginais affaibli par ce cancer du côlon ; amaigri, les joues creuses, la voix étouffée, voilée. Cette voix qui s'était faite rigolote, susurrante, rassurante, encourageante, menaçante, médisante, vénéneuse, silencieuse, éclairante, pleine d'espérance… cette voix, qui allait s'éteindre, allait nous manquer à tous.

Théo me rappela quelques semaines plus tard pour nous inviter, Isabelle et moi, à venir leur rendre visite dans un parc de motorisés à Laval. Stella et lui venaient d'acheter une autocaravane de luxe et s'apprêtaient à réaliser leur vieux rêve de partir sur la route et de traverser l'Amérique du Nord. Ils étaient venus nous cueillir à la guérite du stationnement des visiteurs. Ils étaient radieux. Je n'ai pu m'empêcher de leur dire à quel point la sobriété leur allait bien. Isabelle et Stella, heureuses comme toujours de se retrouver, nous devancèrent. Tout en marchant derrière elles, Théo m'informa brièvement que Charlie vivait son grand départ dans la sérénité et l'humour. J'ai manifesté à Théo ma joie de savoir qu'il l'accompagnait et me suis retenu de lui demander si Charlie avait parlé de moi.

Arrivé devant leur magnifique Mountain Aire, Théo me fit l'honneur d'y monter en premier. Je suis resté impressionné devant l'intérieur qui ressemblait à une suite royale. À peine avais-je eu le temps de dire : « C'est merveilleux ! » qu'un fauteuil de cuir pivota et j'entendis :

— Toute une surprise, hein ? dit Charlie, l'air espiègle.

Il voulut se lever. Je lui tendis la main pour l'aider. Et dans un geste spontané, je le serrai dans mes bras. J'ai essayé de parler, ma gorge est restée nouée. Seul un petit cri étouffé s'est échappé et j'ai pleuré. Après un moment, je l'ai libéré.

— Je suis trèèès content de te revoir, Chevalier ! me dit-il.

— Moi aussi, Charlie.

— Tu sais que je t'aime beaucoup !

Je le serrai à nouveau, et mes larmes sont devenues sanglots. En levant la tête, j'ai vu dans les regards d'Isabelle, Stella et Théo, la joie et l'émotion partagées. Ils avaient tous été complices de ces retrouvailles. Mon ami demanda aussitôt de faire quelques pas seul avec moi. Nous sommes sortis.

Il n'avait plus sa fière allure. Sa posture de soldat l'avait quitté, il était amaigri, affaibli, le teint gris. Après une dizaine de pas, il s'immobilisa, redressa les épaules et les yeux.

— Quand je regarde en arrière, je vois que nous avons beaucoup marché… toi et moi… pour continuer d'avancer…

Se tournant alors vers moi, il me fixa un long moment, en silence. Ému, je murmurai :

— C'est vraiment un beau cadeau de te revoir, mon ami.

— C'est à moi que j'aurai fait ce cadeau.

FIN

Remerciements

Merci à Jacques Allard d'avoir reconnu mon talent de conteur. Par son accompagnement et sa générosité, il a contribué à la naissance de l'écrivain que je deviens. Merci, Jacques, pour ta rigueur qui m'invite au dépassement.

Merci à Louise Portal, le soleil de mon cœur, d'encourager ma plume et d'avoir secondé Jacques Allard pour rempoter mes phrases. Mot à mot, comme main dans la main, tu as fait le chemin de ce récit à mes côtés, deux fois plutôt qu'une.

Merci à Domenico d'Ermo de m'avoir serré dans ses bras et manifesté son support lors des moments difficiles. Ses racines italiennes ont nourri mon récit de l'amour et des valeurs qui honorent l'amitié.

Merci à Arnaud Foulon et son équipe d'édition pour leur collaboration à l'aboutissement du livre que je souhaitais écrire.

Table des matières

TROISIÈME PARTIE

L'héritage

 **PROTÉGEONS**
NOS FORÊTS

Imprimé en août 2008
sur les presses de Marquis imprimeur,
Montmagny, Québec.

Imprimé sur papier 100 % recyclé